인문학 데이트

이 도서의 국립중앙도서관 출판예정도서목록(CIP)은 서지정보유통
지원시스템 홈페이지(http://seoji.nl.go.kr)와 국가자료종합목록 구
축시스템(http://kolis-net.nl.go.kr)에서 이용하실 수 있습니다.
(CIP제어번호 : CIP2019042033)

인문학 데이트

인쇄| 2019년 10월 25일
발행| 2019년 11월 1일

글쓴이| 김순아
펴낸이| 장호병
펴낸곳| 북랜드
　　　　06252 서울 강남구 강남대로 320, 1108호(황화빌딩)
　　　　대표전화 (02) 732-4574 I (053) 252-9114
　　　　팩시밀리 (02) 734-4574 I (053) 252-9334

등 록 일| 1999년 11월 11일
등록번호| 제13-615호
홈페이지| www.bookland.co.kr
이 - 메 일| bookland@hanmail.net

책임편집| 김인옥
교　　열| 배성숙 전은경

ⓒ 김순아, 2019, Printed in Korea

ISBN 978-89-7787-907-2 03810
ISBN 978-89-7787-908-9 05810(E-book)

값 15,000 원

인문학 데이트

김순아 지음

북랜드

문학과 학문, 사람과 사람 사이를 오가며 많이 힘들었다. 배우는 일과 가르치는 일, 생각하는 일과 실천하는 일 사이에서 갈등도 많았다. 부딪쳐오는 일들을 어떻게 받아들일 것인지, 과연 어떻게 살아야 나답게 사는 것인지…. 명쾌한 답을 내리긴 어려웠다. 다만 분명한 것은 지금껏 내가 본 것, 내가 읽은 것, 내가 경험한 것이 전부가 아니라는 것, 내가 안다고 생각하는 것은 거대한 세계의 지극히 작은 일부에 불과하다는 사실이다.

인문·철학서를 뒤적이게 된 이유도 여기에 있다. 문학과 학문 사이를 오가며 눈에 들어온 '존재', '인식', '윤리'. 이 용어들은 고민하는 나를 오래 고민하게 했다. 결국 주체성 문제와 관련되기 때문이었다. 나는 책을 통해 독자를 부르는 학자들의 초대에 기꺼이 응함으로써 그들이 건네는 이야기에 귀 기울이고 내 사유의 폭을 넓히고 싶었다.

어쩌면 나를 돌아보거나 새로운 사유를 위해서는 책보다 여행이 더 도움이 될지도 모른다. 익숙한 공간, 익숙한 사람들로부터 놓여나 낯선 지대에 가 새로운 경험을 하게 될 때, 나 자신이 다른 사람들과 어떻게 다른지, 또 어떻게 살 것인지에 대한 답도 자연스럽게 찾을 수 있을 것이다. 허나 현실의 목록에 발목 잡혀 사는 나로서는 그것이 말처럼 그리 쉬운 일이 아니다. 그래서 책이, 학자들과의 만남이 더 필요했다.

하지만 만남은 시도 자체가 쉽지 않았다. 저마다 다른 학자들의 다양한 사유는 그 폭이 너무나 깊고 넓어서 메시지의 핵심을 간추려 내는 일조차 만만치 않았다. 그래도 포기하지 않고 관련 자료를 더 찾아 읽으며, 그들 사유의 바다에 살짝 발이라도 담가보고 싶었다. 오랜 시간을 투자하여 읽고 다시 읽으면서 밑줄을 긋고 요약했다. 그러면서 솟구치는 의문과 나의 생각을 더해 써보았다. 이 책은 그 과정을 거쳐 만들어진 결과물이다. 그러니 한계는 분명하다.

나는 철학을 전공한 사람이 아니다. 많은 학자들의 다양한 논의를 아직 다 알지 못하고, 한 학자에 한정하더라도 그 사유를 온전히 읽어내었다고는 말하기 어렵다. 나의 시각에서 내용을 발췌하고 내가 이해한 결과이기에, 각 텍스트나 텍스트 안의 한 구절에 대한 이해는 내 인식의 한계에서 벗어날 수 없다. 그런 만큼 오류와 오독에서도 자유롭지 못하다. 그러나 객관적이고 엄밀한 지식을 전달하기 위한 목적이 아니라면, 반드시 전문가가 아니더라도 책을 읽으며 생각하고 고민하는 일이나 그 과정에서 얻은 깨달음은 나름 의미가 있으리라는 생각이 들었다.

이 글은 다만 학자들이 삶의 마지막 순간까지 붙들었던 그 문제가 지금—이곳에 살아가는 우리도 여전히 고민하는 문제라면, 실제 삶 속에서 어떻게 풀어갈지 실천의 방안을 함께 고민해보려는 의도에서 써진 것이다. 그렇다 하더라도 학자들이 고민한 논의의 핵심을 놓쳐서는 안 되기에, 논의의 핵심이나 용어의 개념을 파악하려고 최대한 노력하였다.

기왕의 도서 자료 중 인문·철학사의 흐름을 한눈에 살피는 자료가 드물다는 점을 감안하여, 시대의 흐름에 따라 주요 학자들의 논의를 배열하고, 그 논의의 사례들을 우리의 일상적 삶에서 찾아

독자들이 조금 더 편하게 읽을 수 있도록 에세이 형식으로 써보았다. 제1부에서 제4부까지는 학자들이 고민한 주요 화두가 무엇이고, 또 우리에게 어떤 메시지를 전하고 있는지, 학자들의 논의를 요약하면서 그것을 우리의 일상과 접목하여 이해하려고 노력하였다. 제5부에서는 지금—이곳에 살아가는 우리의 문제를 돌아보는 차원에서 나의 생각을 위주로 기술했다.

자료 출처는 본문 안에 표기해두었다. 그러나 독서의 흐름에 따라 상세한 인용 및 출처 제시를 생략한 경우도 있음을 밝혀둔다. 주요 용어는 학자들이 사용한 용어를 그대로 인용하였고, 일부 표현의 경우 읽기 쉬운 표현으로 고치기도 했다. 이러한 방식이 학자들 사유의 본질이나 전하려는 메시지를 더 왜곡하는 것인지, 아니면 좀 더 잘 이해할 수 있는 방법인지는 독자의 판단에 맡길 수밖에 없을 것 같다.

탐독을 멈추고, 학자들과 헤어져야 할 즈음 다시 고민했다. 이제 무엇을 할 것인가? 미리 정한 바는 없다. 책을 읽기 시작했던 애초의 그 지점으로 다시 돌아가야 할지도 모른다. 이 책의 유용성을 떠올리니 무력감이 더 크게 밀려온다. 그러나 만나고 헤어지는 일, 읽고 쓰는 일 자체가 자기 성찰, 혹은 소통을 위한 몸부림이 아닐까. 그렇게 생각하니 조금은 위안이 된다. 이 분야를 전문적으로 공부하려는 분들에겐 큰 도움이 되지 않겠지만, 삶과 존재에 대해 고민하며 인문적 읽기를 원하는 독자들에게는 어느 정도 도움이 되리라 여기며, 멈추었던 걸음을 다시 옮긴다. 이 책에서 다룬 이야기의 단편들이 '우리'의 이름으로 마주할 수 있기를 기대하며….

2019년 9월 오봉산 기슭에서

차례

■ 머리말

제1부 고대-중세, 사상의 뿌리

01. 질문의 힘 — 12
　　-소크라테스, 산파술

02. 진리는 어디에 있는가? — 18
　　-플라톤, 이데아

03. 균형 잡힌 삶이란? — 21
　　-아리스토텔레스, 아레테

04. 인간의 신성, 신성의 인간성 — 26
　　-중세의 신성화 작업

제2부 근대 사상의 기초를 훑다

05. 좋은 정치 지도자는 어떤 사람? — 34
　　-니콜로 마키아벨리, 군주론

06. 이성의 오라, 아우라 — 40
　　-르네 데카르트, 합리적 이성

07. 욕망, 삶을 지속하는 힘 — 46
　　-바뤼흐 스피노자, 코나투스

08. 자유, 스스로를 개시하는 능력 — 51
　　－임마누엘, 미의 윤리

09. 타자 인정 욕망 — 56
　　－게오르크 헤겔, 주인과 노예의 변증법

10. 초인의지, 그 신성한 힘 — 61
　　－프리드리히 니체, 힘에의 의지

11. 신 앞에 선 단독자의 운명 — 67
　　－쇠렌 키르케고르, 실존과 불안

제3부 현대, 나를 찾아가는 여정을 듣다

12. 유한한 시간을 넘어서 — 74
　　－마르틴 하이데거, 현존재

13. 기억과 자기동일성 — 80
　　－앙리 베르그송, 의식의 평면

14. 실존은 본질에 앞선다! — 85
　　－장 폴 사르트르, 존재와 무

15. 생산수단을 가진 자가 세계를 지배한다 — 90
　　－칼 마르크스, 자본론

16. 기술 복제 시대, 예술의 양식 — 98
　　－발터 벤야민, 몽타주

17. 말할 수 없는 것은 침묵하라 — 105
　　－루드비히 비트겐슈타인, 언어의 한계와 그 너머

18. 금기의 결핍이 욕망을 만든다 — 112
　　－지그문트 프로이트, 정신분석학

19. 네 안의 그림자와 마주하라 — 123
   −칼 융, 페르소나와 집단 무의식

20. 가장 오래된 것이 가장 미래적인 것 — 128
   −클로드 레비스트로스, 구조주의

 제4부 (탈)현대, 너를 향해 가는 길과 마주하다

21. 타인의 욕망을 욕망하는 인간 — 136
   −자크 라캉, 강박증과 히스테리

22. 권력은 어디에 있는가? — 146
   −미셸 푸코, 지식과 권력

23. 타인의 얼굴, 호소하는 눈빛 — 152
   −임마누엘 레비나스, 타인에 대한 책임

24. 살아 있는 '몸'으로 돌아가라 — 159
   −메를로 퐁티, 몸주체

25. 언어의 해체와 타자 환대 — 167
   −자크 데리다, 차연과 연기

26. 평범한 '악에 대한 보고서 — 175
   −한나 아렌트, 악의 평범성

27. 천 개의 고원을 넘어 — 178
   −질 들뢰즈, 편집증과 분열증

28. 여성주의와 여/성주의 — 184
   −주디스 버틀러, 여성 없는 페미니즘

제5부 우리의 뜨락에서

29. 우리 시대의 인문학 — 190
    - 진화(?)하는 인간의 무늬

30. 우리는 더 행복해졌을까? — 195
    - 동일성의 환상

31. 소비의 신화, 자연의 신화? — 199
    - 장 보드리야르, 시뮬라르크·시뮬라시옹

32. 스펙터클 환상과 문학예술 — 204
    - 기 드보르, 아브젝트와 액티비티

33. 그 많은 놀이들은 다 어디로 갔을까? — 210
    - 막스 베버, 자본주의 윤리

34. 한국사회와 집단의식 — 215
    - 피에르 부르디외, 아비투스

35. 진정한 진보란? — 222
    - 보수와 진보의 가치

36. 늙음, 그리고 교감 — 225
    - 전기 자본주의와 후기 자본주의

37. 상식이 통하는 사회? — 228
    - 보편성과 특수성

38. 제대로 보기 — 231
    - 소승적 사유

39. 사랑을 위하여 — 237

◎ 참고문헌 — 251

제 1 부

고대─중세, 사상의 뿌리

01. 질문의 힘
- 소크라테스, 산파술

　누구나 한 번쯤 이런 질문을 해보았을 것이다. 태양은 왜 저렇게 찬란하고 뜨거운지, 달은 왜 기우는지, 비바람은 어디서 와 어디로 가고 계절은 왜 변하는지. 우리가 대지에 살고 있듯이 저 허공 속에도 누가 살고 있지는 않은지……. 그러나 그 질문은 우리 안에 그리 오래 머물지 않는다. 그 많은 호기심들이 사라질 무렵 우리는 훌쩍 어른이 되어버린 자신을 발견하곤 한다. 어른이 되었다는 것은 그 많은 물음에 대답을 얻었다는 것일까? 아니면 그러한 호기심이 이 세상을 살아가는 데 더 이상 소용없다는 것을 알아서일까?

　사실 철학도 이런 물음에서부터 출발한다. 철학자들은 자신을 둘러싼 세계에 대해 의문을 품고, 그 본래의 의미를 물어가는 것을 삶의 양식으로 삼는다. 소크라테스(Socrates, BC 470년~BC 399년)는 서양 철학의 출발점으로 평가받는 고대 그리스의 철학자이다. 물론 그 이전에 철학자가 없었던 것은 아니다. 최초의 철학자로 불리는 탈레스나 헤라클레이토스, 데모크리토스 등과 같은 자연철학자들이 이미 존재했다. 이들은 눈에 보이는 현상 저 너머에 관심을 기울이며, 영원히 변하지 않는 본질로서의 근원적 요소를 파악하려고 했다. 그것을 그들은 제가끔 물, 불, 원자에서 찾았다. 현상 세계의 각 개체는 끊임없이 변화하지만, 물 불 원자와 같은 것은 영원히 변하지 않는 속성을 갖고 있다는 것인데, 이때 존재의 본질은 절대 변하지 않는 것, 영원한 것으로 사유된다.

본질이 이렇게 사유될 때, 사람들에게 존재의 근원은 눈에 보이지 않는 저 너머의, 어떤 추상적인 존재로 인식된다. 고대 그리스 사람들은 본질을 신령스러운 자연, 특히 하늘에서 찾았다. 사람들은 저 하늘에 존재의 근원이자 절대자인 신이 있고, 그 아래로 천사, 인간, 동물, 식물, 광물이 놓인다는 믿음을 갖고 있었다. 부족의 통치자가 하늘의 아들이라는 왕권신수설은 그 믿음을 잘 보여주는 사례가 된다. 그러나 소크라테스는 기존의 자연철학자나 일반 사람들의 사유를 그대로 받아들이지 않았다. 그렇다고 아주 어렸을 때부터 기존의 사유를 거부하는 태도를 보였다는 것은 아니다.

소크라테스는 평범한 서민 집안의 아들로 태어났다. 아버지는 조각가였고, 어머니는 해산술을 업으로 하던 사람이었다. 아버지를 따라 조각을 하면서 다른 청년들처럼 철학·기하학·천문학 등을 배웠고, 군인이 되어 전투에도 참가했으며, 짧은 기간이지만 정치에도 참여했다. 그 과정에서 그는 늘 고민했다. 사람들이 당연하게 받아들이는 그것이 당연한지, 과연 그것만이 진리인지, 자신을 둘러싼 세계에 대해 늘 의심하고 질문했다.

소크라테스가 살았던 당대 그리스는 산악지대에서 해안으로 내려온 사람들이 도시국가를 형성하고, 나아가 해양제국으로 발돋움해가는 과도기에 있었다. 자연스럽게 그리스인들의 관심은 자연보다는 도시, 신보다는 인간, 신성보다는 이성, 시보다는 철학 쪽으로 기울게 되었고, 아테네를 중심으로 한 폴리스들은 집단적 동일성보다는 개별적 차이를 중시하는 새로운 패러다임을 받아들여야 했다.

이 시기에 새롭게 등장한 소피스트sophist들은 (자연)신을 중심으로 한 고정된 본질이나 절대적 진리를 중요하게 생각하지 않았다. 그들은 아테네로 오기 위해 세계 각국을 여행하고 다양한 문화를 접해본 까닭에, 지역마다 법과 제도와 관습이 다채롭다는 것을 알고 있었다. 때문에 그들은 삶에서 절대적 진리나 해답은 존재하지 않는다고 생각했다. 소피스트라는 말 자체가 그리스어로 '지혜로운 자' 또는 '지혜를 만들어내는 자'라는 뜻을 함의하고 있듯이, 그들에게 진리는 개인의 주관적 판단에 따라 얼마든지 달라질 수 있는 것으로 사유되었다.

프로타고라스는 그 대표적인 인물이다. 기원전 5세기 무렵 아테네를 중심으로 활동했던 그는 "인간은 만물의 척도"라고 하면서, 진리는 상대적이며 고정된 본질이나 실체는 없다고 주장한다. 이러한 주장이 폴리스의 시민들에게 받아들여지면서 중요해진 것은 설득의 기술이었다.

고정된 진리나 법칙이 없다면, 결국 내가 아는 사실과 진실을 다른 사람에게 설득하는 방법이 중요하지 않은가. 그래서 변론술과 수사학이 학문의 주요 영역으로 떠오르게 된다. 변론술과 수사학은 상대방을 설득하는 기술이자, 자신의 생각을 좀 더 뚜렷하고 설득력 있게 표현하는 방법이다. 당시 소피스트들은 이 방법을 가르치는 교육자이기도 했다. 문제는 이것이 인간 내부에 자리한 소유의° 욕망과 맞물려 점차 변질되어 갔다는 점이다.

당시 아테네 사람들은 걸핏하면 땅을 두고 송사를 벌였다. 폭군들에게 땅을 빼앗긴 지주들은 폭군들이 쫓겨나면 그 땅을 되찾기 위하여 소송을 벌였다. 소송의 판가름은 누가 그럴듯하게 자신의 입장을 펼치느냐에 따라, 누가 입심 좋게 말을 잘하느냐에 따라 달라질 수 있었기 때문에, 사람들은 재판관을 설득하는 변론술에 더 많은 관심을 가졌던 것이다. 소피스트들은 그런 사람들에게 돈을 받고 설득의 기술을 가르쳐주었다. 그런데 문제는 진리와 진실이 돈과 연관되어 있다는 점이다. 삶의 진리나 진실이 어떻게 돈으로 거래될 수 있단 말인가.

이 입장에서 소크라테스는 당대 소피스트들을 강하게 비판하였다. 그의 입장에서 볼 때, 당대 소피스트들은 타락한 지식인에 불과했다. 그가 생각하는 철학자는 지혜와 진리를 알고, 그 '앎'을 실천하는 사람이었다. 철학이 본디 '지혜[philos]'에 대한 '사랑[sophia]'이란 뜻을 함의하고 있고, 사랑이 대상을 알려고 하는 데서 시작된다면, 진정한 철학은 참된 진리(지혜)를 알고 그것을 실천하는 행위가 되는 것이다. 소크라테스는 그 참된 진리가 절대적인 것이라고 생각하고, 인간은 누구나 보편적으로 그 진리에 도달할 수 있다고 믿었다. 이 믿음은 신神적인 존재 아래 있던 인간의 위치를 한 단계 상승시키는 계기로 작용했다.

소크라테스가 생각하기에 인간은 절대적 진리에 도달할 가능성을 가진 존재였다. 그 가능성을 그는 문답법에서 찾는다. 어떤 현상이나 대상에 대한 사람들의 질문과 답이 가장 근원적인 진리에 도달할 수 있는 방법이라고 생각한 것이다. 이렇게 질문과 답을 통해 진리에 다가가는 방법을 흔히 '산파술'이라고 한다. 마치 산파가 산모의 출산을 유도하듯이, 적합하고 적절한 질문이 개인으로 하여금 스스로 진리를 도출하게 한다는 것이다. 그래서 소크라테스는 자신을 따르는 젊은이들에게 끊임없이 질문했다.

자신이 바라는 것이 진정 무엇인가? 그렇게 생각하는 너는 누구인가? 어떻게 사는 것이 참다운 삶인가…? 그러나 아쉽게도 그는 자신이 생각한 삶의 진리가 무엇인지에 대해서는 말하지 않았다. 그는 다만 젊은이들이 자기 삶을 스스로 되돌아보고 자신의 길을 찾아가도록 질문을 했을 뿐이다. 이에 영향을 받은 젊은이들은 그동안 당연하게 받아들였던 모든 것에 대해 고민하고, 사회적으로 합의되었다고 여겼던 사항에 대해서도 의문을 품기 시작했다.

이런 분위기가 확산되자 아테네의 기득권층은 소크라테스를 위험한 인물로 지목했다. 그가 자신들에게 도전하는 매우 불온한 존재로 여긴 것이다. 때문에 소크라테스는 신성에 도전하고 청년들을 선동하였다는 죄목으로 감옥에 갇히게 된다.

그러나 아테네 당국은 그를 사형시키지는 않았다. 수많은 젊은이들이 그를 찾아 감옥을 들락거렸어도 강하게 저지하지 않았다. 어쩌면 감옥의 문을 열어놓고 그가 다른 나라로 망명해 가기를 바랐을지도 모른다. 젊은이들에게 끼치는 소크라테스의 영향력을 감안할 때, 여론이 악화되면 이를 안정시키기 위한 정치적 부담도 컸던 것이다. 하지만 소크라테스는 감옥 안에서 스스로 독배를 마시고 생을 마감했다.

이러한 그의 삶에서 우리가 기억해야 할 것은 질문일 것이다. 질문은 상대방을 생각하게 하는 힘이 있다. 소크라테스의 질문은 일방적이지 않아서, 질문을 받은 사람이 자연스럽게 반응하게 했다. 그는 반응으로 돌아온 답을 함부로 재단하거나 판단하지도 않았다. 자신이 원하는 답을 억지로 끌어내려 애쓰지도 않고, 다만 상대방이 사고의 전구를 켤 수 있도록 자극제 역할만 해주었다. 이 태도는 오늘날 우리에게도 여전히 중요한 의미가 있다.

누군가에게 질문을 한다는 것은 자기 외부에서 건네 오는 메시지에 귀 기울인다는 뜻. 그것은 타인을 이해하고 소통하는 가장 기본적인 전제다. 타인의 말에 귀 기울일 때 타인의 생각도 이해할 수 있게 된다. 그것은 또한 자기 자신을 알아가는 방법이기도 하다. 타인과 대화하는 과정에서 그 타인과 다른 자신을 발견하게 되고 자기만의 생각도 가능해진다. 어쩌면 그런 질문의 힘이 서양 철학사를 통틀어 가장 중요한 인물로 꼽히는 플라톤을 탄생시켰는지도 모른다.

02. 진리는 어디에 있는가?
- 플라톤, 이데아

    소크라테스의 제자 플라톤(Platon : BC 427년~BC 347년)은 스승이 찾으려 했던 삶의 진리를 찾기 위해 다양한 분야에 걸쳐 여러 방식으로 연구해 갔다. 그 끝에 도달한 최고의 진리가 이데아idea 혹은 에이도스eidos, 形象이다. 그렇다면 그가 말하는 이데아란 과연 무엇일까? 이데아의 어원은 '보이는 것'과 관련된다. 고대 그리스에서 이데아는 '보다(이데인)'라는 동사로 사용되었다.(W. 바레트, 2001 : 114) 그런데 플라톤은 이 이데아를 '내가 본 것', '내가 보는 것'이 아니라 '내게 보이는 것'으로 풀어낸다. 다시 말해 이데아는 내가 사물을 파악하려는 노력에 의해 드러나는 것이 아니라, 사물이 스스로 자신을 드러내는 모습, '~인 것 자체'를 말하는 것이다.

    가령, 우리가 절집에 가 부처 앞에 절을 한다고 할 때, 우리가 절을 하는 대상은 조형물로 만들어진 부처가 아니다. 우리는 그 조형물이 환기하는 부처 자체, 초월적이고 영적인 것 앞에 절을 한다. 플라톤에 따르면, 모든 인간은 이런 초월적이고 영적인 본성을 갖고 있었다. 그러나 그 영혼이 육신이라는 감옥에 들어오게 되면서 우리는 본디 그 자체를 점차 망각하게 된다. 그러다 어떤 사물을 보게 되면 본래의 '그 자체'를 상기想起하게 되는데, 그것을 가능하게 하는 것은 육체적 감각이 아니라 순수한 정신이다.(강신주, 2016 : 46)

플라톤에 의하면, 인간의 육체는 영혼을 가두는 감옥과 같다. 육체는 감각(감성)적이고, 늘 변화하는 것이며, 욕망을 부추기는 것이기에, 불변의 진리에 이르지 못한다. 따라서 진리에 이르려면 이 육체성으로부터 벗어나야 한다. 그가 이르고자 한 진리는 순수 정신이고 영원히 변치 않는 불변의 형상形象이다. 빵을 만드는 상황을 예로 들어 생각해보자. 빵을 만들 때, 우리에게 필요한 것은 밀가루와 빵 모양을 잡아줄 그릇(틀), 그리고 그것을 만들 사람(제작자)이다. 제작자가 밀가루 반죽을 그릇에 담아 불에 익힌 다음 그릇을 꺼내면 일정한 형태의 빵이 만들어져 나온다. 이때 빵은 그릇 모양을 갖게 된다. 이 모양을 '생각'의 형태로 저장한 것이 이데아idea이다. 플라톤은 우리의 머릿속에 저장되는 이 형상을 우리가 추구해야 할 이상적 가치라고 생각했다.

중요한 것은 여기서 빵을 만드는 제작자를 기독교적 신과 같은 의미로 생각해선 안 된다는 점이다. 기독교에서 말하는 창조주로서의 신은 모든 만물을 '생각하는 순간' 만들어 내지만, 플라톤이 말하는 제작자는 모든 것을 창조할 수 없다는 사실과 관련된다. 플라톤에 따르면 제작자는 빵 모양이라고 할 수 있는 형상과 질료인 밀(가루) 자체는 창조할 수 없는 존재로 간주한다. 그러니까 제작자가 빵을 만들 때, 제작자인 자신 혹은 그가 준비하는 재료들은 모두 이미 존재하는 에이도스의 지배를 받는 것이다.(강신주, 2016 : 64)

제작자가 무엇을 만들려고 할 때 머릿속에 떠올리는 형상은 '언제나 같은 상태로 있는 것으로서 본이 되는 상[eidos]'이며, 이것은 플라톤 사유를 결정하는 중요한 요소다. 우리가 태어나기 전부터 존재했고 언젠가는 돌아가야 할 영혼적인 것, 이 이데아는 본디 제작자 '안에 있는 것이 아니라 저 초월적 바깥(하늘)에 있는 것이며, 시각 같은 감각으로 간파되는 것이 아니다. 그런데도 플라톤은 이 초월적인 것을 마치 눈앞에 주어지듯이 목전에 보이는 모양새라고 한다. 그리고 지혜로운 자, 곧 철학자는 그것을 볼 수 있는 자이기에 철학자가 국가의 통치자가 되어야 한다고 주장하기도 했다.(플라톤, 2005)

문제는 그의 이러한 사유가 세계를 하나의 거대한 극장으로 만드는 동력으로 작용했다는 점이다. 존재의 본질로서 '~인 그 자체'는 사물이 스스로를 드러내는 빛과 같은 것이고, 이 모습을 마주하려면 초연하고 관조적인 태도를 취해야 하는데, 관조는 세계와 어느 정도 거리를 띄운다는 것을 의미한다. 이 거리가 나/너의 거리와 관계 서열화를 고착시키는 요소로 작용하게 된다. 나(인간)를 중심으로 대상을 식별(혹은 구별)하고, 이를 다시 위계서열화하는 이분법적 사고가 여기서 더 강화된 것이다. 그리하여 육체(몸)의 경험이나 감각(감성), 욕망 등은 순수 정신의 하위 영역으로 물러나게 되는데, 이후 서양의 철학은 플라톤의 이 사유를 비판적으로 수용·변용하면서 발전을 거듭하게 된다.

03. 균형 잡힌 삶이란?
- 아리스토텔레스, 아레테(arete)

아리스토텔레스(Aristoteles : BC 384년~BC 322년)는 육체의 경험과 감각을 부정하고 순수한 정신에 의존해야 한다는 스승의 플라톤의 주장에 의문을 품는다. 그리고 사람들이 구체적으로 경험하는 현실 세계에서 이데아를 찾았다. 아리스토텔레스에게 사물의 본질은 사물을 초월해 있는 것이 아니라, 사물 안에서만 찾을 수 있다. 여기서 사물은 단순히 인간만을 지칭하지 않는다. 동물이나 식물, 해와 달 같은 자연물에도 이데아가 깃들어 있고, 그것은 종류별로 다양하다. 아리스토텔레스에 따르면 각 개체 안에는 질료와 형상(이데아)이 동시에 내재돼 있고, 질료는 변화 가능한 에너지를 품고 있다.(강신주, 2016 : 46)

가령, 상수리나무의 질료가 도토리라면, 도토리 안에는 이미 상수리나무가 될 수 있는 형상[eidos]이 들어 있고, 싹을 틔우고 줄기를 뻗는 단계를 거쳐 상수리나무가 된다. 사람의 경우, 찻잔을 빚는 도공을 말한다면, 도공의 머릿속에는 이미 찻잔의 형상이 깃들어 있다. 그러나 찻잔의 형상을 떠올린다고 곧장 찻잔이 만들어지지 않는다. 도공 안에 있는 에너지(노동)를 발휘해야 머릿속에 존재하는 찻잔의 형상을 만들 수 있다. 이렇게 만물 안에는 형상(이데아)이 내재해 있고, 그것이 만물을 움직이게 하는 힘이다. 아리스토텔레스는 그 힘을 개체의 본질, 즉 에이도스(eidos)라고 말한다.

아리스토텔레스는 각 개체들이 질료의 조직 원리에 따라 단계적으로 변화하면 최종적으로 신적인 존재가 될 수 있다고 보았다. 그러나 그 영적인 이데아는 플라톤이 생각했던 이데아와는 다르다. 플라톤의 영혼은 육체와는 무관하게 불변하는 실체라고 할 수 있지만, 아리스토텔레스의 영혼은 개체가 완전히 소멸되면 함께 소멸하는 것으로 사유된다. 개체들의 변화, 혹은 움직임(운동성)은 형상(이데아)을 이루기 위해 아래에서 위로 향한다. 아리스토텔레스는 개체를 이루는 질료의 조직 방식을 통해 수직적 위계질서, 목적론적 존재론을 사유한다. 가령, 나무는 인간에게 공기를 주기 위해서, 해는 따스한 햇볕을 주기 위해, 달은 시름을 덜어주기 위해 소는 고기를 주기 위해 존재한다고 할 때처럼 인간 역시도 각자 쓰임새가 있고 그 목적을 이루기 위해 살아간다는 것이다.

그 목표의 최종 지점이 선의 이데아다. 그는 수많은 형상(이데아) 중 최고의 이데아를 태양과 같은 선의 이데아라고 생각했다. 그것이 곧 덕이다. 이때 덕은 동양에서 말하는 '덕德'의 의미와는 다르다. 동양의 덕은 "도덕적으로 훌륭하다"는 뜻으로 내면적으로 선하고 좋은 것을 말하지만, 아리스토텔레스가 생각한 덕은 아레테(arete), 즉 탁월성이다.(W. D. 로스, 2012 : 343) 이것은 주어진 기능을 잘 발휘하는 이성적 능력과 관련된다. 예를 들면, 땅의 덕은 곡물을 잘 자라게 하는 것이고, 인간의 덕은 이성(이데아)을 잘 발휘하는 것이다. 아리스토텔레스는 이성을 발휘하여 '진리'를 추구하는 것이야말로 인간이 가질 수 있는 최고의 덕이라고 생각한 것이다.

이러한 견해는 스승 플라톤의 견해와는 확연히 다르다. 플라톤이 하늘과 같은 초월적 세계에서 이데아를 찾았고, 그것을 영원히 불멸하는 (정)신적 실체라고 생각했다면, 아리스토텔레스는 현실에 있는 개체 '안에서 이데아를 찾았고, 그 개체가 소멸하면 이데아도 함께 소멸한다고 생각했다. 이렇게 견해가 같으면서도 다른 두 사람은 정치에 대한 견해도 서로 달랐다. 플라톤이 철학자를 국가의 통치자로 내세운 것은 어리석은 여럿보다 지혜로운 한 사람이 국가를 이끌어가는 것이 낫다고 생각한 때문이다. 그러나 아리스토텔레스는 국가의 통치는 여럿이 해야 한다고 생각했다.

아리스토텔레스는 『정치학』에서 국가의 형태를 세 가지 형태로 구별한다. 권력을 한 사람이 소유하는 군주 국가, 여러 사람이 소유하는 귀족 국가, 국민 전체가 소유하는 민주 국가가 그것이다. 이 가운데 그는 귀족제를 가장 이상적인 국가 형태로 간주한 듯하다. 선의 이념을 실현한다는 국가의 임무를 다하기 위해서는 '고귀함'을 목표로 삼는 덕망 있는 사람들, 곧 '최고선의 인간들'이 거기에 가장 적합하다는 것이다. 그렇지만 현실주의자인 아리스토텔레스는 이와 같은 귀족제를 실현 가능한 국가 형태라고 강조하지는 않았다.

그는 세 가지 형태의 국가 권력을 전체 이익을 위해 쓰지 못하고 일부 사람들의 이익을 위해 잘못 사용할 수가 있는데, 이때에 군주 국가는 폭군 정치가 되고 귀족 국가는 과두 정치가 되며, 민주 국가는 중우 정치가 된다고 경고한다.

아리스토텔레스는 실현 가능한 최선의 국가 형태로 중산층에 의한 폴리티아를 추천한다. 그것은 '중용[mesotes]'이 곧 '덕[arete]'인 것처럼 중산 계급의 생활이 최선의 생활이라고 여겼기 때문이다. 아리스토텔레스는 인간이 지나치게 풍요로우면 오만해지기 쉽고 또한 지나치게 가난하면 비굴하거나 무뢰배로 전락할 수 있다고 본다. 그래서 어느 한쪽으로 치우치지 않는 균형 잡힌 삶, 그런 정치를 추구했다. 그가 제안한 균형, 혹은 중용은 오늘날 우리에게도 요구되는 중요한 요소이다. 균형은 양극단에 흔들리지 않고, 탐욕에 따라 한쪽으로 치우치지 않으며, 냉철한 이성으로 자기만의 가치관과 신념을 갖는다는 뜻이기 때문이다.

그러나 그의 사상은 사물의 본질이 우리와 무관하게 이미 존재하고 있다는 플라톤의 본질론에 기대어 있다는 점에서 후대의 학자들에게 많은 비판을 받게 된다. 인간의 본질이나 본성이 이미 결정돼 있고, 결정된 의미를 찾는 순간, 그 의미에 따라 삶을 영위해야 한다는 본질론은 타인과의 우발적 마주침을 통해 생성되는 본질(=본성)이나 변화는 고려하지 않고 있으며, 사물을 인식하는 주체의 관점도 간과하고 있기 때문이다. 사물을 인식하는 주체가 '나'라면, 사물의 본질이란 결국 나의 인식, 나의 관점, 나의 가치관이 투영된 결과물에 불과하지 않은가. 사실 이것(본질론)이 나의 변화뿐 아니라 타인과의 소통을 방해하는 요소로 작용하고 있지 않은가.

하지만 어떻든 플라톤과 공유했던 그의 본질론은 오랫동안 서양의 철학과 문화, 종교를 움직이는 중요한 힘으로 작용하게 된

다. 그들의 인과적 결정론은 중세시대 기독교가 뿌리를 내리는 데
지대한 역할을 했고, 집단의 윤리를 만드는 데도 큰 역할을 담당
했다. 17세기 말까지 서양문화는 플라톤의 정신을 이은 아리스토
텔레스주의를 따라 발전해왔으며, 수백 년에 걸친 과학혁명 뒤에
도 서양사상에 여전히 남아 있다.

04. 인간의 신성, 신성의 인간성
- 중세의 신성화 작업

　서양의 중세는 암흑기라고 불린다. 그 기간은 대체로 서기 476년부터 신대륙이 발견된 1492년까지로 보는 의견이 지배적이다. 물론 이 구분이 명확하다고 할 순 없다. 어떤 이는 시기를 셋으로 구분하여 서로마가 몰락한 576년부터 동로마 유스티니아누스 황제의 원정이 있었던 10세기 후반까지를 초기, 십자군전쟁이 있었던 11세기부터 13세기 후반까지를 중기, 14세기 초부터 15세기 말까지를 말기로 본다. 또 어떤 사람은 고대 로마의 황제개념이 붕괴된 시점부터 기독교의 교리가 공인된 325년까지를 전기, 그 이후부터 봉건적 생산 구조가 파괴된 19세기까지를 후기로 구분하기도 한다. 그 점에서 중세시기를 명확하게 구분하는 일은 어렵다. 그보다 중요한 것은 왜 그 긴 세월을 암흑기라고 부르는가 하는 점이다.

　열쇠는 중세 초기에 기독교가 국가의 종교로 공인되었다는 사실에서 찾을 수 있다. 서양인들이 역사적 연대를 B.C와 A.D로 나누어 표기하는 것은 한 단서가 된다. B.C(before Christ)는 말 그대로 예수가 태어나기 이전을 뜻한다. 이것을 한자어로 옮겨 나타낸 것이 기원전이라는 용어다. 라틴어 약자 A.D(Anno Domini)는 신의 나이를 뜻한다. 역사의 연대를 이렇게 표기할 때, 예수는 역사의 기원이자, 서양인들의 정신을 지배하는 근본 모델이 된다. 예수는 신이 인간의 모습으로 화한 절대적 존재다. 이 존재를 인간의 신성, 혹은 신성의 인간성이라고 부를 수 있을 것이다. 문제는 신에게 조명을 집중하면 인간은 삶의 중심이 아니라 주변적인 존재로 격하된다는 것이다. 중세의 암흑은 이 메커니즘mechanism에서 생겨났다.

그렇다면 고대에는 신 개념이 없었던가. 고대에도 신은 요청되었다. 고대 국가는 제사장과 왕을 동일시하는 왕권신수설에 기초해 제정일치를 추구했다. 그러나 고대에 신성화되었던 대상은 기독교적 유일신이 아니다. 동양에서도 절대 최고의 신을 하늘이라고 믿었던 것처럼, 서양인들도 하늘이나 바다 같은 자연에서 신을 찾았다. 여기서 우리는 이런 질문을 하게 된다. 신이 존재한다는 사실을 많은 사람들이 어떻게 믿고 공유했을까 하는 것이다. 신은 눈에 보이지 않는 추상적인 존재이다. 추상적인 신이 실재한다는 것을 믿으려면 구체화하는 작업이 필요하다. 고대든 중세든 이 작업은 꼭 필요한 국가적 과제였을 것이다.

헤겔의 예술론(헤겔, 1996)에 따르면, 신을 형상화한 조각이나 회화는 사람들을 설득하는 데 매우 유용한 매체로 작용했다. 고대 이집트의 거대한 사원이나 피라미드, 스핑크스 같은 것은 자연의 탁월함과 다양함을 빌려 신성을 표현한 사례이다. 마치 사나운 사자의 형상을 빌려 용맹함을 표현하듯이, 자연의 무한함을 통해 신의 무한성을 표현한 것이다. 한편 그리스에서는 신을 아름답고 이상적인 인간의 모습에서 찾았다. 인간을 대상으로 신상神像화한 조각품들은 저마다 개별적이고 특수한 정신을 뜻한다. 마치 아프로디테가 사랑을, 크로노스가 시간을 상징하듯이, 그리스인들은 개별적 (정)신을 저마다 고유한 인간 형상에 담아 표현한다.

사람들은 이렇게 표현된 형상을 보며 신이 실제로 존재한다는 것을 믿었다. 그런데 고대에 조각된 신의 형상은 인간과 신의 정신적 소통에 있어 일정한 한계를 안고 있다. 고대 이집트의 조각품들은 부피가 아주 크며 다소 낯설고 이질적으로 보인다. 그것이 신비하고 숭고한 아우라Aura를 뿜어내지만, 사람들에겐 아름답다기보다 압도적으로 느껴진다. 이때 신은 경외의 대상일 뿐 쉽게 근접할 수 없는 존재로 인식된다. 그 점은 그리스의 신들도 다르지 않다. 그리스인들이 조각한 신은 매우 아름다워 이상적인 인간으로 보인다. 유연한 곡선은 부드러워 보이지만, 그 안엔 영혼을 표현하는 눈빛이 없다. 사람들에게 신은 너무나 이상적이어서 멀찍이 떨어져서 보기에 좋을 뿐 자신과 별개의 대상으로 여겨진다. 여기서는 인간과 신 사이의 정신적 소통은 이루어질 수 없고, 그 공통성도 찾을 수 없다.(헤겔, 1996 : 323)

중세에 공인된 기독교, 즉 유일신으로서의 예수는 이 한계를 넘어선다. 역사적 맥락에서 이 시기는 제사장과 왕의 역할이 분리되는 제정분리의 시기였다. 제정이 분리되면서 강력한 힘을 발휘하게 된 존재는 교황이다. 신의 아들이라고 칭했던 황제는 인간의 몸으로 태어난 신에 의해 그 힘이 약화된다. 신의 뜻을 전달하는 자로서 교황은 절대 권력을 지니게 된다. 신이 인간의 몸으로 태어났다는 말은 순수하게 정신적인 존재가 육체적 존재로 나타났다는 뜻이며, 보편적이고 추상적인 존재가 구체적인 모습으로 나타났다는 말이다. 이때 국가적 과제는 '인간으로서의 신'을 어떻게 표현할 것인가 하는 것이었다.

회화는 그 문제를 해결하는 주도적 역할을 했다. 그림으로 그려진 예수의 초상은 고대의 신처럼 숭고하거나 이상적인 존재로 형상화되지 않는다. 채찍질을 당하며 가시관을 쓰고 형장으로 끌려가는 예수, 고통 속에서 죽어가는 예수의 모습은 결코 아름답게만 표현될 수 없다. 그 심정이나 마음은 표현하기도 어렵다. 화가들은 그 모습을 있는 그대로 그려내려고 애쓰며, 그 눈빛과 표정을 통해 마음을 그려낸다. 예수의 표정과 눈빛 속에서 그 마음이 드러날 때, 인간의 신성, 신성의 인간성은 정신적 차원에서 일치된다. 이것을 개체 정신과 보편 정신, 추상과 구체, 정신과 물질, 내용과 형식의 일치라고 해도 무방하다.(헤겔, 1996 : 344, 350) 이 일치는 신과 개체 인간을 하나로 묶는 동일시의 기제로 작용한다. 그림의 수용자로서의 관객이 예수의 초상에서 자신을 재발견할 때, 개인은 자기의식 내부에서 신을 동일시하는 마음을 갖게 되는 것이다. 이때 신의 문제는 저 멀리에 있는 초월자의 문제가 아니라 나의 문제로 다가온다.

이러한 내적 동일화 작용이 다수에게로 확장될 때 신의 정신은 보편 정신이 된다. 사람들 각각은 예수의 정신을 본받은 또 다른 (정)신들이며, 예수의 사상과 일치된 삶, 헌신적인 삶, 그 사상이 배어나오는 얼굴은 설령 겉모습이 닮지 않았다 해도 모두 예수의 얼굴을 닮은 것이 된다. 이 낱낱의 개인들을 너라고 지칭한다면, 수많은 '너'들은 하나같이 나1 나2……와 같이 대문자 '나'와 하나가 되는 것이다. 보편적 정신으로서 신의 정신은 이렇게 확장되어 유럽 사회의 문화적 표상을 동일화하는 중심축으로 작용하게 된다.(들뢰즈·가타리, 2001 : 330)

예수의 눈빛과 표정은 개인의 공명을 호소한다. 심지어 함께 공조하기를, 동일화되기를 명령하기도 한다. 이 명령은 강압적이지 않고 자연스럽다. 마치 예수의 초상을 본 사람들이 저마다 같은 마음으로 예수의 얼굴을 떠올리듯이, 개인의 정신은 보편정신과 더불어 하나가 된다. 이 논리는 인간 정신을 통제하는 교육방법 및 규율을 형성하며 인류 전체로 확장된다. 교육은 인간을 훈육시키는 가장 큰 힘이고, 이것은 사회구조적 힘과 맞물려 있다. 이 집단적 힘이 강화되거나 왜곡되면 타인을 억압하는 거대 폭압과 폭력으로 이어진다. 예수의 초상이 유럽, 백인의 얼굴을 기준으로 그려졌고, 그 눈빛이 동일화를 명령하는 매체라면 그 중심에는 기독교와 백인중심주의가 놓이게 된다. 사실 유럽인들은 이 논리에 따라 다른 종족들의 문화와 종교, 그리고 미감을 자기 식으로 동일화하는 폭력을 행사했다. 종교적 차이로 인한 종족 간의 전쟁은 모두를 죽음으로 몰아가는 가장 큰 폭력이다.

1096년에 시작되어 1279년에 끝난 십자군전쟁은 종교가 한 시대를 지배했을 때 벌어질 수 있는 비극을 잘 보여준다. 어쩌면 이 전쟁은 중세 초기부터 예견된 일이었는지도 모른다. 중세 초기, 기독교가 국가의 종교로 공인되면서, 그 밖의 유대교나 다른 신을 믿는 사람들은 자신이 살아온 삶의 터전을 버리고 뿔뿔이 흩어져야 했다. 민족적 정체성을 공유한 사람들이 강제로 이주를 당하는 디아스포라 현상이 이 시기부터 있었던 셈이다. 서기 570

년경, 무함마드란 사람이 코란을 들고 나와 외치기 시작한 이슬람교도 기독교 안에서는 이단으로 치부되었고, 이들이 기독교 성지인 예루살렘에 터전을 잡게 되면서 전쟁이 일어나게 된다. 기독교인들은 이슬람령이 된 예루살렘을 탈환한다는 명분으로 전쟁을 일으켰다.

물론 이 전쟁은 신 때문이 아니라 신의 말씀을 왜곡한 인간들 때문에 일어난 것이라고 할 수도 있다. 그러나 신의 이름으로 살육을 했고, 결과적으로 흑사병이란 대재앙을 불러왔다는 사실은 숨길 수 없다. 이 문제를 해결하는 방법은 간단하다. 신에 비춰졌던 조명을 인간 쪽으로 돌려놓는 것이다. 사실 14세기, 이탈리아를 중심으로 일어난 르네상스 운동은 이 인식에서 출발한다. 르네상스는 말 그대로 인간정신의 깨어남을 뜻한다. 신이나 어떤 외적인 권위에 의지하지 않고 인간의 힘으로 자유로운 삶, 그런 공동체를 구성해야 한다는 인식이 싹트게 된 것이다. 그 점에서 14세기 말, 또는 15세기 초를 중세의 끝 지점으로 볼 수도 있고, 다르게는 인문정신이 출현한 태동기라고 할 수도 있겠다. 신에게 비추던 조명을 인간 쪽으로 돌려야 한다는 그 인식이 스스로 생각하는 힘, 즉 이성을 탐색하는 방향으로 이어졌기 때문이다.

그러나 이성으로서의 인간정신은 진정한 의미에서 인문정신과는 다소 거리가 있다. 진정한 인문정신이 타자와 관계하려는 정신이고, 일체의 초월적 가치와 권위를 내려놓을 때 얻을 수 있는 것이라면, 여기에 대한 논의는 19세기 이후에야 등장하게 된다. 중세를 19세기까지로 보는 견해도 그래서 나왔을 터이다. 이러한 사실을 통해 우리가 유념해야 할 것은 이 점일 것이다. 어떤 신이든 신에 대한 맹신과 맹종은 타인의 생각을 부정하는 부조리를 낳을 수 있다는 것. 전지전능한 신의 편에 서 있기에 진리를 알고 있다는 독선은 자신과 다른 타인들은 악의 편에(혹은 무지의 편에) 서 있다는 편견에서 나온다는 사실이다.

제 2 부

근대 사상의 기초를 훑다

05. 좋은 정치 지도자는 어떤 사람?
- 니콜로 마키아벨리, 군주론

14세기부터 시작된 르네상스Renaissance 운동은 이탈리아에서부터 시작되었다. 당대 이탈리아의 철학자들과 사상가들은 고대 그리스 철학에서 삶의 지혜를 찾고 그리스·로마의 학문과 지식을 부흥시키고자 노력했다. 당시 교황청을 후원했던 메디치 가문과 이 가문에서 배출된 교황 및 통치자들이 인문주의에 경도되면서 고전 학문의 가치에 대한 사람들의 관심은 더 고조된다. 그들의 관심은 자연과학에 대한 사람들의 관심을 증대시키면서, 콘스탄티노플 함락(1453)이라는 사건과 맞물려 전 유럽으로 확대된다. 신대륙 발견이나 지동설 등장, 종이·인쇄술·항해술·화약과 같은 신기술의 발명은 이 맥락 속에서 이루어졌고, 문학과 예술, 철학도 더 발전하게 된다.

그러나 르네상스 운동은 크게 성공하지 못하고 16세기에 막을 내렸다. 몇몇 혁신적인 사상가를 제외한 다수는 과학을 믿지 않았고, 교회의 가르침뿐 아니라 고대인에게서도 권위를 찾아서는 안 된다는 견해를 피력한 이탈리아인은 극소수에 불과했다. 고대 그리스의 철학은 신이 만물을 창조했다는 신학에 기초해 재구성되었고, 전지전능한 신의 위상은 여전히 보존되었다. 본질로서의 이데아(idea)를 간직한 '독자적 인간'은 만물을 창조한 하나님이 만들었다는 믿음이 그것이다. 이 분위기 속에서 다수 이탈리아인들은 미미한 수준에서만 미신에서 해방되어, 민간에서는 특히 점성술이 발전하는 결과를 초래한다.

그 점에서 마키아벨리(Niccolo Machiavelli : 1469-1527)는 주목해볼 만한 인물이다. 그는 이탈리아의 공화국인 피렌체에서 태어나 스물아홉에 서기가 되어 15년간 정치 일선에 머물렀던 정치 사상가이다. 주요 저서『군주론』(1513)은 당대뿐 아니라 지금까지도 논쟁되는 매우 급진적인 사상을 담고 있다. 이성과 신앙의 조화를 추구했던 당시, 정치와 도덕은 분리되어 인식되지 않았다. 교황에게서 왕관을 받는 군주는 종교적 도덕을 지키는 수행자로서의 모범을 보여야 했다. 그러나 마키아벨리는 정치와 윤리를 철저히 분리하여 군주는 종교와 도덕에 반하는 행동도 과감하게 해야 한다고 주장한다. 그의 이 주장은 정치가 목적을 위해 수단을 가리지 않는 일종의 권모술수로 받아들여져 후대에 비난과 찬양을 동시에 받게 된다.

그런데 그가 권모술수의 정치를 옹호했는지는 의문이다.『로마사 논고』(1475)(니콜로 마키아벨리, 2003)는 그가 정치 일선에서 물러나 쓴 책이다. 이 시기 그는 숲으로 사냥을 가야 할 정도로 가난한 생활을 했지만, 정치에 대한 관심은 여전해서 공화주의자들의 모임에 참여했다고 한다. 이때 그의 주된 관심은 공동의 선을 만들어내는 정치 공동체였다. 당시 도시국가였던 이탈리아는 상업이 번성했지만 경쟁으로 인해 단결이 이루어지지 않았다. 일부 영토를 가진 교황은 자기의 권력을 유지하기 위해 도시국가의 단결을 방해하였고, 프랑스와 스페인 등 주변 국가는 군사적 힘이 강성해지고 있었다.

자체 분열과 외부의 위험에 노출된 이탈리아는 한마디로 앞날을 알 수 없는 예측할 수 없는 혼란기를 지나고 있었는데, 이 상황에서 대부분의 사람들은 운명론에 찌들어 있었다. 피렌체의 서기관과 외교관을 지냈던 마키아벨리는 고민할 수밖에 없었다. 과연 이 국가적 위기를 어떻게 극복할 것인가? 도시국가의 이름으로 분열된 사람들을 이탈리아라는 이름으로 어떻게 하나로 묶이게 할 것인가? 그는 지도자라면 변화하는 환경, 즉 우연적 상황에 유연하게 대응하는 능력을 가져야 한다고 생각했다.

『군주론』(1513)의 핵심은 이런 예측 불가능성에 있다. 더 정확히 말하면 예측 불가능성을 본질로 하는 우연성. 우연성은 예측할 수 없다는 것이고, 때문에 통제는 어렵다. 그가 볼 때 당시에는 통제능력을 가진 군주가 없었다. 운명론에 찌든 사람들은 타인의 눈치를 살피며 노예처럼 살고 있었고, 뛰어난 능력을 가지고 있음에도 발휘하지 못했다. 이런 상황에서 그는 사람들에게 운명에 맞서 저항해야 한다고 외쳤다. 범람하는 강에 휩쓸려 떠내려가지 않기 위해 둑과 댐을 쌓아야 한다고, 만일 군주가 운명을 받아들이면 그는 슬픔을 맞게 될 것이라고 거듭 강조한다.

그러나 그가 말하는 군주는 세습군주가 아니다. 운명의 힘이 범람하고 난장판을 치는 상황에서 기존의 도덕적 원칙을 고수하는 군주, 권력을 이어받은 세습군주는 필요치 않았다. 그가 생각한 군주는 새로운 국가를 만드는 군주, 강한 리더십을 가진 혁명적 군주였다. 그것이 그 유명한 사자와 여우의 비유다. 새로운 군주는 사자처럼 강력한 힘을 가져야 하고, 때로 여우처럼 간교한 계략을 쓸 수도 있어야 한다는 것. 마키아벨리는 야수성과 인간성을 동시에 가진 신화 속의 반인반수가 위대한 영웅의 스승이었다고 본다. 새로운 군주는 이런 두 성향을 동시에 지녀야 한다는 것이다.

하지만 이때 야수적 폭력, 간교한 계략으로서의 '악'은 새로운 근대 국가 건설이라는 예외적 상황에서 강조된 것일 뿐, 일상의 문제와는 차원이 다르다. 그는 분열된 국민들을 한 데 모으는 혁명적 군주를 생각했던 것이다. 당시 정치는 군주정 체제를 따랐고, 군주정의 주인은 군주였다. 열심히 일해도 생산물은 군주의 손아귀로 들어가기 때문에, 사람들은 자기 이익을 우선적으로 추구했고, 때문에 결속은 어려웠다. 마키아벨리는 이렇게 분열된 사람들을 통제하기 위해 군주는 인자하기보다는 두려운 존재가 되어야 하고, 때로는 속임수도 필요하다고 생각했다.

그러나 통치자의 간교함과 두려움이 언제나 통하지 않는다고 그는 거듭 말한다. 그리고 사악한 수단으로 얻은 권력은 오래 가지 않으며, 거기서 어떤 영광을 바라서는 안 된다고 충고한다. 군주가 도덕적으로 행동하는 것이 더 낫다고 판단되면 그렇게 행동해도 되지만, 본디 예측 불가능성한 세계는 도덕과 폭력, 간계만으로 통제할 수 없다는 것을 인정한다. 정치의 본질은 대화와 설득에 있으나, 때로 그것은 통하지 않는다. 예측 불가능한 삶, 우연한 사건 사고는 언제 어디서든 마주칠 수 있다. 그래서 그는 '인간 행위의 절반을 운명이 지배한다면 운명은 인간의 자유를 제거하지 않기 위해서 대략 나머지 절반을 인간이 통제할 수 있게 해주었다'(니콜로 마키아벨리, 2008 : 163)고 말한다.

그는 분열된 이탈리아인들을 하나로 묶어내려면, 그 인민들의 힘을 실현하는 군주, 인민들과 하나된 군주가 필요하다고 생각했다. 그가 볼 때 이탈리아인 모두는 제각기 위대한 기술과 용기를 가지고 있지만, 지도자는 준비돼 있지 않았다. 그가 바라는 지도자는 스스로 인민과 동일시하려는 의식을 가진 인물이어야 했고, 인민 의식을 표현하는 인간이어야 했다. 한마디로, 그는 우발적인 사건이나 우연적 상황에 맞닥뜨릴 때 유연하게 대처할 수 있는 자, 인민과 다르지 않다는 인식을 가진 자가 지도자가 되어야 한다고 생각한 것이다.

이러한 마키아벨리의 정치관은 권력자로서의 정치, 다시 말해 정치적 권위에 초점을 두고 있다는 점에서 개인의 자유를 강조하는 인문정신을 말하기에는 여전히 한계를 안고 있다. 그러나 현대를 살아가는 우리에게 많은 생각할 거리를 제공한다. 21세기를 살아가는 우리는 마키아벨리가 살았던 시대와 달리, 모든 면에서 엄청나게 발전한 시공간에 살아가고 있다. 그러나 사람들의 의식이나 정치적 차원에서는 크게 달라진 것 같아 보이지 않는다. 르네상스기의 사람들이 교황의 권위를 흠모하면서 교회의 권위를 고대인들의 권위로 대체했듯이, 권력을 휘두르는 정치 권력자들을 비판하면서도 속으로 권력자를 흠모하는 사람들이 많다.

자신은 특별한 사람이라고 여겨 자신과 다른 사람들을 함부로 취급하는 사람도 있다. 심지어 시민들을 동물에 비유하여 개돼지라고 폄하하는 정치인도 있지 않은가. 그런 정치인을 비판하면서도 속으로 흠모하는 사람들은 과연 어떤 정치를 하고 싶은 걸까. 어쩌면 마키아벨리는 군주론을 통해 이렇게 묻고 있는지도 모른다. 당신은 어떤 사람이 지도자가 되어야 한다고 생각하는가? 당신이 지도자라면, 당신은 어떤 지도자가 될 것인가?

06. 이성의 오라, 아우라
– 르네 데카르트, 합리적 이성

　개인의 자유를 추구하는 인문정신은 17세기에 이르러서야 빛을 발하기 시작한다. 데카르트(René Descartes : 1596~1650)는 그 서막을 연, 근대철학의 아버지로 불린다. 그는 중세시대에 자명하다고 생각되던 모든 지식 체계를 인간 중심으로 재편하기 위해서 확고부동한 중심, 그 토대를 다시 세우려고 시도했다. 그 토대가 곧 인간이다. 더 정확히 말하면, 새롭게 사유할 수 있는 인간의 이성. 그것은 그의 유명한 코기토(Cogito, ergo sum)에도 응축돼 있다. 그런데 그는 왜 사유하는 인간을 강조한 걸까. 사람은 누구나 생각을 한다. 자신이 무엇을 생각하는지도 알고 있다.

　그러나 데카르트가 말하는 생각은 단순한 생각이 아닌 새로운 생각이다. 새로운 생각은 습관적 삶에서 일어나지 않는다. 그저 고만고만한 사연을 품은 과거를 안고 크게 달라질 것 없는 미래를 향해 변화 없는 현재를 살아가는 사람에게 새로운 생각은 불가능하다. 대개의 사람들은 그렇게 습관에 젖은 생각을 덧붙이는 데 익숙할 뿐, 새로움을 느끼지 못한다. 신의 명령에 맹목적으로 따를 때도 진정한 생각은 불가능하다. 데카르트에 의하면 진정한 생각은 의심과 질문에서 시작된다. 지금껏 당연한 것으로 믿어왔던 그 믿음이 과연 진리인지, 혹시 누군가에 의해 알게 모르게 강요되는 일종의 폭력은 아닌지, 의심하고 질문하는 순간 새로운 생각도 가능해진다.

그래서 데카르트는 모든 것을 의심해보아야 한다고 말한다. 그에게 이성은 모든 것을 의심하고 새롭게 생각할 수 있는 인간의 능력으로 사유된다. 그는 수학적 진리를 포함한 모든 진리가 확신할 수 있는 진리이고, 그 확신이 한 사람에 한정되는 것이 아니라 모두가 그렇게 믿는 믿음에 기초해 있다고 할지라도 그 진리가 반드시 참인지는 의심해보아야 한다고 본다. 그 대상이 참인지 거짓인지 분별하려면, 지금껏 참되다고 믿어온 그 '참[眞]'이 확고한 기초 위에 있는지 따져서 그 근거를 찾아야 새로운 토대를 세울 수 있다고 생각한 것이다. 모든 것을 의심할 수 있는 사유 주체로서의 인간은 이렇게 해서 그 탄생을 알리게 되는데, 여기서 우리는 그의 논의가 어떤 배경 속에서 탄생했는지, 그의 삶과 관련하여 살펴볼 필요가 있다.

데카르트는 프랑스 중서부 지방 투렌의 라에이라는 마을에서 지방 고등법원 법관의 셋째 아들로 태어났다. 태어난 지 1년 남짓 만에 어머니를 여의고, 외할머니와 유모의 손에서 자랐다고 한다. 18세 되던 1606년에 제수이트 교단이 설립한 라플레슈La Fléche 학원에 입학하여 학업을 시작하는데, 이 학원은 엄격한 기숙사 생활을 하도록 되어 있었다. 그러나 몸이 허약했던 데카르트에게는 아침에 늦게 일어나는 것이 허용되었고, 이로 인해 그는 자주 침대에 누워 사색하는 습관을 갖게 된다. 라플레슈 학원에서 졸업한 이후 푸아티에 대학에 입학하여 법학과 의학을 전공하고 1616년에 법학사 학위를 취득하는데, 학업의 과정에서 그는 늘 학교에서 배우는 중세풍의 철학보다는 새로운 과학과 철학에 관심을 가졌다.

20세가 지나서는 여행을 하면서 세상의 새로운 지식을 쌓기로 마음먹는다. 1618년에 30년 전쟁이 발발하자, 이듬해 군대에 참전하게 되는데, 복무 도중 독일 남부 울름 근교에 머물며 보편학문에 대한 영감을 얻게 된다. 이후 네덜란드와 이탈리아, 프랑스 등지로 여행하다가 1628년부터는 네덜란드의 암스테르담으로 이주하여 20년 동안 거주하게 된다. 암스테르담에 정착한 그는 그동안 자신이 참이라고 생각했던 대부분의 것들이 사실은 프랑스 내에만 통용되던 협소한 것이라는 사실을 깨닫게 된다. 그러니까 여행을 통한 낯선 경험이 그로 하여금 지금껏 참되다고 믿었던 것이 어디서나 '참[眞]'으로 통하지 않는다는 사실을 알게 한 것이다.(윤선구, 2003 : 1~3)

이후 그는 신뿐 아니라 기존의 모든 학문과 세상의 선례와 관습에 대해 의심하기 시작한다. 『방법서설』이나 『성찰』은 이 시기에 집필한 대표적 저서들이다. 이 중 『방법서설』은 그가 1636년에 쓴 『이성을 잘 인도하고, 학문에 있어 진리를 탐구하기 위한 방법서설, 그리고 이 방법에 관한 에세이들인 굴절광학, 기상학 및 기하학』이라는 다소 긴 제목이 붙어 있는 책의 첫 번째 부분이다. 여기서 그는 이성을 인도하는 규칙에 따라, 방법적 회의를 통하여 철학의 제일원리로 불리는 최초의 확실한 인식인 자아의 존재를 인식하는 과정과, 자아의 존재와 정신 안에 존재하는 신과, 물체에 대한 관념으로부터 신의 존재와 본질에 관한 인식, 그리고 물질세계의 존재와 이 세계를 지배하는 자연법칙을 도출하는 과정을 보여줌으로써 확실한 인식으로서의 자연에 관한 인식을 획득하는 과정을 보여주고 있다.(윤선구, 2003 : 4)

『방법서설』 서론에서 그는 "우리에게 확신을 주는 것은 확실한 인식이 아니라 관습이라는 선례라는 점, (중략) 그것에 동의하는 사람이 많다고 해서 그 진리성이 유효하게 증명되는 것이 아님을 알게 되었다."(윤선구, 2003 : 30)라고 하면서 자신만의 독자적인 방법으로 진리를 탐구해간다. 이를 위하여 모든 것을 의심해 본다. 가령, 내가 바라보는 저 붉은 컵은 과연 붉은가? 바다를 바라보며 푸르다고 느끼는 바다가 정말 푸른가? 방금 들은 고양이 울음소리는 혹시 어린아이의 울음소리는 아닌가? 내가 경험하는 이 경험이 꿈이 아니라는 것을 어떻게 확신할 수 있는가…? 이렇게 조금이라도 의심할 수 있는 것은 거짓된 것으로 간주하고, 이후에도 전혀 의심할 수 없는 것이 남아있을 수 있는지 알아보기 위하여 모든 것을 의심한다.

이러한 과정에서 데카르트가 도출한 것은 의심하는 '나'이다. 그는 모든 것이 거짓이라고 생각하는 동안에도 생각하는 나는 반드시 존재해야 한다고 생각한다. 내가 생각하기를 중단하면 나의 존재를 믿게 할 아무런 근거도 존재하지 않는다. 그렇기에 나는 끊임없이 생각해야 한다. 그의 철학의 제일의 원리, "나는 생각한다, 고로 존재한다"라는 코기토는 여기에서 나왔다. 생각하는 '나'는 무엇을 확신할 수 없지만 끊임없이 의심하고 고민한다. 이 고민은 참된 것을 거짓된 것에서 구별하는 이성을 뜻한다. 그에 따르면, 이성은 명석 판명한 인식에 근거한다. 이 인식은 지금까지 참이라고 믿었던 것이 진정으로 참일 수 있는지 그 근거를 찾아 이유를 댈 수 있는 능력과 관련된다. 데카르트가 보기에 이 능력은 모든 인간이 태어날 때부터 타고난 천부적인 것이다. 따라서 참된 인식에 이르기 위해서는 누구에게나 동등하게 주어져 있는 이성을 올바로 사용해야 한다.

생각하는 나는 의심하는 존재이므로 불완전하다. 완전한 존재의 이성[idea]은 불완전한 존재에게서 나올 수 없다. 따라서 가장 완전한 존재의 관념은 신이 나에게 넣어준 것으로 보아야 한다.(윤선구, 2003 : 9-10) 인간에게 이성은 이미 선험적으로 부여된 것이며, 때문에 누군가가 어떤 행위를 할 때 저것이 좋다/옳다고 모두가 판단할 수 있다는 것이다. 이런 맥락에서 데카르트는 인간을 '합리적 존재'라고 말한다. 이 합리성은 공동체를 이루는 논리로 이어진다. 그에 의하면 인간은 홀로 존재할 수 없고, 국가·가족 등 사회집단의 일원일 수밖에 없으므로 자기 자신보다는 집단의 이익을 위해 행동하는 것이 더 바람직하다. 모두가 그렇게 생각하고 받아들이는 합리성은 공동체를 이루는 기본 요건이 된다.

그렇다면 우리는 이런 질문을 해볼 수 있을 것이다. 모두가 좋다, 또는 옳다고 생각하는 그 참이 과연 참인가? 과연 무엇이 참이고 거짓인가? 이 질문에 모든 사람이 동일한 답을 하지는 않을 것이다. 자신이 속한 환경, 시공간적 차이, 공동체의 차이에 따라 사람들은 참[眞]을 다르게 생각할 수 있고, 전혀 다른 입장을 표명할 수도 있다. 초록색이 검은색을 만나면 자신이 밝은 색이라고 생각할 수도 있지만, 밝은 노란색을 만나면 자신이 무거운 색이라고 생각할 수도 있지 않은가.

하지만 데카르트는 그 차이에 대해서는 언급하지 않는다. 다만 인간이라면 누구나 참된 것과 거짓된 것을 구별할 능력이 있다는 사실에만 주목한다. 그러니까 그의 '존재(한다)'는 세계와 부딪치는 '몸'이나 실존과는 관련이 없는 셈이다. 그의 심신이원론은 이러한 그의 논리를 뒷받침한다. 그는 정신과 육체를 구분하여, 육체는 기계적으로 움직이는 물질에 불과하다고 본다. 정신적 진리에 이르는 길은 이성에 있고, 육체적 욕망은 정신적 진리에 이르기 위해 억압해야 할 대상이라고 생각한다. 이에 따라 강조했던 토대로서의 이성(혹은 지성)은 애초에 그가 벗어나려고 했던 신적인 영역으로 되돌아가는 결과를 낳고 만다.

이것을 우리는 이성의 오라誤羅, 혹은 아우라Aura라고 할 수 있을 것이다. 이성은 생각하는 나, 즉 인간을 중심으로 한 사고이기에 그 밖의 것을 배제시킨다. 인간을 중심으로 세계를 바라볼 때, 인간 밖의 자연이나 사물은 '생각 없는 대상'으로 취급된다. 이 사유가 근대라는 긴 세기 동안 자연, 사물, 몸, 감각, 욕망을 억압하는 논리로 작용했다. 데카르트는 참된 것, 즉 명징하고 확고한 진리(지식)를 알기 위해 욕망을 억눌러야 한다고 생각했지만, 그것이나 아닌 다른 것을 배제함으로써 타자의 자유를 얽어매는 오랏줄로 작용하고 있는 것이다. 그러나 그렇다 하더라도 생각(이성)을 가능케 하는 '의심'이나 질문까지 모두 부정할 필요는 없을 것이다. 어떤 무엇에 대한 의심이나 질문을 하지 않고 어떤 새로운 생각이 가능하겠는가. 의심하는 순간, 질문하는 순간 무엇에 대한 생각이 왕성해지고 몰입도 가능해진다면, 의심은 새로운 삶, 창조적 상상력을 발휘할 아우라Aura가 될 수 있다.

07. 욕망, 삶을 지속하는 힘
- 바뤼흐 스피노자, 코나투스

    스피노자(Baruch de Spinoza : 1632~1677)는 우리에게 "내일 지구의 종말이 올지라도 나는 한 그루의 사과나무를 심겠다"고 말한 것으로 잘 알려져 있다. 그런데 사실 이 말을 스피노자가 하였다는 문헌적 증거는 없다. 그의 일생은 그렇게 낙관적이지도 평탄하지도 않았다. 스피노자의 가족은 스페인에서 종교탄압을 피해 네덜란드로 이주했던 유대인이었다. 당시 네덜란드는 청교도의 엄격한 율법을 따르는 종교인들이 많았고, 경제적으로는 황금시기라고 불릴 만큼 호황을 누리고 있었다. 네덜란드는 자국의 경제적 발전을 고려하여 유대인들을 받아들였다. 이민자인 유대인들은 종교공동체이자 경제공동체인 네덜란드에 적응하기 위해 더 엄격하고 금욕적인 삶을 살았다.

    스피노자의 아버지는 네덜란드를 상징하는 암스테르담에서 견과류나 곡식을 파는 상인으로 일했다. 스피노자는 아버지가 정착한 암스테르담에서 탄생했다. 말하자면, 스피노자는 이민자 2세인 셈이다. 스피노자는 아버지의 일을 도우면서 율법학교에 다녔고,

학교에 다니는 동안 우리엘이라는 청년이 내세의 신앙을 의심하는 논문을 발표하여 유대교회로부터 혹독한 파문을 당하는 사건을 접하게 된다. 교회는 그 청년을 교회당 입구에 엎드리게 한 다음, 신자들로 하여금 그를 짓밟고 들어가게 했다. 육체적인 고통보다도 인격 모독에 더욱 치를 떨었던 그 청년은 집으로 돌아가는 즉시 그 박해자들에게 준열한 비난 편지를 써서 유서로 남긴 채 자살했다. 이 사건은 감수성이 예민한 스피노자에게 커다란 충격을 주었다.

이후 그는 유대교에 의문을 품고 《탈무드》 연구에 더욱 몰두한다. 22세 되던 해에 아버지가 세상을 떠나자 스피노자는 가업을 이어받는다. 스피노자 상회의 주인이 된 스피노자는 언어뿐 아니라 종교와 생각이 다른 수많은 사람을 만나면서 문물의 변화를 최전선에서 접하게 된다. 한동안 안경렌즈를 닦는 일도 했던(안경렌즈를 닦았다는 것은 지금 우리가 이해하는 안경세공사의 차원과 다르다. 렌즈는 천체를 관찰하는 망원경의 핵심적 부품이고, 이것은 당시 사회가 그만큼 발전했다는 것을 뜻한다) 그는 자신이 암스테르담에 머물게 된 것을 큰 행운으로 여겼고, 훗날엔 학문에 마음이 쏠려 있어 가업을 정리하고 만다.

그의 유명한 저서 『에티카』는 그가 33세 때 집필한 책이다. 이 책은 그의 당대에 출간되지 못했다. 인간의 다양한 감정에 대해 서술하고 있는 이 책은 이성과 신앙을 중시했던 암스테르담에서는 일종의 금서였다. 이성과 신앙은 금욕과 절제를 통해 가능해지는 것이며, 이것은 당시 사람들이 살아가면서 지켜야 할 윤리[moral]였다. 절제와 금욕을 통한 전체 통합, 그것이 지배담론이 강조한 윤리였고 종교인의 윤리였다.

물론 스피노자가 신을 부정한 것은 아니다. 그는 개인 안에 (정)신이 있다고 믿었고, 인간은 자기 안의 그 (정)신성을 실현해야 한다고 생각했다. 그것을 실현하는 윤리가 곧 사랑의 윤리이다. 스피노자가 생각할 때 '선악과를 따먹지 말라'는 신의 말씀은 인간에게 벌을 내리기 위한 것이 아니었다. 우리가 누군가와 만날 때, 그 사람의 결이 나의 결과 맞지 않다고 느껴질 때가 있는 것처럼, 사물도 나와 결이 맞지 않는 것이 있다. 가령, 우리가 맛있는 사과를 먹는다고 하자. 아무리 맛있는 사과라 하더라도 내게는 독이 될 수도 있다. 이런 차원에서 스피노자는 선악과를 금기하는 신의 말씀을 일종의 계시로 받아들였던 것이다.

스피노자는 우리 안에 (정)신성을 더 크게 실현하기를 바랐다. 신의 사랑은 어느 한 대상에 집착하는 사랑이 아니다. 어느 한곳에 집착할 때, 다른 것은 볼 수 없는 것처럼 스피노자는 더 많은 사람 더 많은 사물을 만남으로써 더 많은 사랑을 할 수 있기를 바랐다. 이를 위해 그가 내세운 개념이 바로 코나투스_Conatus_이다. 코나투스는 삶을 지속하고자 하는 힘, 내지 의지를 말한다. 일체의 선_[good]_과 악_[evil]_을 배제하는 것이 아니라, 선악의 구분을 넘어서 나(개별자)에게 좋은 것_[good]_과 나쁜 것_[bad]_을 스스로 판단하는 힘, 이것을 그는 코나투스라고 한다.(바뤼호 스피노자, 2014 : 168)

스피노자에 따르면 선과 악의 인식은 우리에게 의식된 한에 있어서의 기쁨 또는 슬픔의 감정일 뿐이다. 기쁨에서 생기는 욕망은 기쁨 자체에 의해 촉진되거나 증진된다. 이에 반해 슬픔에서 생기는 욕망은 슬픔의 감정 자체에 의하여 감소되거나 억제된다. 그러므로 삶을 지속하려면 유쾌하고 즐거운 감정, 즉 자신의 코나투스를 증진시켜야 한다. 물론 코나투스는 인간에게만 국한된 것은 아니다. 그에 따르면 인간을 포함한 모든 사물은 자기 삶을 지속하고자 하는 코나투스를 본질로 가지고 있다. 그러나 인간은 동물과 달리 자신이 무엇을 하고 있는지 스스로의 행위를 자각할 수 있고, 자신이 무엇을 원하는지 자기 욕망을 의식할 수도 있다. 때문에 자기 욕망을 스스로 절제하기도 한다.

그러나 스피노자는 욕망을 긍정한다.(바뤼흐 스피노자, 2014 : 248) 스피노자에게 욕망은 새로운 관계, 혹은 새로운 가치를 생산하는 힘이다. 무엇인가를 원하는 욕망, 혹은 충동이 먼저이고 의식적인 판단은 그다음에 온다. 우리는 어떤 일을 선하다고 판단하기 때문에 욕구하고 노력하는 것이 아니라, 거꾸로 욕구하고 노력하는 가운데 그것이 선이라고 판단한다. 코나투스(욕망)는 결코 불변의 이데아와 같이 고정돼 있는 것이 아니라, 타자와 우발적으로 마주치면서 증가하거나 감소할 수 있는 역동적인 힘이다.

인간은 누구나 타인과 마주칠 수밖에 없고 어떤 식으로든 자극을 받게 된다. 자극은 우리의 정신과 감정을 움직이게 한다. 그 움직임이 기쁨을 동반한다면 우리는 삶의 의지가 증가되었다는 것을 예감할 수 있다. 스피노자에게 이것은 코나투스가 증진되었다는 것을 의미한다. 삶의 주인으로서의 인간은 자신의 코나투스가 증진되는, 다시 말해 자신의 삶에 기쁨을 주는 타자와 만남을 시도하고 그 만남을 유지해야 한다. 반대로 유쾌한 만남을 가로막는 어떤 부당한 힘이 개입된다면, 우리는 그 힘에 맞서 싸워야 한다. 만일 타자가 내게 슬픔과 우울함만을 가져다준다면, 그와의 관계

는 단연코 끊어야 한다.(바뤼흐 스피노자, 2014 : 249)

물론 살다 보면 싫어도 만나야 할 사람이 있고, 힘들게 하는 사람과 관계를 지속해야 할 경우도 있을 수 있다. 그러나 그런 관계가 지속되면 우리 삶은 끝내 황폐해진다. 우리가 선 자리는 폐허가 되고 만다. 스피노자가 코나투스를 긍정한 이유도 여기에 있다. 스피노자의 에틱(윤리)은 소통의 윤리이자 사랑의 윤리이다. 소통은 타인과 만남으로써만 가능하다. 고독한 방 안에 앉아 떠드는 혼잣말은 아무 의미가 없고, 소통도 불가능하다. 그래서 스피노자는 말한다. 타자와 몸으로 부딪치라고, 자신의 존재를 끈질기게 지속하려고 애쓰는 노력(코나투스)이 존재의 본질이라고.

08. 자유, 스스로를 개시하는 능력
- 임마누엘 칸트, 미美의 윤리

데카르트가 강조한 이성과 스피노자가 옹호한 감성은 18세기 독일의 칸트(Immanuel Kant : 1724 ~1804)에 의해 새롭게 논의된다. 칸트는 감각적 경험론이나 오성(지성)적 합리론을 종합하여 감각과 오성이 우리 인식의 두 가지 조건이라고 주장했다. 그는『순수 이성 비판』(1781)에서 우리의 마음에 감각이라는 작용과 오성이라는 능력이 동시에 존재하지 않으면 우리는 대상을 인식할 수 없다고 한다. 그에 의하면, 인간에게는 감성과 오성이란 인식 능력이 있고, 둘 중 하나라도 없으면 인식은 불가능하다. 그래서 오성만 작용할 때 우리의 인식은 공허하고, 반대로 감성만 작용하면 우리의 인식은 맹목적이게 된다.

그러나 감성과 오성에 빠져 더 중요한 것을 간과해서는 안 된다. 그것이 곧 사물 자체의 촉발이다. 예를 들어 '사과가 둥글고 붉다고 생각할 때, 이 생각이 가능하려면 먼저 사과 자체가 우리의 감성을 촉발해야만 한다. 그다음 우리는 감성에 들어온 현실적 대상에 자발적이고 능동적으로 사과, 둥긂, 붉음 등의 개념을 붙일 수 있다. 그 결과 우리는 마침내 '둥글고 붉은 사과'를 인식할 수 있게 된다는 것이다. 여기서 생각해볼 점은 인식의 순서이다. 칸트의 논리대로라면 우리에게 사과의 인상이 먼저 주어져야 한다. 우리는 이 주어진 인상을 개념을 통해 판단하게 된다. 감각 인상을 먼저 수용하지 않으면 생각할 수조차 없다는 것, 결국 감각이 먼저이고 마음이 나중이라는 셈이다. 이러한 인식의 순서는 사물을 눈으로 보아도 마음이 없으면 그 자체를 의식하지 못하는 경우가 많다는 점을 감안하면 재고의 여지가 있다.(강신주, 2016 : 321)

어떻든 이러한 칸트의 노력에 의해 사물을 인식하는 방법은 새롭게 사유된다. 칸트 이전에는 둥근 사과의 본질, 즉 참인지 거짓인지 존재의 진위를 따지는 것(이성)이 철학자의 임무였다면, 칸트에 이르러 '둥근 사과'는 그 자체로 존재하는 것이 아니라, 우리의 자발적인 인식 능력에 의해 구성된 결과물로 판명된다. 이후 10년의 간격을 두고 쓴 『실천 이성 비판』(1788), 『판단력 비판』(1790)은 '나는 무엇을 알 수 있는가?' 하는 질문에서 '나는 무엇을 행해야 하는가?', '나는 무엇을 바라도 되는가?' 하는 질문으로 이어지는 것이라 할 수 있다. 이 물음들에서 이전까지 강조돼 왔던 진선미의 조화는 분리되고 쪼개진다. 진이 참/거짓을 분별하는 이성에 해당되고, 선이 선/악을 구별하는 윤리의 측면에 닿아있고, 미가 아름다움과 추함을 말하는 미학을 말한다면, 『판단력 비판』에서 칸트는 선한 것이 참된 것이고 아름답다는 이전의 논의를 구별하여 미적 태도를 강조한다.(칸트, 2006 : 380-381)

예를 들어, 여행을 하다가 우연히 거대하고 화려한 궁전을 목격하게 되었다고 해보자. 칸트에 따르면 이 장면은 세 가지 관심에 입각해 다르게 이해할 수 있다. 첫째는 이론적 관심이다. 우리는 궁전의 높이와 그것을 세운 재료 등을 이론적으로 생각해볼 수 있다. 이것이 진리의 영역이다. 그러나 우리는 이 장면을 윤리적 관심을 통해 바라볼 수도 있다. 이 경우 우리는 궁전을 세우는데 '얼마나 많은 이름 없는 민중들이 동원되었을까', 혹은 '얼마나 많은 세금을 거두었을까?' 하는 생각을 할 수 있다. 이것이 바로 윤리의 영역이다. 한편 이론이나 실천을 포함한 일체의 관심을 두지 않고, 다시 말해 이성과 윤리를 전혀 개입시키지 않고 궁전의 웅장한 모습을 아름답게 바라볼 수도 있다. 이것이 곧 미의 영역이다. 칸트에 따르면, 미적 태도는 이성이나 윤리를 개입시키지 않고, 대상을 있는 그대로 볼 때 실현된다.

가령, 길을 가다 강물에 빠진 아이를 보았을 때, 저 강의 수심은 얼마나 깊을까, 내가 과연 저 아이를 구할 수 있을까 하는 이성[眞]적 판단 없이, 어떤 피부색이나 성별, 종교 등 특정 사회에 대한 인식이 개입되는 윤리[善]적 관심도 없이, 물에 빠진 아이를 향해 곧장 물속으로 뛰어드는 행위가 곧 미[美]적 태도라는 것이다. 칸트는 이러한 행위를 가능하게 하는 성향은 모든 인간에게 이미 내재돼 있다고 보았다.

『실천 이성 비판』에서 그가 제시하는 실천은 이러한 선험적 자유를 기반으로 한다. 칸트에 의하면, 자연 안의 모든 사물은 예외 없이 인과 법칙에 따라 규정되며, 이때의 인과 법칙이란 물리 화학적인 필연적 계기 관계뿐만이 아니라, 심리 생물학적인 필연적 계기 관계까지 포함한다. 인간 또한 자연 법칙 아래 종속돼 있다. 하지만 인간은 자연의 인과 연쇄를 끊고 어떤 행위를 시작할 수 있는 힘을 가진 자유로운 존재이다. 우리가 도덕 법칙을 자명한 것으로 의식하고 있다는 사실이 바로 우리의 의지가 자유롭다는 것의 직접적인 증거이다.

칸트에게 자유는 자연 안에 있는 것이 아니고, 자연에 종속된 인간에게 속한 것도 아니다. 자유는 자연 속에서 만날 수 없는 초월적인 것이지만, 우리는 그것을 도덕 법칙을 통해 인식할 수 있다. 만일 도덕 법칙이 우리의 이성에서 먼저 명료하게 생각되지 않는다면 우리는 결코 우리 안에 자유와 같은 어떤 것이 있다는 것을 인식할 수 없다. 칸트는 이러한 도덕 법칙을 통해 자유의 실천성을 강조한다.

그에 따르면, 우리가 어떤 사태를 만나면 우리 자신의 준칙에 의거하여 자기 자신을 보편적 입법자로 간주할 수 있도록 그렇게 행동해야 한다. 그러니까 어떤 상황에 대처하는 행위는 스스로 선택하고 결정하되, 그 결정과 행동은 자신뿐 아니라 다른 모든 사람에게도 허용되는 방식으로 해야 한다는 것이다.(박정하, 2003 : 60~69) 그래서 그는 인간을 합리적이고 자율적인 존재라고 말하기도 한다.

그런데 합리성과 자율성은 그 자체로 모순을 안고 있다. 보편적 합리성이 일반적인 것, 다수가 그렇게 생각하고 받아들이는 전체성을 따르는 것이고, 자율성이 스스로에게서 말미암은 것, 고유성과 특수성을 가리키는 것이라면 보편성에 따라 자율적으로 행동한다는 말은 이율배반적이다. 이 논리로 타인과의 소통을 말한다면, 보편성은 소통을 오히려 방해하는 요소로 작용한다. 소통의 궁극 지점이 사랑이라면 더욱 그렇다. 보편적인 것, 일반적인 관점에서 사랑 대상은 반드시 '너'가 아니어도 된다. 너 아닌 다른 사람이어도 상관이 없고, 그 사람이나 저 사람으로 대체하거나 교환해도 무방하다. 그러나 사랑은 '너' 아니면 안 된다. 나에게 특별한 것, 다른 사람과 대체 불가능한 사람, 일반명사가 아니라 고유명사여야만 한다. 사랑은 나에게 가장 특별한 '너'일 때, 네가 없으면 내 삶도 불가능하다는 생각이 들 때 비로소 가능해진다. 이렇게 보면, 보편적 도덕 법칙에 입각하여 자유롭게 행동해야 한다는 칸트의 말은 그리 설득력 있게 다가오지 않는다.

그럼에도 불구하고 칸트의 보편성은 많은 것을 시사한다. 칸트는 보편적 시민 사회를 이루어야 한다는 입장에서 어떤 특정한 관점을 벗어나 인간 자체, 인류의 차원에서 윤리적 실천 문제를 말하고 있기 때문이다. 칸트의 생각에 따르면, 나와 상관없는 어떤 사람이 위험에 처해 있을 때, 나와 상관없는 일에는 끼어들 필요가 없다는 인식이 개별 윤리로 작용한다면 내가 위험한 상황에 노출되었을 때 나와 상관없는 사람들은 나를 그냥 지나치게 될 것이다. 만일 지구촌 사람들 모두가 이런 태도를 취한다면, 위험에 처한 사람은 거기서 빠져나올 수 없게 될 것이다. 그래서 칸트는 네 의지의 준칙에 의거하여 자기 자신을 보편적 입법자로 간주할 수 있도록 그렇게 행동해야 한다고 말했던 것이다. 이러한 칸트의 논의는 이후 공리주의나 독일의 관념론 등을 발전시키는 한 계기로 작용하게 된다.

09. 타자 인정 욕망
- 게오르크 헤겔, 주인과 노예의 변증법

헤겔(Georg Hegel : 1770~1831)은 19세기 독일의 철학자이다. 그는 역사의 발전과정을 변증법적으로 설명하고 있는데, 알다시피 변증법은 테제these와 반테제anti-these가 서로 모순을 만들고 지양될 때 도출되는 신태제synthese, 이른바 정반합의 논리를 일컫는다. 이를테면, 한 사람이 어떤 문제를 생각할 때, 거기에는 허점이 있을 수 있다. 그럼 그 허점을 지적하는 다른 사람의 의견도 있을 것이다. 그 과정에서 서로 다른 생각들을 모으면 새로운 논의가 만들어진다. 헤겔은 이러한 변증적 과정이 반복되면 어느 순간 더 이상 수정하지 않아도 되는 가장 바람직한 세계가 도래할 것이라고 믿었다.

그는 개인의 자기의식도 이러한 과정을 거쳐 완성된다고 생각했고, 그것이 개인의 차원에 머무는 것이 아니라 공동체 의식으로 이어진다고 보았다. 이는 그의 저서 『역사철학 강의』에서도 확인할 수 있다. 여기서 그는 "철학적 역사가 말하는 개인이란 세계정신"이라고 말하고 있는데, 헤겔에게 개인정신은 기본적으로 자기를 반성할 수 있는 힘으로 사유된다. 인간은 자신의 모습을 반성하고 그것을 극복하여 더 바람직한 모습으로 만들어갈 수 있다는 것이다.

그의 『정신 현상학』은 인간정신의 실현, 즉 개인정신의 성장 과정을 욕망과 관련하여 기술한 텍스트이다.(정미라, 2018) 그에 의하면 욕망은 인간정신을 성장시키는 동력이다. 이때의 욕망은 물론 동물의 욕망과 다르다. 동물은 배고픔, 굶주림 등 원초적 욕망에 집중해 있기 때문에 자신이 무엇을 원하는지, 어떤 생각을 하고 있는지, 자기의식에 이르지 못한다. 그러나 인간은 자신이 무엇을 원하는지 알고 있고, 원하는 걸 소유함으로써 타인에게 인정받으려는 욕망을 가지고 있다. 이것은 동물과 다른 인간 고유의 특징이다.

타자 인정 욕망은 타자가 있어야 생기는 욕망이기에, 타인을 상정하지 않으면 안 된다. 타인이 나를 인정해줄 때 나는 비로소 나 자신을 의식할 수 있기에, 내가 나 자신을 의식하려면 타인이 있어야 한다. 그런데 문제는 대다수의 인간이 타자는 인정하지 않고 자기만 타자에게 인정받고 싶어 한다는 것이다. 자신만 인정받고 싶어 할 때, 나와 다른 타자는 부정하게 되고 둘 사이엔 갈등과 투쟁이 일어난다.

헤겔은 우리 안에 이러한 두 의식이 공존하고 있음을 상정하고, 둘 사이의 투쟁을 '주인과 노예의 변증법'(홍준기, 2007 : 121~130)으로 설명한다. 알다시피, 주인은 자율적이고 자립이며 사물에 대한 지배권을 확보한 존재이다. 반면 노예는 주인에게 종속된, 즉 자신의 자유와 자립성을 인정받는 데 실패한 존재를 뜻한다. 자율적인 존재가 되려면, 타자에게 인정을 받아야 하기에 이 둘은 서로 목숨을 걸고 싸운다. 인정투쟁에서 싸워 이긴 쪽이 자립적 자기의식(=주인)이 되고 진 쪽이 비자립적 의식(=노예)이 되기 때문에 둘은 생사를 내건 투쟁관계에 들어서게 된다.

그런데 헤겔이 생각할 때, 이 둘은 언제든 위치가 전도될 가능성을 안고 있다. 주인은 노예를 지배할 수 있지만, 자신이 먹고 마시고 향유하는 것들은 스스로 구하지 않는다. 이렇게 보면 주인은 노예의 노동에 의존해야 생을 유지할 수 있는 비자립적인 존재에 불과하다. 더구나 노예가 주인을 위해 봉사하고 노동하는 일개의 사물일 뿐이라면, 사물화된 노예의 인정은 진정한 인정에 이르지 못한다. 따라서 자립적 의식은 노예의 의식 편으로 바뀌게 된다.

반면, 노예는 주인에게 종속돼 있지만, 주인을 위해 노동하는 가운데 자기 자신을 발견하게 된다. 자연을 가꾸고 사물을 가공하는 과정에서 자연이나 사물을 이용하는 방법을 터득하게 되고 자신이 일개의 대상으로 남아있지 않다는 사실을 자각하게 되는 것이다. 군에 입대한 군인을 예로 들어 생각해 보자. 군인은 우선 군의 체계와 규칙, 관습, 그리고 그 사유방식을 있는 그대로 받아들여 거기에 순응할 수 있다. 그러나 어느 순간 자신이 군의 체계에 좌지우지되는 객체가 아니라는 사실을 자각하고 그 규칙을 자기에게 맞게 고쳐나가기 시작할 것이다. 이때 그는 더 이상 객체로 머물러 있지 않게 된다.

이러한 주종관계를 변증적 논리와 연결해본다면, 정正은 언제든 반反이 될 수 있고 반反 역시도 언제든 정正이 될 수 있다. 그러나 헤겔은 어느 한쪽의 승리를 지향하지 않는다. 인정 싸움에서 둘 중 하나가 패하면 진정한 인정은 이루어질 수 없다. 싸움에서 이긴 한 명이 자유로운 존재로서 인정받게 되더라도 다른 한 명은 인정받지 못하고 자유를 상실한 채 살아갈 수밖에 없다. 따라서 이러한 인정은 절반의 실패로 돌아가고 만다. 더 나아가 한쪽이 죽음에 이른다면 완전한 실패로 이어질 수도 있다. 자신을 지탱하는 한쪽 극이 사라지면 그 중심도 무너지게 되고 남아있는 다른 하나도 결국 와해되고 마는 것이다.

그래서 헤겔은 두 자기의식이 서로를 인정하고 화해함으로써 이루어내는 합일슴—을 강조한다. 주인과 노예라는 두 의식이 엄청난 투쟁 끝에 타자를 인정할 필요성을 느끼고 서로 합일할 때, 비로소 자유로운 자기정신(의식)에 이르게 된다는 것이다. 헤겔이 풀어낸 '정신현상(학)'은 바로 이러한 정신의 모양, 즉 정신이 발전하는 변증적 과정을 담고 있다. 이 과정을 비자립적이고 비자발적인 자신의 상태를 자각하고 더 바람직한 모습으로 바꾸어가려고 노력하는 이성의 활동, 혹은 현재 자신의 모습을 반성하고 극복함으로써 변화해가려는 정신적 투쟁이라고 말해도 무방할 것이다.

헤겔은 개인의 투쟁을 단독자의 자기 극복으로 한정하여 해석하지 않는다. 개인의 투쟁은 단독자의 행위에 불과하지만, 그것은 동시에 자신을 둘러싼 공동체, 더 나아가 전체 역사를 변화시키는 힘으로도 작용한다. 헤겔이 "개인정신이 곧 세계정신"이라고 역설한 이유도 여기에 있다. 그는 비자립적 개인이 자신의 상태를 자각하고 좀 더 바람직한 모습으로 바꾸어가려 노력한다면, 그 노력이 개인을 넘어 공동체의 노력으로 확장된다면, 언젠가 더 이상 반성이 필요 없을 만큼 발전한 세계에 도달하지 않을까 하는, 그런 믿음 속에서 개인정신의 성장과정을 말하고 있는 것이다.

그러나 그의 믿음은 어쩌면 실현 불가능한 꿈일지도 모른다. 변증적 과정에서 요구되는 타자 인정은 타자의 시선을 의식함으로써 서로를 더 부자유한 방향으로 몰아갈 수도 있지 않은가. 합일合― 역시도 그렇다. 과연 온전한 합일이 가능할까. 합(合=자기의식)을 '나(正)'와 '너(反)'가 사랑한 결과라고 한다면, 나도 너를 사랑하고 너도 나를 사랑한다는 전제가 있어야 하지만, 둘의 사랑이 언제까지나 지속되리란 보장은 없다. 시간이 흘러 너와 내가 서로 사랑하지 않게 된다면, 그것(정신)은 나와 너를 구속하는 족쇄가 될 수도 있다.

기실 그의 논리는 서로 다른 개별자들을 하나의 전체 안으로 수렴하는 전체주의(나치즘)로 이어져 소수의 목소리를 억압하는 힘으로 작용했고, 때문에 그는 후대의 여러 철학자들에게 비판을 받게 된다. 그럼에도 불구하고 모든 것이 상호 의존과 인정을 필요로 한다는 헤겔의 논의는 여전히 중요해 보인다. 그의 타자 인정 논리는 대립과 분열로 얼룩진 세계(사)의 문제를 초개인적 공동체의식으로 극복하려는 데서 출발했으며, 그것이 궁극적으로 지향하는 것은 인간 정신의 본원적 회복에 있기 때문이다.

10. 초인의지, 그 신성한 힘
- 프리드리히 니체, 힘에의 의지

　니체(Friedrich Wilhelm Nietzsche : 1844~1900)는 '신은 죽었다'라는 말로 우리에게 잘 알려진 19세기 독일의 철학자이다. 그는 독일 동부의 작센 주 내兒 뢰켄이란 마을에서 개신교 목사의 아들로 태어났다. 그의 아버지는 니체가 다섯 살 될 무렵 세상을 떠났다. 이후 그는 어머니를 따라 외가로 가 살게 되는데, 외할머니와 어머니, 이모 둘, 여동생 등 여성으로 둘러싸인 환경 속에서 감수성이 예민한 아이로 성장한다. 어려서부터 음악과 작문 등 예술적 재능을 보였던 그는 기억력도 뛰어나서 성경 구절과 찬송가를 줄줄 암송하여 사람들에게 '꼬마 목사'로 불렸다고 한다.

　그러나 몸은 허약하여 평생 동안 병마와 싸워야 했고 정신착란을 경험한 일도 많았다. 정신착란 증세는 어린 니체가 난폭한 마부에게 채찍질을 당하는 말의 목을 끌어안고 쓰러진 이후 더 자주 경험하게 된다. 그러나 착란의 낭떠러지를 경험하는 중에도 그는 정신을 통제하는 능력을 발휘하여 정신적 붕괴를 극복하려 애썼고, 그 와중에도 글을 써서 여러 권의 책을 묶었다.(고명섭, 2012 : 103)

　이 작업을 통해 그가 하려던 일은 유럽의 전통 철학과 기독교의 밑바탕에 깔린 이성의 허위를 벗기고 그 자리에 야성적 자유를 앉히는 일이었다. 당대 계몽철학자들은 기독교 체계는 비판하되 기독교 윤리는 받아들여야 한다고 생각했지만, 니체가 볼 때 계몽철학과 기독교 윤리는 크게 다르지 않았다. 기독교 윤리는 곧 신의 윤리다. 기독교에서는 신만이 세상의 본질과 진리를 안다고 주장하며, 신의 명령에 따라야 구원받을 수 있다고 종용한다. 이때 신의 말씀은 이성에 토대한 계몽정신과 상응한다. 계몽은 '너'가 아닌, 나(=신)의 입장에서 시작된다. 나는 모든 걸 알고 있고 너는 아무것도 모른다는 것을 전제한다. 이 입장에서 하는 말은 일방적이고 훈계적일 수밖에 없다. 이때 '너'에게는 자유도 창조적 행위도 불가능하다.

그래서 니체는 이제까지 삶의 기준이었던 신의 죽음을 선고하고, 기존의 철학뿐 아니라 그에 따른 윤리도 부정한다. 그의 입장에서 볼 때, 신 안에서 인간은 행복할 수 없다. 인간은 신의 뜻을 수행하는 도구에 지나지 않고, 스스로 무엇인가를 창조하는 기쁨도 느낄 수 없다. 그에게 신앙을 강조하는 일은 창조적 행위를 말살하는 행위이고, 진정한 행복이나 기쁨의 감정을 저하시키는 근원이 된다. 니체는 선과 악을 구분하고 악을 배제하는 종교적 윤리를 거부한다. 『선악을 넘어서』에서 그가 강조하는 윤리는 스피노자가 『에티카』에서 말한, 개별자의 윤리[ethics]이다. 일체의 선악을 넘어서 개별자가 정말로 좋아하는 것, 기쁨의 감정이 가져다주는 자발적이고 능동적인 힘. 그것이 새로운 창조를 가능케 하는 에너지가 된다는 것이다.

『차라투스트라는 이렇게 말했다』는 조로아스터(낙타를 잘 키우는 사람)교의 창시자인 차라투스트라를 주인공으로 삼아 니체 자신의 철학을 풀어낸 주저主著이다. 여기서 그는 종교적 규범이 과연 바람직한 것인지 의문을 품는다. 어떤 종교든 종교에서 내세우는 신의 말씀은 인간이 마땅히 따라야 할 행동 양식이자 바람직한 행위의 규범이 된다. 신의 말씀을 따를 때 인간은 선한 존재가 되고, 그렇지 않으면 악한 존재로 규정된다. 그러나 과연 그런가? 그렇게 규정된 규범이나 의무가 우리를 오히려 구속하는 것은 아닌가? 종교에서 말하는 희생, 동정, 배려가 너를 위한 것인가? 결국 내가 너보다 낫다는 인식을 전제하지 않는가? 이러한 의문을 통해 니체는 우리에게 기존의 삶에서 가치 있다고 여겨온 그 가치에 대해 고민하게 한다. 그러고는 이렇게 말한다. '초인'이 되어 자기 삶의 주인으로 살아가라고.

니체가 말하는 초인은 현실을 초월한 사람, 즉 관념적 이데아나 초월적 (정)신성을 쫓는 사람이 아니다. 초인이란 지금-여기(대지) 현상적 삶에서, 우리를 구분하고 가두는 이성의 낡은 감옥을 깨부수고 그곳에서 새로운 가치를 세워가는 창의적 존재를 말한다. 이 존재를 그는 다음과 같이 세 단계로 구분하여 설명한다.

나 이제 너희들에게 정신의 세 단계 변화에 대하여 이야기하련다. 정신이 어떻게 낙타가 되고 사자가 되며, 사자가 마침내 어린아이가 되는가를. 공경하고 두려워하는 마음을 지닌 억센 정신, 짐깨나 지는 정신에게는 참고 견뎌내야 할 무거운 짐이 허다하다. (…중략…) 마치 짐을 가득 지고 사막을 향해 서둘러 달리는 낙타처럼, 그 자신의 사막으로 서둘러 달려간다. 그러나 외롭기 짝이 없는 저 사막에서 두 번째 변화가 일어난다. 여기에서 낙타는 사자로 변하는 것이다.

사자가 된 낙타는 이제 자유를 쟁취하여 그 자신이 사막의 주인이 되고자 한다. (…중략…) 정신이 더 이상 주인 또는 신이라고 부르기를 마다하는 그 거대한 용의 정체는 무엇인가? '너는 마땅히 해야 한다, 그것이 그 거대한 용의 이름이다. 그러나 사자의 정신은 이에 맞서 '나는 하고자 한다'고 말한다. (…중략…) 정신도 한때는 '너는 마땅히 해야 한다'는 명령을 더없이 신성한 것으로 사랑했었다. 이제 그는 자신의 자랑으로부터 자유를 되찾기 위해 더없이 신성한 것에서조차 미망과 자의를 찾아내어야 한다. 바로 이러한 강탈을 위해서 사자가 되어야 하는 것이다. 그러나 사자조차 할 수 없는 일을 어떻게 해낼 수 있는가? (…중략…) 왜 강탈을 일삼는 사자가 이제 어린아이가 되어야 하는가? 어린아이는 순진무구요 망각이며, 새로운 시작, 놀이, 스스로의 힘에 의해 돌아가는 바퀴이며 최초의 운동이자 거룩한 긍정이다. 그렇다. 형제들이여, 창조의 놀이를 위해서는 거룩한 긍정이 필요하다. —니체, 2000 : 38-41

낙타는 대상을 공경하고 두려워하는 마음을 지닌 억센 정신, 참고 견뎌내야 할 무거운 짐을 진 인간정신을 상징한다. 자신에게 '부과된 짐'을 지고 사막 같은 세상을 묵묵히 헤쳐 가는 '억센 정신'. 이것은 기독교적 신이 신자에게 요구하는 것이자, 문명적 현실이 개인에게 요구하는 것이다. 그러나 이 요구에 따르는 낙타에게 사막은 자신의 터전이 아니다. 사막은 '너는 마땅히 해야 한다'고 말하는 주인의 터전이고, 여기에 따른 공경과 두려움, 인내와 노동의 두려움은 타율적으로 주어진 것을 묵묵히 행하는 노예의 덕목일 뿐이다. 그런데 낙타는 '외롭기 짝이 없는 저 사막'에서 사자로 변한다. 사자는 더 이상 노예가 아니다. 사자는 '나는 마땅히 해야 한다'는 덕목을 단호히 거부하고 '나는 하고자 한다'는 덕목을 쟁취한다. 맹수의 왕인 사자는 그 어떤 존재도 공경하지 않고 그 어떤 존재에 대해서도 두려움을 가지지 않는다. 하고 싶으면 하고, 하기 싫으면 하지 않는다. 사자의 게으름과 놀이는 주인의 덕목이자 자유인의 덕목이다. 하지만 사자는 완전한 자유, 절대적 자유를 누릴 순 없다. 그에게는 아직 대적해야 할 대상[龍]이 있고, 의존해야 할 영역이 남아 있다.

하여 니체는 사자를 어린아이의 상태로 고양시킨다. 어린아이는 지칠 줄 모르고 새로운 놀이를 만들어내는 존재이다. 병원놀이, 자동차놀이, 소꿉놀이 등 끝없이 다른 놀이를 만들어내고, 끝없이 다른 장소로 옮겨간다. 이 모습이 곧 초인이다. 초인은 놀이를 즐기는 아이들처럼 어떤 목표나 소유의식을 갖지 않는다. 자기 행위에 대한 실망도 충족도 없고 그저 계속하여 부수고 만드는 유쾌한 순환을 즐길 뿐이다. 그 과정에서 노예가 주인이 되고, 주인이 노예가 되는 위치 전도, 즉 역할 바꾸기 놀이도 가능해진다.

그러나 어린아이의 상태, 즉 초인으로 사는 일은 말처럼 그렇게 쉽지 않다. 니체가 자주 정신착란을 경험했던 것처럼, 운명이 고통을 동반해 엄습하면 우리는 대개 신음을 토하며 웅크리거나 무기력이라는 낯선 얼굴을 할 수밖에 없다. 압도적인 고통이 보호의 방어막을 깨부술 때, 상처에 노출된 자는 적극성을 빼앗긴 채 굴복하고 마는 것이다. 니체는 이때 필요한 것이 '힘에의 의지'라고 말한다.(프리드리히 니체, 2009 : 271) 힘에의 의지는 니체가 죽은 뒤 누이동생 부부가 유고를 차지한 후 '권력에의 의지'로 의미를 왜곡하여 출판함으로써 그가 그토록 싫어했던 파시스트들에 의해 악용되었지만, 본래의 뜻은 권력에의 의지가 아니다. 니체는 세상의 모든 권위와 권력에 맞서 야성의 본능과 초인 의지를 강조했을 뿐 타인에게 힘을 행사하는 권력자가 되려고 한 적이 없다.

'힘에의 의지'는 타인과 비교하여 상대적으로 더 큰 힘을 얻으려는 의지가 아니라, 자신이 마주하게 되는 고통을 극복해가려는 의지이다. 우리의 인생은 우리의 바람과 상관없이 우리를 엄습하는 운명들로 점철돼 있다. 우리는 어떤 부모를 만나게 될지, 어떤 외모와 지능을 갖게 될지, 어떤 병에 걸리게 될지 아무것도 알 수 없다. 살다 보면 도와줄 수도 도움받을 수도 없는 일이 얼마나 많은가. 그때마다 그 자리에 주저앉아 있어서는 살아갈 힘을 잃을 수밖에 없다. 자연의 삶이 소멸과 생성의 연속(영원회귀)적 과정인 것처럼, 인간은 압도적인 고통과 마주하더라도 자신의 주체성을 잃지 말고 어떻게든 나아가야 한다. 그것은 인간이 태어나면서부터 겪어야 하는 운명적 싸움이다. 니체는 그 운명과의 싸움을 정면으로 받아들이라고 말한다. 삶을 강타해 오는 고통을 정면으로 받아들이고 그것을 극복할 수 있을 때 새로운 생성과 창조, 변화도 가능해지기 때문이다.

힘에의 의지가 강한 인간은 그러므로 고통을 사랑하는 인간이며 고난이 찾아오기를 바라는 인간이다. 가혹한 운명과 대결하면서 자신을 더욱 강하고 성숙한 존재로 고양시킬 수 있을 때, 기존의 가치에 훈육된 자기를 파괴하고 새로운 삶을 살려는 의지, 그 힘을 가지게 될 때, 진정으로 자기 삶의 주인이 될 수 있다는 뜻이다. 그래서 흔히 니체를 '망치의 철학자'로 부른다. 인간의 주체성, 자유로운 존재로서의 변혁 등을 말한 니체의 모습이 마치 망치를 들고 낡은 가치들을 파괴하며 나아가는 모습 같다는 데에서 붙여진 이름이다.

11. 신 앞에 선 단독자의 운명
- 쇠렌 키르케고르, 실존과 불안

　니체가 고민했던 실존의 문제를 종교적 차원에서 접근한 학자
는 덴마크의 신학자인 키르케고르(Sören Kierkegaard : 1813~1855)이다. 그
는 자신의 삶은 스스로 선택하고 그에 따른 책임도 스스로 져야
한다고 믿었는데, 그 믿음은 종교에 기대어 있다. 때문에 흔히 그
를 유신론적 실존주의자라고 부른다. 독실한 기독교 신자였던 키
르케고르는 신 앞에 선 단독자의 입장에서 인간의 자유의지를 강
조했던(키르케고르, 2007 : 84) 단독자로서 신에게 접근했던 그는 이성
적 윤리에 토대하여 보편적 인간 구원을 말하는 제도권적 교회의
입장과 반대편에 서게 된다. 그는 당대인들에게 기독교의 참모습
을 알리려고 노력했고, 제도화된 교회에 맞서 극렬하게 싸웠다.
그에 따르면 그리스도교는 자유를 전제로 존립한다. 신이 인간에
게 선악과를 줄 때는 그것을 먹지 않을 자유도 함께 주었고, 선택
은 오로지 자신에게 달려 있다. 이때 동반되는 불안과 두려움도
오직 자신이 감당해야 할 몫이다.
　이러한 그의 사상에 가장 영향을 끼친 인물은 그의 아버지와

그의 약혼녀 레기네 올센이다. 아버지 미카엘 페데르센 키르케고르는 경건한 기독교인이었다. 그러나 어린 시절 그는 지독한 가난을 견디지 못하고 신을 향해 저주를 퍼부었다. 성장 후 사업을 하여 코펜하겐에서 손꼽을 만큼 성공한 미카엘은 여러 명의 부인과 7남매를 얻게 된다. 키르케고르의 어머니는 첫 번째 부인의 시중을 들었던 하녀였다고 한다. 아버지 미카엘은 어린 시절 신에게 저주를 퍼부었던 죄의식에 더하여 자신의 하녀에게 임신을 시켰다는 죄의식을 안고 더욱 엄격한 종교 생활을 하게 된다. 영민했던 키르케고르는 어린 나이에 아버지의 죄의식을 알게 된다. 훗날, 다섯 형제가 아버지보다 먼저 죽어가는 것을 보면서 형제들의 죽음이 신이 내린 벌이라고 믿었다. 심지어 그는 자신도 아버지보다 먼저 죽게 될 것이라고 확신했다.

아버지로부터 비롯된 키르케고르의 죄의식은 약혼녀 레기네 올센과의 관계에 있어서도 중대한 영향을 끼친다. 스무 살의 그가 올센을 처음 만났을 때 그녀의 나이는 겨우 열네 살이었다. 당시 청혼은 열일곱 살이 되어야 가능했기에, 키르케고르는 3년을 더 기다려야 했다. 그는 3년 동안 올센에게 다른 남자친구가 접근하지 못하게 따라다녔고, 마침내 올센과 약혼을 하기에 이른다. 그러나 얼마 지나지 않아 일방적으로 파혼을 통보한다. 때 묻지 않은 올센과 죄의식에 시달리는 자신 사이에 커다란 틈이 있음을 발견했기 때문이다. 이후 그는 베를린으로 가 신학과 철학을 공부하게 되는데, 그의 초기작 『이것이냐 저것이냐』(1843), 『반복』(1843), 『공포와 전율』(1843), 『불안의 개념』(1844) 등은 당시 그가 심각하게 고민했던 흔적이 그대로 반영돼 있다. 우리가 흔히 하는 '결혼은 해도 후회, 안 해도 후회'라는 말이 『이것이냐 저것이냐』에 실린 구절에서 유래했다는 사실은 이미 잘 알려져 있다.

한편, 당시에 유명 인사들을 풍자하는 잡지 ≪코르사르≫의 편집장도 키르케고르의 삶에 영향을 끼친 인물이다. 키르케고르는 1845년 『인생행로의 여러 단계』라는 책을 출간했는데, 이때 페데르 루드비그 묄러라는 평론가가 이 책에 대한 비평을 잡지에 기고했다. 키르케고르가 볼 때 그 내용은 자신의 사상을 전혀 이해하지 못한 글이었다. 그래서 묄러의 글에 응답하는 글을 썼고, 그 과정에서 잡지의 편집자 골드 슈미트와 언쟁을 하게 된다. 이후 그는 다수의 의견에 토대한 언론은 실존적 삶에 도움이 안 된다고 생각한다. 언론이 보여주는 프레임에 갇혀 실재를 보지 못하는 경우가 얼마나 많은가. 하여 출간한 책이 『철학 단상에 대한 결론적·비학문적 후기, 모방적·감상적·변증법적 구성, 실존적인 기고』(1846)이다.

키르케고르는 출간한 책마다 필명을 사용했는데, 이 책에는 "요한네스 클리마쿠스가 짓고 S.키에르케고르가 출판함"이라는 인상적인 글귀를 달고 있다. 여기서 그는 보편적 이성에 토대한 헤겔 철학을 공격하며 자신의 철학을 강하게 드러낸다. 헤겔의 변증적 논리에 따르면, 삶은 모순과 대립 속에서 각성하고 반성하며 점진적으로 발전해가는 과정이다. 그러니까 '지금, 여기'에 존재하는 나는 반성을 통해 진화한 '나'인 셈이다. 그러나 키르케고르는 이를 부정한다. 그는 진보와 발전의 원동력은 반성이 아니라 '권태'이며, 새로운 변화는 선택에 달려 있다고 말한다.

이 내용은 그의 초기작 『이것이냐 저것이냐』에도 기록돼 있다.

이 책에서 키르케고르는 인간이 실존적으로 성숙해지는 단계를 심미적 단계, 윤리적 단계, 종교적 단계로 나누어 설명한다. 심미적 단계는 다시 세 단계로 나뉘는데, 가장 낮은 단계는 육체적 쾌락만을 추구하는 단계이다. 멍하니 TV를 보거나 간식만 먹으며 시간을 때우는 사람들이 여기에 속한다. 둘째 단계는 사업가와 같이 경제적 이익만을 추구하며 밥도 먹지 않고 일하는 사람들이 해당된다. 세 번째는 고상한 쾌락을 추구하는 사람들, 즉 책만 읽으며 책 속에 빠져 있는 사람들을 이른다.

키르케고르는 육체적 쾌락만을 추구하는 사람을 하등동물과 같다고 하면서 가장 경멸적 어조로 비판한다. 사업가와 같이 경제적 이익만을 추구하는 사람도 긍정적으로 보지 않는다. 그에 따르면 그들은 역할놀이에 치우쳐 자신의 실존을 경험하지 못하고 결국 병에 걸려 죽게 된다. 책 속에 빠져 있는 이들 역시 현실과 동떨어진 삶을 살게 되므로 방관자적 삶을 살 수밖에 없다. 심미적 단계에 놓인 사람들은 '이것도 좋고 저것도 좋다'는 식의 태도를 취하며 '윤작(주기적으로 계속해서 농사를 짓는 방식)'을 하듯 여러 가지 놀이를 번갈아 하며 즐길 수 있지만, 모두 자신의 실존과 무관하기에 결국 권태에 빠지고 만다. 대부분의 사람은 이러한 삶에 절망하고 다음 단계인 윤리적 단계에 이르게 된다.

'윤리적 단계'는 심미적 단계를 벗어나 '이것이냐 저것이냐 선택의 기로에 놓이는 단계이다. 여기서 선택은 선악을 구분하는 기독교 윤리와는 무관하다. 그보다는 보편적 이성[logos], 즉 무엇이 옳고 그른가 하는 사회 윤리적 규범과 가깝다. 사람들은 이성적 윤리에 따라 가정과 사회를 돌보고, 때로는 그 이성(이념)을 지키기 위해 죽음을 선택하기도 한다. 이때 '이성적 소리'는 자신의 실존적 나약함을 극복해야만 따를 수 있는 엄숙한 윤리를 요구한다. 요구를 따르지 않을 때 겪는 절망은 심미적 단계에서 겪는 절망보다 더 크고 처절할 수밖에 없다. 심미적 단계에서 겪는 절망은 쾌락적인 것을 지속할 수 없는 데서 오지만, 이제부터의 절망은 이성적인 것을 지속하기 어려운 데에서 오는 절망이기 때문이다. 그리하여 이르게 되는 세 번째 단계가 곧 종교적 단계이다.

'종교적 단계'에서 키르케고르가 예를 든 것은 성경에 등장하는 아브라함이다. 100세에 이삭을 얻은 아브라함은 신의 계시에 따라 자신의 소중한 아들을 제물로 바치려고 한다. 이때 아브라함은 우리가 보기에 살인자나 미친 자라고 치부할 수도 있지만, 아브라함의 입장에서는 신에 대한 믿음 속에서 그 행위를 한 것이다. 말하자면, 하나님이 자신의 아들을 살려줄 것이라는 확신 속에서 칼을 들어 올린 것이다. 이때 믿음은 오직 아브라함 자신에게서 말미암은 것이며, 그 행위 역시 스스로 선택한 것이다. 이 같은 입장에서 키르케고르는 '이성과 윤리에 의한 인간 구원'은 한갓 허상에 불과하다고 보았다.

키르케고르는 실존은 살아내는 것이며, 살아내는 것은 적극적 행위로 연결된다고 한다. 그에 따르면 객관적 사실이 진리라고 하더라도, 객관적 진리는 개별자의 인생을 바꾸지 못한다. 천동설이 지동설로 변경, 판명되었다고 하더라도 평범한 개인의 삶은 변하지 않듯이 객관적 사실이 도덕적으로 옳다는 주장도 있을 수 없다. 가장 기본적이고 상식적이라고 여기는 '가치'도 마찬가지다. 가령, 아기를 고문하면 아기가 고통스러워한다는 것을 증명할 수 있지만 아기를 고문하는 것이 도덕적으로 옳지 않다는 것을 증명할 방법은 없다.

모든 행위의 결정은 주체성의 산물이다. 우리는 신神이 사랑이라는 믿음을 가질 수 있고, 아름다움이 결국은 승리한다는 것을 믿을 수도 있다. 말뿐이 아닌 진정한 믿음이라면 믿음은 행동으로 이어진다. 그 행동이 우리 삶을 변화시킨다. 늘 진행 중이며 결코 완성될 수 없는 삶은 미래에 어떤 일을 불러올지 아무도 모른다. 친구와 "내일 만나자" 약속을 하고 돌아서 오는 길에 내가 죽을 가능성도 있다. 그래서 키르케고르는 죽음이 실존에 더 집중할 수 있게 한다고 말한다. 죽음에 직면할 때 인간은 자기답게 살아갈 수 있다. 착한 남편, 착한 아내, 착한 자식…. 역할 놀이에 충실한 인간은 자신 삶을 살아보지 못하고 죽을 수 있다.(키르케고르, 2006 : 395)

자기답게 사는 삶, 주체적 삶은 지식이나 이성이 아니라 그 이성을 의심하는 데서 시작된다. 데카르트 역시 의심을 통해 의식(이성)의 확실성을 증명하려고 했지만, 키르케고르는 인간의 의식이 이중적이어서 확실성을 담보할 수 없다고 보았다. 그에 따르면, 우리는 모든 것을 의심해 보아야 한다. 의문스러운데 의문스럽지 않은 척하는 것은 자기기만이다. 그럼에도 불구하고 최소한 믿음은 있어야 한다. 우리 안에는 의심과 믿음이 공존하고, 의심만 하면 광기에 이르게 되므로, 키르케고르는 믿음이 있어야 자신을 지탱할 수 있다고 보았다. 이렇게 믿음에 이르는 과정에서 그가 통찰해낸 실존의 의미는 이후 많은 실존주자들의 사상적 기초가 된다.

제 3 부

현대, 나를 찾아가는 여정을 듣다

12. 유한한 시간을 넘어서
- 마르틴 하이데거, 현존재

　보편적 이성이냐, 신의 진리냐! 선택과 방향의 길을 열어놓은 키르케고르의 실존주의existentialism는 하이데거(Martin Heidegger : 1889~1976)에게로 이어진다. 그러나 그들이 가리키는 방향은 서로 다르다. 키르케고르가 절대적이고 초월적인 신의 세계를 가리킨다면, 하이데거는 삶과 정신이 거주하는 현실 세계를 가리킨다. 그렇다면 하이데거는 실존을 어떻게 사유하며, 그 사유의 출발지는 어디일까? 하이데거는 독일의 남부 메스키르히라는 마을에서 태어났다. 수공업자인 아버지는 엄격한 기독교인이었다. 그 영향으로 그는 어릴 때부터 예수회 신학교를 다녔고, 성장해서는 신부가 되기 위해 프라이부르크대학에 입학했다고 한다. 그러나 1911년, 그는 신학을 중단하고 철학으로 진로를 바꾼다.

　중학교 때부터 그리스 신학과 철학을 공부했던 하이데거는 대학에서 니체와 키르케고르, 빌헬름 딜타이, 그리고 후설의 철학을 접하게 되는데, 특히 후설의 현상학은 그의 사상에 각별한 영향을 끼친다. 대학에서 후설의 조교로 일했던 하이데거는 후설의 그늘 아래서 학위논문(1914)을 완성한다. 그러나 훗날 자신만의 독자적인 길을 걷게 되는데, 이 무렵 발발한 세계 제1차 대전은 그의 철학적 전환점을 이루는 중요한 사건으로 작용한다. 제1차 대전에 참전했던 하이데거는 전쟁의 참상을 몸소 경험하며 이 전쟁의 원인이 존재를 존재자로 잘못 이해해온 서양 철학의 오류에 있음을 깨닫는다. 그리하여 그는 플라톤 이전, 고대 그리스 철학의 시원始原으로 되돌아가 거기서부터 존재의 의미를 새롭게 탐색하여 『존재와 시간』(1927), 『형이상학이란 무엇인가』(1929) 등을 펴낸다.

『존재와 시간』(박찬국, 2014)은 인간이 '어떻게' 존재하는가를 탐색한 대표적 저서이다. 여기서 그는 사물의 본질, 혹은 인간의 본성을 이원론적으로 구분하여 파악해온 기존 철학을 뒤엎고, 관계론적 차원에서 존재의 의미를 탐색해간다. 이를 위해 우선 기존의 '존재자'를 '존재'와 구별하여 그 차이를 설명한다. 기존 철학에서 존재자란 이 세상에 존재하는 모든 물상, 즉 물, 꽃, 돌 등이 세상에 있다고 할 수 있는 모든 사물을 뜻한다. 그런데 하이데거가 보기에 존재자는 진정한 존재라고 할 수 없다. 존재자는 자신의 상태를 자각하지 못하고, '스스로'를 드러내지도 못한다. 그러나 인간은 스스로 생각할 수 있고 자신을 드러낼 수 있다. 여기서 '생각하는 존재'는 데카르트가 말하는 이성적 존재와는 다르다. 데카르트가 '나는 생각한다, 고로 존재한다'라고 할 때, 존재는 '(나는) −이다', '(무엇이) −있다'로 규정된다. 가령, '나는 학생이다', '저기 꽃이 있다'는 식으로 존재를 규정할 때 강조되는 것은 과정이 아니라 결과이다.

그러나 하이데거는 '과정'에 주목하여 인간은 자신의 과거와 현재, 미래에 대해 끊임없이 생각하고 질문하는 존재라고 생각한다. 자신의 존재를 문제 삼아 끊임없이 질문하는 존재, 미래를 향해 나아가는 존재를 그는 현존재라고 말한다. 현존재의 현現은 우리가 생각하는 일반적 의미와 다르다. 현現을 말할 때 우리는 '지금'이나 '드러나다'는 의미를 떠올리지만, 하이데거에게 현現은 단순히 '지금'이나 '드러남'만을 뜻하지 않는다. 현존재[Dasein]는 독일어로 거기에 있다[da-sein]는 의미이다. 우리의 마음이 미리 가 있는 거기, 혹은 서로 다른 것들이 얽히고설켜 있는 세계. 그러니까 '거기'로 나아간다는 말은 자기를 앞서간다는 뜻이자, 세계 안으로 들어간다는 뜻이다. 개인에게 그 세계는 열려 있고, 나아갈 방향은 각자 다르다. 개인에게 거기는 자신에게 이해된 자리로 한정된다.

가령, 우리가 엄마를 떠올린다면, 엄마가 있는 집을 떠올리고 안방을 떠올리고 엄마가 해주던 밥을 떠올릴 것이다. 이것은 우리의 한계다. 물론 '상상'이 개입되지만, 자신이 전혀 경험하지 못하고 알지 못하는 상상은 불가능하다. 우리는 자신이 이해(under : 보편적 진리, standan : 아래에 섦)하는 '거기'로만 나아갈 수 있다. 하이데거에 따르면, 인간은 자신이 이해하는 한도 내에서 자신이 되고자 하는 미래를 상상하며, 그동안 의식하지 못했던 자신의 존재를 문제 삼으며 살아가는 존재이다. 이런 존재에게 미래란 언젠가 오기 때문에 기다려야 할 시간이 아니라, 자신의 존재 가능성을 향해 세계로 적극 '다가가는' 시간이다. 그래서 하이데거는 현존재를 '세계 -내-존재'라고도 부른다.

문제는 현존재인 '세계-내-존재'가 '세계'로 나아갈 때 타인과 동일해지려는 태도를 취하게 된다는 점이다. 세계로 나아가면서 그 세계를 구성하는 타인을 의식하게 되고, 타인의 방식을 흉내 내는 삶을 살게 된다는 것이다. 이때 인간은 모든 판단과 결정도 다수의 뜻을 따르게 되고, 혹시 일이 잘못되어도 그다지 책임을 느끼지 못하게 된다. 이런 현상을 본 하이데거는 "그들은 이 사람도 저 사람도 아니고, 사람들 자신도 아니며, 몇몇 사람들도 아니고, 모든 사람을 아우르는 말도 아니다. 그들은 불특정 다수의 그들이다."라고 하면서, 다수에 의한 생각, 합리적이고 관념적인 체계 바깥[ex]으로 나아가[stance], 자기 본래의 모습을 되찾아야 한다고 말한다. 이때 강조되는 본래의 모습이란 다름 아닌 자신의 '마음'이다.

흥미로운 것은 그가 이 마음이 어느 경우에나 작동하지 않는다고 보고 있다는 점이다. 이는 스승 후설과 다른 입장을 취하는 것이기도 하다. 후설이 현상학에서 다루는 주제는 '마음의 현상'이다. 후설에게 마음은 늘 무엇을 지향하게 돼 있다. 가령, 우리가 어떤 꽃을 보아도 거기 마음이 머물지 않는다면 그 꽃이 보이지 않는 것처럼, 또 내 마음 상태에 따라 그 꽃이 다르게 보이는 것처럼, 마음은 고정 불변하는 것이 아니라 늘 움직이는 것이며, 무엇인가를 구체적으로 지향하고 있다. 후설은 이러한 마음의 지향성을 통해 마음과 무관한 본질 혹은 불변의 이데아를 강조한 기존 철학을 비판하려 했다. 그러나 하이데거는 마음이 무엇인가를 지향하기 전에 인간은 '세계-내-존재'로서 존재한다는 사실을 더 강조한다. 무엇인가를 의식하기 전에, 우리의 마음이 무엇인가를 지향하기 이전에, 우리는 이미 세계와 관계 맺고 있다는 뜻이다.

하이데거에 의하면, 세계-내-존재로서 인간은 이미 사물들과 관계하고 있다. 그러나 그 사물이 언제나 우리의 눈에 들어오지 않는다. 사물이 우리의 눈에 들어올 때는 그것들의 사용이 불가능해졌을 때이다. 가령, 우리 앞에 책상과 의자가 있다고 하자. 책상과 의자는 우리와 너무나 친숙해서 평소에는 거기에 있음을 의식하지 못한다. 그러나 의자가 부러지거나 고장이 났을 때, 우리는 의자를 다시 인식하게 된다. 사물뿐 아니라 사람도 마찬가지다. 우리는 평소 부모나 친구를 크게 의식하지 않지만, 그들이 크게 다치거나 죽고 난 후에는 그 소중함을 다시금 생각하게 된다. 이처럼 하이데거에게 마음은 익숙한 것들이 낯설어지는 어떤 특수한 경우에만 작동한다.(강신주, 2016 : 327)

현존재에게 그것은 시간의 유한성을 통해서 체험된다. 그는 '인간은 반드시 죽는다'는 사실에 주목하여 인간의 본질을 유한한 시간성에서 찾는다. 그에 의하면, 우리는 우리의 의지와 상관없이 이 세상에 내던져졌고, 확실한 것은 아무것도 없다. 자명한 것은 언젠가 죽는다는 사실이다. 그러나 대부분의 사람들은 죽음을 생각하지는 않는다. 영원히 살 것처럼 실존적 고민도 없이 남들을 따라 비본래적 삶을 산다. 그러나 우리의 삶은 한계가 있고, 그 한계는 죽음(無)에 닿아 있다. 그 죽음을 반드시 육체적 죽음으로 한정할 필요는 없다. 하이데거에 의하면 우리의 사랑에도, 일에도, 이해 능력에도 끝이 있다. 이 끝, 한계인식에서 오는 불안이 우리로 하여금 '있는 그대로'의 자신과 마주하게 하고, 새로운 삶을 꿈꾸게 한다. 다시 말해 유한한 시간 앞에서 불안을 느낄 때 인간은 기투(企投)함으로써 자신을 드러낸다는 것이다. 이것이 그가 말하는 삶의 본질이고, 존재의 실존(탈존) 방식이다.

이후 그의 철학은 프랑스의 사르트르 등 수많은 실존주의자들에게 영향을 끼쳤고, 사르트르는 하이데거가 제안한 실존에 주목하여 그를 무신론적 실존주의자로 분류하기도 했다. 그러나 하이데거는 자신이 무신론적 실존주의자가 아니라고 분명히 말한다. 그에 의하면 존재자인 인간이 자신을 드러내려면, '존재자를 존재하게 하는 존재'가 있어야 한다. 이때 존재는 규정할 수 없는 원초적 자연의 힘이나 영적 생명력, 범신론적 신과 같은 성질을 동시에 지니고 있는데, 그 정체는 '무無'와도 닿아 있다. 그에 의하면 무[nichts]는 삶의 블랙홀 같은 것이자, 부정적 은폐성을 띠지만 분명히 존재한다. 인간은 그 무無를 알 수 없는 불안을 통해 문득 경험하게 된다. 불안의 뿌리인 무의 그 규정할 수 없는 심연과도 같은 본질이 결국에는 존재 자체를 드러내주는 긍정적 역할을 하게 된다는 것이다. 그래서 하이데거의 존재론은 존재 신학이라고 평가되기도 하는데, 이는 훗날 타자를 말하는 레비나스 등에 의해 새로운 방식으로 재조명된다.

13. 기억과 자기동일성
- 앙리 베르그송, 의식의 평면

베르그송(Henri Bergson : 1859~1941)은 인간의 '기억'에 주목하여 인간은 기억하는 존재임을 표명한 프랑스의 학자이다. 물론 그가 기억을 최초로 언급했다는 뜻은 아니다. 고대의 플라톤도 상기想起론을 통해 기억을 언급한 바 있다. 하지만 플라톤의 상기는 초월적 본질로서의 영혼(idea)과 관련될 뿐, 경험적 기억과는 관련이 없다. 베르그송 이전에 경험과 관련하여 기억을 최초로 언급한 학자로는 데이비드 흄(David Hume : 1711~1776)을 꼽을 수 있다.

흄은 기억을 감각 인상의 흔적이라고 한다. 가령, 우리가 어떤 대상을 눈으로 보고 돌아설 때, 우리의 머릿속에는 시각 이미지[像]가 남게 되는데, 그 이미지가 곧 감각 인상[觀念]이다. 흄은 이 인상을 두 가지로 나누어 설명한다. 비교적 생생한 인상은 기억이고, 인상이 희미해져 자유자재로 움직이는 기억은 상상이다. 유사성과 인접성의 법칙에 따라 결합하는 상상은 연상을 전제로 한다. 가령, 책상을 보면 의자가 떠오르거나, 불을 보면 연기를 떠올리는 식으로 어떤 사물이나 사건을 접하면 과거에 경험한 일이 떠오르게 되는데, 이것이 자기 동일성을 설명할 수 있다는 것이다. 그러나 의자 옆에 반드시 책상이 있으리란 법이 없고, 불이 난 곳마다 반드시 연기가 나리란 법도 없다. 그런 의미에서 흄이 말하는 '기억'은 과거와 동일한 '나'를 설명하기에는 부족하다.

생각하는 존재로서의 이성을 중시한 데카르트가 '기억'을 부정한 이유도 여기에 있다. 데카르트는 기억을 인정하지 않는다. 기억은 불확실하고 불확증적인 것이기에, 실체로서의 명료한 이성이나 진리를 보증해 줄 수 없다. 사실 데카르트의 말처럼 우리의 기억은 확실하지 않다. 우리는 과거를 명료하게 기억하지 못한다. 내가 경험한 사실이라도 그 사실은 때로 왜곡된다. 기억 속의 나는 지금의 나와 동일하지 않고, 10년 전의 나와 지금의 나는 분명 다르다. 그 다름을 확인하기 위해 과거로 돌아가는 일은 불가능하다.

물론 꿈을 통해 과거를 경험할 수는 있다. 꿈은 과거로 돌아갈 수 있는 유일한 통로다. 오십대의 나는 꿈속에서 십대로 돌아갈 수도 있고, 이십대로 돌아갈 수도 있다. 꿈속에서 나는 그 시기를 단지 떠올리는 것이 아니라, 생생하게 산다. 어린 나는 이빨을 드러내고 으르렁거리는 개를 보며 공포에 떨기도 하고, 이미 돌아가신 어머니와 버스를 타고 여행을 하기도 한다. 그러다 꿈을 깨면 그 모든 것이 사라진다. 꿈은 꿈일 뿐이라는 자각에 이르는 것이다.

그러나 그 나를 내가 아니라고 할 수는 없다. 꿈속의 나, 혹은 장면들은 내 의식의 단편들, 즉 나무의 기억이 켜켜이 쌓여 있는 나이테와 같다. 이것을 다른 말로 무의식의 지층이라 말할 수 있을 것이다. 말하자면 내 (무의식)안에는 무수한 기억이 층층이 쌓여 있고, 그 무수한 기억들이 지금의 나를 이룬다. 그러니까 나는 하나가 아니라 무수히 많기에, 동일한 나로 설명하는 것은 불가능하다.

베르그송은 이 불가능성에 주목하여 동일한 정체성으로서의 나를 생성의 차원으로 설명해준다. 《물질과 기억》(앙리 베르그송, 2017)은 그 대표적인 저서이다. 여기서 그는 플라톤이 비천한 물질이라고 폄하했던 육체를 기억과 관련하여 설명하고 있다. 그에 의하면 기억하는 존재는 물질(로서의 신체)이 아니라 생명이다. 생명은 미생물들의 조합이고, 유기적으로 조직된다. 가령, 우리가 날카로운 칼끝에 손가락을 베었다고 하자. 이때 손가락은 별다르게 치료하지 않아도 아문다. 생명은 이렇게 스스로 신진대사를 하고, 병이 나면 복구한다. 베르그송은 이러한 생성의 개념을 기억과 연결하여 기억은 스스로를 조직하는 원리라고 말한다.

그 원리가 곧 내적 지속의 원리이다. 지속은 어떤 사태가 일정 기간 계속됨을 나타내는 시간적 개념이다. 그러나 기억을 말할 때 시간은 일반적인 시간과는 다르다. 일반적으로 우리는 시간의 흐름을 '(연속)선' 상에서 이해한다. 즉 과거에서 현재로, 현재에서 미래로 향하는 시간성으로 흐름을 인식하는 것이다. 그러나 내적 흐름, 즉 우리의 '의식의 흐름'은 그런 (연속)선으로 이어지지 않는다. 한순간 과거로 돌아가기도 하고, 미래로 향하도 한다.

베르그송의 말을 빌리면, 우리의 의식은 습관적 기억과 이미지 기억이 상호 작용하면서 흐른다. 습관적 기억은 기계적 신체 개념과 관련된다. 외부의 자극에 의해 자동적으로 반응하는 몸의 기억. 가령, 우리가 TV를 볼 때 자동적으로 리모컨을 드는 것처럼, 어떤 사물을 보면 그것이 어디에 소용되는 것인지를 기계적으로 기억하는 것이다. 그러므로 습관적 기억은 과거가 아니라 현재적이고, 비개인적이며, 현실을 살아가는 유용성과 관련된다. 즉 피아노 연주하는 법을 익혀놓으면 다른 악기도 좀 더 쉽게 다룰 수 있게 되는 것이다. 그러나 이 기억은 내가 그 습관을 바꾸면 사라진다.

이와 달리 이미지(표상) 기억은 완전히 사라지지 않는다. 이미지 기억은 순수기억을 말한다. 내 개인의 역사적 한 사건, 내 기억의 지층 안에 쌓여 있는 심층적인 것. 그것은 평소에 잊고 있지만, 어떤 무엇을 주의 깊게 들여다보면 떠오른다. 가령 어떤 커피숍에서 커피를 마실 때, 커피와 그 공간을 살펴보면 예전에 그곳에서 함께 커피를 마셨던 사람을 떠올리게 되고, 그와 나누었던 말들, 그 행동들을 추체험할 수 있게 된다.

하지만 두 기억은 서로 상반되는 것이 아니며, 완전히 따로 떨어져 존재하지 않는다. 습관(신체)적 기억과 이미지(순수, 정신) 기억은 상호작용을 통해 인격을 완성해 간다. 이렇게 기억의 상호작용 과정을 설명하는 베르그송의 이야기는 현실을 살아가는 우리에게도 매우 중요한 의미를 갖는다.

우리에게 기억은 단순한 생각도 아니고 초월적인 그 무엇도 아니다. 기억은 과거와 현재와 미래를 전제한다. 인간은 과거를 기억할 수 있어야, 현실을 자각할 수 있고, 미래에 자신이 어디로 가야 하는지 가늠할 수 있다. 베르그송의 말을 빌리면, 우리는 습관적 기억과 이미지 기억(순수기억)이 상호 작용할 때 자기동일성을 보존할 수 있다.

사는 일이 힘들 때 우리는 과거를 떠올리고 또 되돌아보아야 하지만, 그 속에 매몰돼 있어서는 안 된다. 기억의 지층을 뒤지고 다시 빠져나오기를 거듭해야 한다. 우리 의식의 평면(나이테)들은 그런 행위를 거듭할 때 다양한 무늬가 새겨지며, 삶의 본질, 존재의 본질에 대한 이해는 그런 과정을 통해 근접해간다. 인간의 성숙은 그런 돌이킴, 즉 자기 스스로를 되돌아보는 성찰의 과정을 반복하면서 한 단계씩 성숙해 가는 것이다.

14. 실존은 본질에 앞선다!
- 장 폴 사르트르, 존재와 무

사르트르(Jean Paul Sartre : 1905~1980)는 실존의 문제를 표면화하여 강조했던 프랑스의 철학자이자, 문학가이다. 우리에게는 그의 자서전 『말』이나 소설 『구토』를 통해 문인으로 더 많이 알려져 있다. 시몬느 드 보부아르와의 계약 결혼은 그의 이름을 알리는 데 한 몫을 담당했을 것이다. 그러나 글과 삶이 작가의 사상을 표현한 것이라면, 그의 사상이 집약된 『존재와 무』에 주목해 볼 필요가 있다.

사르트르가 '-없음[無]'이나 실존에 대해 고민하던 당시 프랑스는 세계 2차 대전을 치르고 있던 때였다. 당시 스물일곱 살이던 사르트르는 이등병으로 소집되어 알자스 지방에 배치되었는데, 1940년에 독일군이 파리에 입성하면서 그는 포로가 되고 만다. 이때 사르트르는 감옥에서 하이데거의 『존재와 시간』을 읽는다. 사실 하이데거는 사르트르가 군에 입대하기 전부터 관심을 가졌던 사람이다.

사르트르가 학교에 다니면서 배웠던 학문적 정전은 앙리 베르그송의 ≪물질과 기억≫(1896)이나 ≪창조적 진화≫(1907) 등이었다. 그러니까 프랑스에서 베르그송의 책은 일종의 교과서였던 셈이다. 그러나 사르트르는 교과서보다 후설, 하이데거 등 독일 철학자들의 책에 더 많이 관심을 가졌다고 한다. 포로가 된 사르트르는 하이데거의 『존재와 시간』을 읽고, 짬짬이 감옥에 있는 다른 사람들에게도 이 책의 내용을 강의했다고 한다. 이후 감옥에서 나와 『존재와 무』(1944)를 집필하고, 이듬해에 '실존주의는 휴머니즘인가?'라는 제목으로 강의한 내용을 『실존주의는 휴머니즘이다』(1945)라는 책으로 펴냈는데, 여기서 그가 던지는 강력한 메시지는 "실존은 본질을 앞선다"(장 폴 사르트르, 1999 : 48~49)는 말이다.

이후 '실존'이라는 말은 많은 이들의 관심사로 떠오르게 되는데, 그것은 당시 사람들이 전쟁이라는 극한 상황을 경험했기 때문이다. 이전까지 사람들의 인식을 지배했던 본질은 플라톤이 말한 초월적인 불변의 이데아, 혹은 칸트가 말한 합리적 보편 (정)신이었다. 그러나 전쟁이라는 상황은 이성이나 합리성이 전혀 인정되지 않는 거대한 사건이다. 그 사건이 당대인들에게 '실존'에 대해 깊이 고민하게 했던 것이다.

물론 실존에 대한 고민은 사르트르만 했던 것이 아니다. '신은 죽었다'는 니체나 키르케고르에게서도 엿볼 수 있다. 그러나 니체는 실존이란 말을 직접 언급한 적이 없고, 키르케고르는 신에 대한 믿음 속에서 실존의 문제에 천착했다. 사르트르는 자신이 무신론적 실존주의자임을 분명히 하며, 하이데거의 『존재와 시간』에 영향을 받아 『존재와 무』를 집필한다. '존재'에 관심을 두었던 하이데거와 달리 사르트르는 '무無'에 관심을 두고 실존의 윤리를 제시하고 있는 것이다.

『존재와 무』(장 폴 사르트르, 2016)에서 '존재'는 의자처럼 본질이 미리 정해져 있는 사물들을 나타내는 개념이다. 반면, 무無는 미리 주어진 본질이 없다는 점을 강조하는 표현이다. 가령, 볼펜이나 컵 같은 사물은 글씨를 쓰거나 음료를 담아내는 역할을 한다. 그 역할이 볼펜과 컵의 본질이다. 그러나 볼펜과 컵은 스스로 움직일 수 없다. 사람이 탁자 위에 옮겨놓으면 탁자 위에 머물고, 책상 위로 옮겨놓으면 책상에 머물 뿐이다. 그럼 인간의 경우는 어떨까? 사르트르는 인간이 사물과는 질적으로 다르다고 단호하게 선언한다.

그리고 헤겔이 언급한 즉자卽自, 대자對自의 개념을 끌어와 인간 의식을 설명한다. 즉자는 자기의식이 없는 존재, 즉 사물과 같이 변화를 위해 어떤 노력도 하지 않는 존재를 말한다. 대자는 현 상태로부터 벗어나려는 존재, 즉 탈존脫存과 관련된다. 가령, 지금 내가 목이 마르다면, 물을 마시고 싶다는 욕구를 느낀다. 사물이라면 욕구를 느끼지 못하지만, 인간인 나는 욕구를 느끼며 물을 마시려고 움직인다. 물을 마신 후 충족감을 느끼면 또 다른 것을 원하게 될 것이다.

이때 움직이는 나는 과거의 '나'와 일치하지 않으며, 미래의 나와도 일치하지 않는다. 과거 나의 의식은 현재의 의식과 다르고, 현재 의식은 미래를 향해 계속 움직인다. 이런 의식의 지향성은 베르그송의 『물질과 기억』에서도 언급되지만, 베르그송의 기억은 연속성, 혹은 지속성을 강조한다는 점에서 사르트르와는 다르다. 사르트르는 의식의 지속이 아니라 단절을 강조한다. 과거의 나와 현재의 나 사이, 혹은 현재의 나와 미래의 나 사이에 생기는 불일치. 그 불일치에서 만들어지는 간격, 혹은 거리를 사르트르는 무無라고 한다.

그 무, 즉 간격의 거리를 다르게 말해 반성과 성찰이라고 해도 좋을 것이다. 이때의 반성과 성찰은 물론 사회 윤리나 도덕적 의미의 반성과는 거리가 멀다. 사르트르가 말하는 실존은 신적인 것, 초월자적 이데아를 수행하는 즉자적 존재가 아니다. 즉자는 '그저 있다'라고 말할 수 있을 뿐, 그 이상도 그 이하도 아니다. 어떤 욕구도 느끼지 않는 즉자는 『구토』를 일으키는 존재일 뿐이다. 실존은 대자對自 개념이다. 현재의 자신을 넘어서는, 탈존脫存으로서의 존재 혹은 미래를 향해 끝없이 기투[projet]하는 존재. 사르트르에 따르면, 인간은 어떤 의무나 사명을 떠안고 태어나지 않았다. 세상에 툭, 던져진 인간은 자신의 삶을 스스로 선택하고, 선택한 일은 자신이 책임져야 한다. 이것이 사르트르가 대자對自라는 개념으로 설명하려 했던 실존의 의미다.

자신에 대하여 있는 존재는 자신을 객관적으로 볼 수 있는 존재이다. 자신을 객관화하지 않을 때 누구든 자신을 볼 수 없다. 스스로를 객관화해 볼 수 있을 때, 자신의 비루함 혹은 비굴함도 깨달을 수 있다. 그 순간 삶은 우리는 더 이상 비루하지 않을 수 있다. 물론 선택에 따라 미래에도 계속 비루하게 살 수는 있다. 그것은 자신의 선택이기에 스스로 감당해야 한다. 그러나 스스로의 삶을 반성하고 미래를 결정할 수 있는 가능성은 언제든 열려 있다. 다시 말해 자신을 객관화하여 스스로를 들여다볼 수 있는 인간은 과거나 현재와 다른 모습의 자신을 자기 의지에 따라 언제든 결정할 수 있다는 뜻이다.

그렇다면 한번 질문해보자. 자본이 지배하는 지금-이곳에서 나는 과연 어떤 모습을 하고 있는지. 자본을 얻기 위해 굴욕을 감내하는 모습이 내 모습이라면, 그 모습이 비루하다 못해 비참하게 느껴진다면, 나는 과연 어떻게 할 것인가?

15. 생산수단을 가진 자가 세계를 지배한다
– 칼 마르크스, 자본론

　　마르크스(Karl Marx : 1818~1883)는 헤겔이 말한 역사의 변증적 발전 과정을 유물론적으로 재해석하여 공산주의 혹은 사회주의를 주창한 독일의 정치 철학자이다. 헤겔이 정신적 변증법을 통해 역사의 발전을 주장했다면, 그는 유물변증법적 발전을 강조한다. 사물의 본질이 물질에 있다는 유물론은 마르크스 사상의 토대이다. 그는 자신의 저서 『자본론』 서문에서 자신은 물질적 변증법, 즉 유물변증법을 옹호한다고 분명히 밝히고 있다. 그렇다면 그가 말하는 유물변증법이 자본주의 원리와 어떻게 연결되는가? 그리고 그것이 담고 있는 구체적인 의미는 무엇일까?

　　마르크스가 『자본론』에서 중요하게 고려하는 물질은 곧 상품이다. 자본주의에서 상품은 교환이라는 목적을 전제로 한다.(임승수, 2016 : 27) 교환할 수 없는 물건은 상품이 아니다. 우리는 집에서 원두커피를 생산하여 마실 수도 있다. 좋은 원두를 직접 생산하여 갈아 마시는 커피는 향도 좋고 맛도 있다. 그러나 그것을 적정한 가격에 팔겠다고 나서지 않는 이상 그것을 상품이라고 하지는 않는다.

교환을 목적으로 생산되는 상품은 사물에 국한되지 않는다. 사람도 하나의 상품이 된다. 노동시장에서 팔릴 가능성, 즉 교환 가능성이 있어야 하고, 교환 가능성은 이윤의 유무와 연결된다. 이윤을 추구하는 자본가는 무의미한 것을 생산하지 않는다. 쓸모없는 물건은 팔리지 않기에, 최소한 사용가치는 있어야 한다. 사용가치가 없는 것, 즉 팔리지 않는 것은 쓰레기에 불과하다. 여기서 인간 본연의 의미가 왜곡되지만, 이것은 자본의 상품을 이해하는 중요한 요소이다.

물론 사용가치가 높다고 그 값어치가 무조건 높아지진 않는다. 가령, 맑고 깨끗한 공기는 사용가치가 높다. 그러나 누군가 팔려고 하지 않는 한 공기를 상품이라고 하지는 않는다. 따라서 공기는 값어치가 없다. 상품은 사용가치에 더하여 교환가치가 있어야 한다. 이때의 교환은 물물교환이나 서로 나누는 차원이 아니다. 자본가는 잉여 생산물을 폐기할지언정 나눠 갖지는 않는다. 자연스럽게 사용가치보다 교환가치가 높아진다.(임승수, 2016 : 49)

그렇다면 범주가 다른 물건은 어떻게 교환될까? 책과 수박은 범주가 다르다. 책의 가치가 낮게 책정될 수도 있고, 과일의 가치가 낮게 책정될 수도 있다. 그런데 어떻게 교환이 가능한가? 마르크스는 그것을 노동시간으로 설명한다. 책과 수박은 서로 다르지만 이것을 완성하기 위해 투여한 노동력은 공통분모를 가진다. 생산물에 노동력이 투여되면 그 가치가 달라진다. 수박씨가 수박이 되고, 종이에 글이 씌어져 책이 만들어지면 사물의 가치는 달라진다. 그러니까 구체적인 노동력이 상품의 가치를 높이는 것이다.

하지만 구체적 노동력이 곧장 교환가치로 전환되지는 않는다. 교환가치는 추상적 노동력에서 생긴다.(A. 기든스, 1990, 87~88) 어떤 일을 하기 위해 오랜 시간 노력을 기울이는 추상적 노동. 이것을 마르크스는 사회적 평균노동이라고 한다. 가령, 글을 쓰는 작가가 건설현장에서 일을 한다고 하자. 오랫동안 건설현장에서 일한 사람과 작가가 일한 결과가 같을까. 건설 현장에서 오래 일한 사람이 8시간 일한 것과 건설 현장 일에 익숙하지 않는 작가가 8시간 일한 결과는 같을 수 없다. 따라서 건설 현장에서 육체노동을 해보지 않은 작가와 같은 초보자는 평균노동자가 될 수 없다.

다른 예로, 귀고리를 만드는 일을 생각해 보자. 귀고리를 만드는 사람이 얼마나 오랜 시간 반복하여 귀고리를 만들었느냐에 따라 귀고리의 값어치는 달라진다. 누군가 처음 만든 귀고리는 완성도가 떨어진다. 시장에 내놓아도 팔리지 않는다. 그러나 오랜 시간 기술을 연마하여 만든 귀고리는 완성도가 높고 잘 팔린다. 마르크스가 말하는 사회적 평균 노동시간이란 이러한 추상적 노동력을 뜻한다. 중요한 건 추상적 노동이 강조될 때, 구체적 노동이 소외된다는 것이다. 귀고리를 만들기 위해 초보자도 종일 일을 하지만, 그 일의 가치는 높이 평가되지 않는다.

추상적 노동, 즉 사회적 평균노동은 눈에 보이지 않는 유령과 같다. 그것은 추상적 화폐가치를 높이는 힘으로 작용한다. 우리에게 힘을 발휘하는 돈은 그저 종이에 불과하다. 그러나 종이가 돈이 되어 교환 가능해질 때 종이는 엄청난 위력을 발휘한다. 자본의 교환가치는 이런 추상적 가치이고, 이 가치를 만들어내는 것은 평균노동자의 추상적 노동시간이다. 눈에 보이는 것만이 상품은 아니다. 노동력도 상품이다. 자본가는 노동자의 노동력을 사서 상품을 생산한다. 노동력을 통해 사물 A를 A1로 만든다. 다시 말해, 1억을 투자해서 1억 2천만 원의 결과를 내어 2천만 원을 벌어들이는 것이다. 그러니까 자본주의에서 상품은 교환가능한 모든 것을 의미하며, 그 가치는 상품을 생산하는 추상적 노동력에 달려 있는 셈이다.

여기서 우리는 자본가와 노동자의 삶을 생각해 볼 수 있다. 자본가와 노동자의 삶의 원리는 다르다. 자본가는 잉여 가치를 위해 투자를 한다. 기초 자본금과 차입금(부채)을 자산으로 사업장을 빌리고 기계 기술 및 노동력을 산다. 여기에 운영을 위한 다양한 경비며 공과금도 지불해야 한다. 그러고도 남은 것이 이익 잉여금이다. 그러니까 총 자산에서 초기 자본금과 부채비용을 뺀 나머지가 자본가가 갖는 이윤인 것이다. 그 이윤에 부채를 더하여 또 다른 데 투자를 한다. 자본가는 이런 방식으로 화폐를 증식한다.

그러나 노동자는 화폐 증식 능력이 없다. 자신이 만든 생산물은 자신에게 돌아오지 않는다. 고급승용차 부품을 만드는 노동자는 고급 승용차를 탈 수 없다. 노동자는 자신이 만든 생산물로부터도 소외될 뿐 아니라, 화폐에서도 소외된다. 한 달 내내 자신의 노동력을 팔아 월급을 받지만, 그 월급의 대부분은 (다른)자본가가 만든 상품을 구매하는 데 써야 한다. 여기에 각종 공과금이나 세금을 지불하고 나면 남는 것이 없다. 결국 노동자는 자신이 만든 상품뿐 아니라 화폐에서도 소외되는 것이다.

여기서 생산자 수탈이 시작된다. 자본주의 원리는 생산자를 생산수단에서 단절시키는 것이다. 농민에게 생산수단이 농사를 지을 땅이라면, 자본가는 재투자라는 명목으로 이 땅을 사들인다. 합법적인 방식으로 땅을 빼앗는 것이다. 그런 방식으로 자본가는 생산수단을 독점하게 된다. 생산수단인 땅을 빼앗긴 농민에게 남은 것은 노동력뿐이고, 노동력을 팔 수 있는 곳은 도시의 공장이다. 노동력을 팔 수 없으면 도시빈민이 되거나 부랑자가 될 수밖에 없다.

그래서 마르크스는 가진 것 없는 노동자들, 즉 무산계급이 주체가 되어 모든 자본주의적 소유관계를 철폐하고 사회주의 사회를 건설해야 한다고 주장한다.(A. 기든스, 1990 : 107) 근대 부르주아 사회가 중세의 소유관계를 철폐시키면서 등장했듯이, 무산계급이 생산력을 확보하면 프롤레타리아 사회가 도래할 것이라고 생각한 것이다. 그러나 이러한 유물변증적인 논리는 공산주의 독재라는 또 다른 문제를 안고 있다. 보드리야르와 같은 후대의 학자들에게는 생산력중심주의에 치우쳐 소비의 과정을 간과하고 있다고 신랄한 비판도 받게 된다.

그러나 그렇게 한계를 안고 있다 하더라도 그가 제시한 자본주의 생산 구조는 여전히 생각해볼 여지가 있다. 자본가에게 종속된 노동자는 생존만을 위해 일하지 않는다. 마르크스의 말을 빌리면, 인간이 생존을 위한 노동시간은 하루 4시간이면 충분하다. 겨울이나 기근을 대비한다면 6시간 정도면 충분할 것이다. 그러나 우리의 평균 노동 시간은 8시간이다. 그러니까 생계를 위해 필수적으로 일해야 하는 4시간을 제외하고 나머지 시간은 자본가를 위한 시간인 셈이다.

자본주의 산업사회에서 노동자는 언제나 타자였다. 자신의 시간과 능력을 판매할 뿐, 자신의 노동이 무엇을 위해 쓰이는지 관심을 두지 않았다. 먹고사는 데 급급했던 노동자들은 자신의 노동이 어떤 의미를 갖는지, 그것이 어떻게 움직여 어떤 결과를 낳는지 알려고 하지 않았다. 대부분은 그저 시키는 대로 일하고 그 결과는 자본가가 가졌다. 노동의 주체는 자본가이고, 노동자는 언제나 자본에서 소외된 타자였던 것이다. 물론 이제는 대부분의 사람들이 이 모순을 자각하고 있다. 하지만 알고 있다고 하더라도 저항은 불가능하다. 자기 노동의 의미가 무엇인지 묻거나, 개선해달라고 말하는 순간 그는 위험인물로 찍혀 해고될 공산이 크다. 노동자는 자본가에게 자신의 노동력을 사 준 것만으로도 감지덕지해야 한다.

자본가는 평균노동자의 노동력을 통해 이윤을 얻는다. 다시 말해 생산수단은 평균노동자의 노동력이다. 물론 기계도 동원된다. 그러나 기계는 잉여 가치를 만들지 못한다. 기계 장비는 쓰면 쓸수록 닳고, 닳음으로써 감가상각이 된다. 따라서 잉여가치를 만들어내는 건 오직 평균노동자의 노동력뿐이다. 자본가는 평균에 미치지 않는 노동자를 고용하려고 하지 않는다. 대기업에서 경력을 요구하는 이유도 여기에 있다. 문제는 평균노동자가 많아지면 임금이 더 많이 지출된다는 것인데, 로봇이나 기계 장비를 그래서 더 많이 설치한다. 기계 설치는 당장에는 효율적인 것처럼 보인다.

그러나 결국에는 손실로 이어지는 함정이기도 하다. 가령, 로봇이 인간의 일을 대신하여 생산성을 높이면, 다른 자본가들도 경쟁적으로 기계 설비에 투자하게 된다. 그러면 상품의 가짓수가 많아지고 잉여생산물도 많아진다. 노동자는 많이 필요 없고 결국 해고될 가능성으로 이어진다. 그런데 노동자가 실업자가 되면 생산된 제품을 누가 살 것인가? 기업이 최첨단 기계 설비에만 투자하고 고용을 늘리지 않는다면, 경제는 결국 위기에 이른다. 자본가들의 경쟁은 필연적으로 자기 살을 깎아 먹는 결과를 낳게 되는 것이다.

그래서 자본가들은 평균 노동시간을 줄이는 식으로 꼼수를 쓴다. 노동시간을 줄이면 임금이 낮아진다. 그렇게 하여 이윤을 얻는다. 생산수단의 가동력을 높이는 방식도 있다. 8시간 일할 것을 12시간 일을 시키고 일한 만큼의 수당을 적게 주는 것이다. 노동 강도를 높이는 방법도 있다. 8시간의 작업 시간 동안 딴짓을 못하게 한다. 커피를 마시거나, 사적인 일을 할 경우 그 시간만큼 초과하여 일하게 하거나 임금을 깎는다. 이렇게 분 초 단위로 일하는 방식을 규정해 놓으면, 시간은 변동이 없지만, 상대적으로 잉여가치는 높아진다. 노동 강도가 세면 노동자들은 지쳐간다. 이때 고려하는 것이 작업 환경이다. 음악을 틀어준다든가 하는 방식으로 심리를 안정시켜 상대적 잉여가치를 높이는 것이다.

근대 산업사회에선 이런 일이 부지기수였다. 그러나 개인은 자본가와 협상하기 어렵다. 협상력은 어차피 자본가에게 있다. 혼자서 협상은 불가능에 가깝고, 그래서 만들어진 것이 노동조합이다. 흔히들 파업, 하면 나쁘게 생각하지만, 노동자에겐 파업이야말로 자본가와 협상할 수 있는 유일한 대화 창구일 수 있다. 지구촌, 혹은 세계화는 이 창구를 막는 역할을 한다. 자본가는 파업하는 노동자들을 상대하기 귀찮거나 어려울 때 경영을 접거나, 가난한 다른 나라로 가 사업체를 만든다. 더 싼 노동력을 찾아 사업체를 이동하여 이윤을 얻으려는 것이다. 이렇게 될 때, 노동운동은 한계를 맞게 된다.

자본주의 체제는 심각하게 고민해볼 문제이다. 마르크스가 말한 계급투쟁을 노동운동과 연결하면, 노동운동은 민주주의와도 맥이 닿는다. 민주주의의 주체는 국가가 아니라 국민이고, 국민의 자유는 발언의 자유에서 나온다. 개인의 목소리가 억압된 사회는 민주사회가 아니다. 노동자들은 자신이 바라는 것을 말할 수 있어야 한다. 노동자들의 노동량은 눈으로 측정할 수 없고, 적정 임금이라는 것도 눈으로 확인할 수 있는 것이 아니다. 최저 임금, 적정 임금은 사회적 결정이다. 자본가는 이걸 최소화하려 노력하고, 노동자는 최소화를 막기 위해 노력한다.

국가가 자본가의 편에 서 있는 한 사회는 변화하지 않는다. 국가는 노동자의 편에 서서 그들의 말을 들어야 하고, 각 개인은 저마다 자신의 자리에서 자기 생산의 의미를 더 많이 고민하고, 그 고민을 공유해야 한다. 공적담론을 형성해야 새로운 합의도 도출되고 실천의 방향도 새롭게 열릴 것이다.

16. 기술 복제 시대, 예술의 양식
- 발터 벤야민, 몽타주

벤야민(Walter Benjamin : 1892-1940)은 혼란스러웠던 20세기의 역사적 격동을 온몸으로 체험하고 간 독일의 문학평론가이자 철학자이다. 부유한 독일계 유대인 집안에서 태어나 남부럽지 않은 어린 시절을 보냈지만 성장 이후의 삶은 불운했다. 베른 대학에서 ≪독일 낭만주의의 예술비평의 개념≫으로 박사학위를 받았으나, 프랑크푸르트 대학에 교수 자격시험 논문으로 제출한 ≪독일 바르크 비애극의 기원≫은 탈락했다. 이후 강단을 떠나 평론가로 활동하다가 히틀러가 독일을 집권한 1930년대에는 프랑스로 피신하게 된다. 그러다 1940년 6월, 나치가 프랑스 땅으로 진입해오자 그들을 피해 스페인 국경을 넘다가 사망하고 만다. 그는 유대교나 마르크스주의를 받아들였지만, 어떤 정치적 입장에는 동조하지 않았다. 다만 한 세대 앞선 프랑스의 소설가 마르셀 프루스트나 천재시인으로 불리는 보들레르의 시에 많은 관심을 가지고 '참된 본질로의 복귀'를 꿈꾸며 『일방통행로』(1928), 「기술 복제 시대의 예술 작품」(1935), 『역사의 개념에 대하여』(1940) ≪아케이드 프로젝트

≫ 등을 저술했다.

이 가운데 「기술 복제 시대의 예술 작품」과 『역사의 개념에 대하여』는 그의 독특한 예술론과 역사관을 보여주는 텍스트들이다. 우선 ≪역사의 개념에 대하여≫에 보이는 그의 역사관은 근대의 역사관을 뒤엎는 내용으로 이루어져 있다. 주지하듯, 근대의 역사는 자연의 시간을 인간의 시간으로 바꾸는 문명화 과정과 맞물린다. 문명화 과정에서 인간은 시간을 과거에서 현재, 현재에서 미래로 이어지는 연속선으로 받아들여 이해하게 된다. 이렇게 시간을 연속적으로 인식할 때, 모든 (역사적)사건은 인과적 필연성에 의해 일어나는 것으로 생각하게 되며, 과거보다는 미래에 더 집중하게 된다. 어떤 목표를 두고 그 목표 지점을 향해 나아가는 것, 그런 미래 지향적 삶이 근대적 시간관을 가진 인간의 모습인 것이다. 그러나 벤야민은 이러한 근대적 시간성을 지향하지 않는다.

한때 프루스트의 『잃어버린 시간』에 경도되었던 그는 한 사람에게 어린 시절이 사라져 없어지는 것이 아니라 그의 마음속 깊이 아로새겨져 그의 본질을 구성하는 것처럼, 지나간 과거를 현재에 생생하게 재생할 수 있을 것이라고 생각했다. 이를 위해 그가 구상한 것은 파괴를 통한 혁명이었다. 과거에서 현재, 미래로 나아가는 연속적 시간성을 끊어 내어 뒤섞어버림으로써 죄 없는 최초의 상태를 복원하고 거기서부터 다시 새로운 역사를 써 나가는 것이다. 벤야민에게 혁명은 완결되는 것이 아니라 늘 새롭게 반복되는 것으로 사유된다. 역사는 발전의 연속이 아니라 파국의 연속이고, 파괴는 소멸뿐 아니라 새로운 생산을 동반하는 것이다. 이런 의미에서 그의 역사관은 순환적인 동시에 진보적이며, 이는 역사 이전의, 메시아적 요소와 역사적 억압으로부터의 해방이라는 공산주의적 유토피아의 의미와도 맞닿아 있다. 이런 인식에 기초한 그의 문학적 파괴는 역사 속에서 패배하고 멸시받고 사멸한 것들의 긍정성을 현재 속에서 새롭게 밝혀내는 작업이었다.(김유동, 2006 : 427)

흥미로운 것은 「기술 복제 시대의 예술 작품」이란 논문에서 예술과 기술에 있어 기계 기술의 가치를 높이 평가하고 있다는 점이다. 여기서 우리는 이런 질문을 할 수 있을 것이다. 근대성을 비판했던 그가 근대성의 산물인 기술을 높이 평가한 이유가 뭘까? 이는 당대까지 예술이 신상神像을 형상화해왔다는 사실과 무관하지 않다. 이미 잘 알려져 있듯이, 예술 자체가 종교이던 고대 그리스나 예술이 종교를 위해 복무하던 중세뿐 아니라, 르네상스 이후 신고전주의나 낭만주의 시대까지 (고급)예술은 인간성의 신성, 혹은 신성의 인간성을 담아내는 데 주력해왔다. 신과 인간, 보편 정신과 타자의 일치를 추구하는 종교적 제의성이 예술의 영역에 남아있었던 것이다.

19세기의 작가들은 이러한 (정)신성을 담아내는 예술가로 인정받았다. 물론 창조를 신의 영역으로 인식했던 서양에서는 중세까지만 해도 예술가는 고사하고 인간 자체에 창조력을 부여하는 발상이 없었다. 15세기까지만 해도 예술은 활동, 수완을 가리키는 아르스Ars, 그것도 기본적으로 '손으로 하는 일'과 연관된 기술적 수완으로 이해되었다. 그러다 15세기 이후 작품에 이니셜Initial로 서명하는 일이 유행처럼 번져나가고, 17~18세기에 천재 담론이 떠오르면서 예술가는 자기 안의 잠재력을 명쾌하게 발휘하는 천재로서 제2의 신성함을 인정받게 된다.

　이때 고려되는 것은 작가의 독창성 혹은 작가의식인데, 이것은 곧 인간의 정신성과 연결된다. 인간의 (정)신적 활동으로서 예술은 그 형상을 고안하는 것부터 제작과정에 이르기까지 예술가의 수작업으로 이루어졌기에, 작품은 그 작가만의 고유하고 독특한 아우라Aura를 갖게 된다. 벤야민이 살았던 당시까지만 해도 독일의 보수주의자들은 이러한 예술, 즉 신상神像의 아우라를 가진 예술을 숭배하는 경향이 강했다. 그러나 벤야민이 볼 때, 기계 기술이 발전한 시대에 예술가는 더 이상 큰 힘을 발휘할 수 없다. 이제 예술은 인간의 힘이 아닌 기계의 힘으로 제작되기 시작하며, 이것은 이전과 다른 새로운 시대의 도래를 의미한다.

　사진이나 영화가 대표적인 장르이다. 찰칵, 사진을 한 장 찍는 것만으로도 인간(현실)이 그대로 복제(모방)된다. 벤야민은 여기에 주목하여 기계 기술의 가치를 높이 평가했다. 대량 제조된 복제물이 원작의 아우라를 파괴시키지만, 파괴는 소멸이 아니라 문화 민주화를 창조하는 방향으로 나아갈 것이라고 생각한 것이다.

　때문에 벤야민은 당대 보수주의자들에게 상당한 비판을 받게 된다. 보수주의자들에게 벤야민은 예술의 제의적 성격(동일화논리)을 깨부수려 하는 위험인물로 인식되었기 때문이다. 하지만 그가 볼 때 기술은 그렇게 폄하할 수 있는 것이 아니었다. 벤야민은 기술이 사회양식을 변화시켜 인간의 사고방식도 변화시킬 것이라고 생각했다.(김시무, 1998 : 28)

　영화나 사진을 한번 떠올려 보자. 서로 다른 시공간에서 동시에 개봉되는 영화는 어느 것이 원본이고 어느 것이 복제본인지 알 수 없다. 수많은 진짜 원본을 만들어내는 사진은 원본보다 더 실재적이다. 현미경을 통해 관찰한 미생물을 사진으로 찍어낼 때, 사진은 육안으로 볼 수 없는 것을 보게 해준다. 좀 더 결정적인 것은 원작이 복제본에 영향을 끼치는 것이 아니라, 복제본이 원작에 영향을 끼친다는 사실이다. 극사실주의[hyperrealism] 미술은 사진의 윤곽을 통해 대상을 다양한 방식으로 그려낸다. 촬영된 사진을 떼어 붙여 하나의 새로운 작품으로 만들어낸 앤디워홀의 마릴린 먼로를 떠올리면 쉽게 이해할 수 있겠다. 어떻든 이렇게 되면 예술 원작의 아우라(신비성)와 위계(권위)는 사라질 수밖에 없고, 원작과 복제본의 위치는 역전된다. 원작보다 복제본이 훨씬 더 중요해지는 것이다.

이것을 간파한 벤야민은 사진과 영화 가운데 특히 영화예술을 중요하게 생각했다. 그는 영화를 하나의 새로운 기술적 테크닉technic으로 보았고, 기술적 테크닉이 예술의 본질이라고 생각했다. 특히 서로 이질적인 것을 접합시키는 몽타주montage 기법을 중요하게 보았다. 벤야민에 따르면, 자본주의에서는 인간 사이의 관계가 추상적으로 변해 그저 외관을 재현하는 것만으로는 그것의 본질이 드러나지 않기에 진정한 현실은 오직 몽타주로만, 즉 가시적 현실을 해체하여 다시 조립하는 방식으로만 드러낼 수 있다. 이렇게 조립하여 만들어진 영화예술은 사람들의 지성(이성)에 충격을 주면서 새로운 예술 수용자를 만들어낸다. 그 사람들이 곧 대중이다. 벤야민은 영화가 대중들에게 지적인 충격을 주는 동시에 대중을 묶어내는 역할을 하면서 예술의 민주화에 기여할 것이라고 믿었다.

물론 이 믿음은 오늘날 우리가 볼 때 지나치게 낙관적이라고 할 수 있다. 벤야민이 긍정한 영화는 당대 파시스트들의 선동 수단으로 사용되었고, 아우라를 파괴하기는커녕 더 큰 아우라를 만드는 데 이용되었던 까닭이다. 하여 그는 파시스트들의 정치의 예술화에 맞서 '예술의 정치화'를 주장하기도 했지만, 그의 친구 아도르노Theodor Adorno도 영화가 대중의 비판의식을 각성시키기는커녕 대중을 몰입시켜 체제 순응적 존재로 길들인다는 차원에서 벤야민의 영화예술론을 비판한 바 있다. 자본주의 하에서 아우라의 파괴는 진보가 아니라, 진보의 왜곡으로 나타난다는 것이다. 이런 한계에도 불구하고 벤야민의 논의는 새로운 디지털 미디어의 등장과 그것의 미래에 대한 담론에서 여전히 중요한 역할을 담당하고 있다.

그가 특히 강조했던 몽타주 기법은 우리 시대 예술의 양식이기도 하다. 90년대 이후 가속화된 디지털 테크놀로지는 과거에 사진이 재현하던 방식과도 다르다. 이제 사진은 복제가 아니라 합성을 통해 생성된 이미지다. 전통적 의미의 지시체(=피사체)는 존재하지 않으며, 내용과 형식, 실재와 일치라는 인식론적 요구를 하는 것 자체가 불가능해진다. 디지털 이미지는 0차원의 점(비트)으로 이루어져 있고, 표상방식도 과거의 (완전)체에서 면, 선, 점으로 점점 추상화되어 간다. 컴퓨터 안의 내 사진을 크기 조절하여 계속 확장해 보면, 나는 화소 안의 한 점으로 남는다. 이 점을 나의 재현이라 부른다면, 점으로 재현되는 '나'는 지금-여기가 아닌, 다른 데에서 찾아야 할 것이다. 오늘날 예술은 사물을 미립자로 표현할 뿐 아니라, 그것들을 합성한다. 그렇게 탄생한 가상 자체가 새로운 현실이 된다.

　이제 원본의 아우라를 보존하고 제의적 가치를 숭배하는 예술은 찾기 어렵게 됐다. 예술의 제의적 가치는 정치적 의미로 변모했다. 정치의 예술화가 아니라, 예술의 정치화. 어떤 면에서 모든 전위[avant-garde] 예술은 그가 강조했던 예술의 정치화 과정이라고 해도 무방할 것이다. 피카소의 아방가르드 예술이 (예술적)좌파라면, 전위적 실험을 추구하는 모던, 포스트모던 예술은 기존 질서를 깨부수려는 정치적 의미를 깔고 있다. 과거의 전통 예술이 추구하던 숭고함이나 아름다움이 아니라, 새로운 실험을 추구하고, 낯설게 하고 이질적으로 보이게 함으로써 우리의 지성에 충격을 가한다. 그 기법이 서로 이질적인 것들을 조합하여 만든 몽타주 기법이고, 21세기 예술에서 일종의 강령처럼 받아들여지고 있다.

17. 말할 수 없는 것은 침묵하라
– 루드비히 비트겐슈타인, 언어의 한계와 그 너머

비트겐슈타인(Ludwig Wittgenstein : 1889-1951)은 우리가 늘 고민하는 말하기 방식, 즉 언어의 문제를 두고 독특한 언어철학을 제시한 오스트리아 출신의 철학자이다. 언어의 문제는 결국 가까운 사람들과의 관계에서 만들어지는 것이고, 그런 만큼 비트겐슈타인의 언어 철학을 이해하려면, 그의 가족사부터 살펴볼 필요가 있다. 비트겐슈타인은 네 명의 형과 세 명의 누나를 둔, 집안의 막내로 태어났다. 아버지 카를은 반항적 천재 기질의 소유자로서 젊은 시절 가출해 미국에서 뜨내기 생활도 했지만 오스트리아에서 철강으로 굴지의 재벌로 성장한 사람이다. 어머니 레오폴디네는 오스트리아의 명문가에서 태어났으며 예술적 감수성이 뛰어난 사람이었다.

비트겐슈타인의 부모는 예술을 후원하고 육성했다. 빈에 있던 그들의 대저택에는 요하네스 브람스나 구스타프 말러, 카살스 등이 찾아와 공연했으며, 구스타프 클림트의 그림이나 로댕의 조각이 널려 있을 정도였다고 한다. 그런데 이 집의 비극은 다섯 아들들이 모두 어머니의 예술적 감수성을 이어받았다는 점이다. 아들들은 자본의 탐욕이 강한 아버지와 달리 예술적 재능이 뛰어났으며, 사업을 물려받으라는 아버지를 피하려다 자살을 하게 된다. (음악에 소질이 있었던 첫째 형 한스는 가업을 물려받으라는 아버지의 강압을 피해 미국으로 도망갔다가 자살로 생을 마감한다. 1차 세계 대전에 참전했던 둘째 형 쿠르트는 자신이 지휘하던 부대의 병사들이 자신의 명령에 따르지 않자 비관하여 총으로 자살하였다. 배우로 살기를 희망했던 셋째형 루돌프도 아버지의 반대에 부딪혀 가출을 감행, 베를린의 한 술집에서 청산가리를 먹고 자살했다.) 맏아들의 자살에서 충격을 받은 부모는 14세가 된 비트겐슈타인을 형제들처럼 김나지움(문법학교)에 보내거나 가정교육을 시키는 대신 독일의 실업학교로 보내게 된다.

비트겐슈타인의 학교 성적은 신통치 않았다. 감정적으로도 우울한 날이 많았다. 곱게 자란 귀족 도련님이 갑자기 거칠고 지저분한 서민 가정 청소년들과 부대끼려니 어쩔 수 없는 일이었다. 그를 유대인이라며 욕하는 소년도 있었는데, 앞뒤 정황을 추정해 볼 때 소년은 마침 그 학교에 다니고 있던 히틀러였다는 설도 있다. 하지만 정말 그랬는지는 확실히 알 수 없다. 아무튼 10대 초에 겪은 이런 경험은 비트겐슈타인을 내향적이고 비관적인 성격으로 몰아갔다.(1 ,2차 세계 대전에 참가한 이후 무공훈장을 받기도 했는데, 이는 그가 그만큼 치열하게 전쟁을 치렀다는 의미이며, 어린 시절 가졌던 자살충동을 다른 식으로 풀어냈다는 의미도 된다.)

훌륭한 재능을 가졌으나 그것을 펼치지 못한 형들의 죽음. 형들을 죽음으로 몰아넣은, 비범하지만 닮고 싶지는 않은 아버지. 그 속에서 비트겐슈타인은 "어떻게 살 것인가?" 고민했고, 철학의 근본에 닿아있는 언어에 대해서도 늘 관심을 가졌다. 물론 비트겐슈타인은 공학에도 상당한 재능이 있었다. 베를린과 맨체스터에서 항공학 공부를 할 때는 '항공 기계에 응용할 수 있는 프로펠러의 개선'에 대한 임시 설계명세서를 제출하여 특허를 얻어낼 정도로 뛰어난 재능을 보이기도 했다. 그 과정에서 필수적으로 익혀야 했던 수학은 그에게 응용수학이 아닌 순수수학, 나아가 논리학과 철학에 열정을 불러일으켰다. 그중에서도 러셀의 『수학의 원리』는 그의 인생행로에 결정적인 영향을 끼쳤다.

러셀은 당시 유럽 학문의 최전선에 있었다. 그를 본받아 자신만의 수학적 철학을 수립하고자 생각했던 비트겐슈타인은 1911년, 예나 대학에 있는 프레게를 찾아가게 된다. 프레게는 시의적절하게도 비트겐슈타인에게 케임브리지에 있는 러셀에게 가 배우라고 권유한다. 비트겐슈타인에게는 선생이 필요했고, 러셀에게는 제자가 필요했다. 그해 10월 18일, 비트겐슈타인은 트리니티 칼리지에 근무하는 러셀의 방에 갑자기 나타나서 불쑥 자신을 소개한다. 그 뒤 러셀의 뒤를 졸졸 쫓아다니며 그의 강의에 참석하며 그를 괴롭힌다.

1912년 2월, 비트겐슈타인은 드디어 트리니티 칼리지의 학생이 된다. 이 시기 비트겐슈타인은 러셀이 주최하는 스쿼시 모임에서 나중에 「논고」를 헌정하게 될 데이비드 핀센트와 사귀게 된다. 러셀에게는 수업 중 쉬지 않고 질문을 던질 뿐 아니라 수업이 끝나도 거머리처럼 달라붙으며 서툰 영어로 토론을 요청했다. 러셀은 처음엔 비트겐슈타인을 성가셔했지만, 점점 그의 비범함을 알아차리게 되었고, 이로써 비트겐슈타인은 마침내 러셀을 능가하는 철학자로 성장하게 된다.

언어와 관련해서 비트겐슈타인은 우리가 언어 사용에서 혼란에 빠져 있으며, 그러한 혼란이 철학의 문제들을 가져다주었다고 생각했다. 그래서 사람의 마음을 세계와 연결시켜주는 매개로서의 언어에 대해 늘 고민했다. 어느 날 러셀이 비트겐슈타인에게 물었다. "자네의 문제는 논리적 문제인가, 윤리적 문제인가? 논리적 문제는 해결해주고, 윤리적 문제는 해결해줄 수가 없네." 이 말에 비트겐슈타인은 "선생님 논리적 문제는 윤리적 문제와 같은 것입니다."라고 답했다.(레이 몽크, 2012)

러셀은 논리적 문제와 윤리적 문제는 다르다고 생각했다.(신상형, 2017) 사실 러셀의 말은 옳다. 가령 1+1=2라는 수학공식은 논리적이다. 그러나 인생은 논리적이지 않다. 사람과 사람의 관계에서 논리란, 내가 해준 만큼 상대도 내게 무엇인가를 해준다는 것이다. 그러나 어떤 사람은 아무리 해줘도 블랙홀처럼 빨아들이기만 한다. 우리가 바라는 일도 마찬가지다. 노력한다고 다 되는 것도 아니고, 노력을 안 한다고 안 되는 것도 아니다. 그러니까 논리와 윤리는 다른 문제인 것이다.

그러나 비트겐슈타인은 논리적 문제와 윤리적 문제를 같은 차원에서 보고 있다.(이재승, 2014) 비트겐슈타인은 논리와 윤리를 클리어clear한 차원에서 접근했다. 그가 꿈꿨던 것은 논리적으로도 명료하고 윤리적으로도 투명한 것이었다. 가령, 1+1=2라는 답이 수학공식에서 명료하게 떨어지듯, 언어도 어떤 생각이나 가치판단을 부여하지 않으면 명료하게 사용될 수 있다고 본 것이다. 이후 비트겐슈타인은 케임브리지에서 학자들과 교류하느니 혼자서 연구에 몰두하는 편이 낫다고 여기고 러셀을 떠났고, 얼마 후 제1차 세계대전이 시작되자, 전쟁에 열렬히 전쟁에 참여했다. 그 과정에서 포로로 잡혀 감옥 생활을 했다.

그곳에서 『논리 철학 논고』를 완성하여 친구 핀센트에게 보냈다. 그리고 이후에는 '초등학교 교사로 남은 삶을 살자'고 결심한다. 『논리 철학 논고』에서 철학의 모든 숙제는 풀렸으며, 자신이 철학자로서 할 일은 다했다고 생각했기 때문이다. 이 책에서 우리가 얻을 수 있는 구절은 "말할 수 있는 것만 말하고 말할 수 없는 것은 침묵해야 한다"(비트겐슈타인, 1991)는 것이다. 그가 주장하는 '말해선 안 되는 것'이란 종교나 감정, 인간의 실존적인 것과 관련된다. 가령, 친구가 "나 너무 많이 아프다"고 말할 때, 우리는 그 아픔을 '다 안다'는 식으로 함부로 말하기도 한다. 그러나 우리는 누구도 타인의 아픔을 알지 못한다. 친구가 앓는 생리통이나 치통의 아픔은 친구의 것이지 나의 아픔이 아니다. 그럼에도 안다고 말하는 것은 오히려 친구에게 폭력을 행사할 수 있다. 말할 수 없는 것은 침묵하라는 비트겐슈타인의 말은 이런 의미에서 쓰어졌다.

그는 말할 수 있는 것만 말하고, 말할 수 없는 것은 표현해야 한다고 말한다. 우리가 말할 수 있는 것은 "하늘이 파랗다"거나 "장미꽃이 피었다" 등 우리가 눈으로 봐서 확인할 수 있는 내용들이다. 우리의 내면은 확인할 수 없고, 논리적으로 정의할 수도 없다. 그러므로 내면과 관련된 것은 침묵해야 한다. 그에 의하면, 우리의 내면은 표현될 뿐이다. 고통스러우면 인상을 찌푸리고, 즐거우면 웃는 것이다. 타인과의 관계에서도 마찬가지다. 무거운 물건을 들고 힘들어하는 사람을 만나면 조용히 그의 물건을 들어주고, 다리가 아파 걷지 못하면 그냥 말없이 업어주면 된다는 것이다.

사랑이라는 말도 마찬가지다. 우리는 사랑 대상에게 늘 사랑한다는 말을 해달라고 하지만, 행위가 따르지 않는 말은 공허한 관념에 불과하다. "죽도록 사랑한다"라고 말하는 그 사람도 사랑 때문에 실제로 죽지는 않는다. 문학과 예술은 그래서 필요하다. 말할 수 없는 것까지 다 말하면 예술이 필요 없다. 우리에게 춤이 필요하고, 음악이 필요하고, 연극이 필요하고 그림이 필요하고, 시가 필요한 것은 그래서이다. 표현하는 것이 예술의 영역인 것이다. 문학과 예술은 표현하는 것이지 말로 하지 않는다. 말할 수 있는 것은 정의할 수 있지만, 말할 수 없는 것은 정의할 수 없다(사랑이나 고통은 정의할 수 없다). 정의할 수 없는 것은 표현해야 한다.

언어의 차원에서 표현은 문맥에 따라 그 의미가 달라진다. 가령, 식당에서 욕쟁이 할머니가 젊은 손님에게 욕설을 내뱉는다고 할 때, 할머니가 하는 욕은 친근함의 표현일 터이다. 만일 할머니의 말을 욕으로 듣고 불쾌하게 받아들인다면 그는 성숙하지 못한 사람일 것이다. 유행가 구절 "나는 술이야, 맨날 술이야"에서 술은 술 자체를 의미하지 않는다. 술은 슬픔이나 괴로움을 의미할 수도 있다. 친구가 내게 전화를 걸어와 "너랑 술 한잔하고 싶다"고 말할 때, 그가 어떤 상황(맥락)에서 이 말을 하는지 그 마음을 이해하려하는 것이 우선이다. 만일 "너 술꾼이냐?"라고 말한다면 그와는 친구가 될 수 없을 것이다.

이런 의미에서 비트겐슈타인이 제시하는 언어의 감수성은 우리가 고민하는 언어 사용과 소통의 방식에도 도움이 될 수 있다. 말할 수 있는 것만 말하고 말할 수 없는 것은 표현하라는 것. 사랑은 표현하는 것이지, 말로 하는 것이 아니다. 그리고 그 표현은 대상의 상황이나 맥락에 따라 이해할 수 있어야 한다. 그것이 가능할 때 타인과도 좀 더 성숙한 관계를 맺을 수 있을 것이다.

18. 금기의 결핍이 욕망을 만든다
- 지그문트 프로이트, 정신분석학

프로이트(Sigmund Freud : 1856-1939)는 우리 안의 무의식, 내 안에 나도 모르는 내가 있다는 사실을 밝혀낸 최초의 정신분석학자이자 철학자이다. 오스트리아-헝가리 제국(현재 체코슬로바키아)의 일부였던 모라비아의 소도시 프라이베르크Freiberg에서 태어난 그는 네 살이 될 무렵까지 이곳에서 살았다고 한다. 중산층 유대인 가정에서 태어난 그의 아버지(Jacob Freud)는 모피를 파는 상인이었고, 어머니 아말리에 나타우젠Amalie Nathausen은 아버지 야곱의 두 번째 부인이었다. 프로이트는 자신의 어머니로부터는 맏아들이었지만, 아버지에게는 맏아들이 아니었다. 이미 첫 번째 부인에게서 태어난 두 아들이 있었다. 그들의 나이는 이미 스무 살가량이었으며, 그중 한 명은 결혼하여 아들까지 있었다. 프로이트가 네 살이 될 무렵, 그의 아버지는 사업이 점차 어려워져 첫 번째 아내에게서 얻은 두 아들을 제외하고는 가족들을 데리고 빈으로 이사하게 된다. 이후 프로이트는 삶의 대부분을 오스트리아 빈에서 보낸다.

성장한 프로이트는 빈 대학교의 과학부에 입학하였으나 곧 의

학부로 옮긴다. 1877년, 가재의 신경세포에 관하여 오늘날의 세포설에 가까운 이론을 발표한 프로이트는 1882년 7월, 경제적인 이유로 연구 생활을 그만두고 빈 대학 부속병원 수련의가 되는데, 이 무렵 코카인의 마취작용에 관한 논문을 발표하기도 한다. 1885년에는 파리로 유학하여 사르코 교수에게서 히스테리 이론을 배워 신경증을 연구하게 된다. 이듬해 1886년 봄, 빈에서 병원을 열어 신경증환자를 치료하기 시작했고, 가을엔 유대인 마르타 베르나이스와 결혼한다. 이후『실어증의 이해』(1891),『히스테리 연구』(1895),『꿈의 해석』(1900) 등 주요 저서를 저술하는 가운데 정신분석학이란 용어를 만들어내고, 그를 지지하는 칼 융과 만나면서 이 분야를 더 발전시켜 정신분석학회를 창안했다. 이를 계기로 빈 대학교에서 강의를 하는 등 다양한 활동을 하다가 1939년『정신분석학 개론』을 집필하던 도중에 세상을 떠났다.

초기작『꿈의 해석』은 꿈을 해석하는 꿈 해몽서가 아니다. 프로이트가 환자를 처음으로 치료할 때는 최면 기법을 사용하였는데, 이것이 다수 환자들에게 도움이 되지 않는다는 사실을 깨닫고는 방법을 바꾸어 환자와 대화를 나누는 치료법을 사용하게 된다. 그 대화의 주된 주제가 곧 꿈이었다. 잠을 자면서 꾸게 되는 꿈은 사람마다 다르다. 삶의 순간마다 느끼는 감정이 다르듯이, 꿈 역시도 일반화할 수 없다. 프로이트는 그렇게 보편화할 수 없는 꿈 내용을 분석함으로써 여성들이 이전에 어떤 경험을 하였는가를 알아내려고 했다. 이전에 경험한 일을 알아야 심리 치료도 가능하다고 보았기 때문이다.

실제로 우리는 잠들기 전에 고민하던 일을 꿈에서 경험하기도 한다. 가령, 내일 아침에 일찍 일어나 출근을 해야겠다고 생각을 하며 잠자리에 들 경우 우리의 몸은 잔뜩 긴장을 하며 잠이 든다. 그래서 대부분 일찍 깨어나게 된다. 그러나 몸이 피곤하여 도무지 일어날 수 없을 때는 꿈속에서 출근하여 일하는 자신을 대면하게도 된다. 이 경우, 꿈은 실제로 할 수 없는 일 또는 해야 할 일을 대신함으로써 자신(몸)을 보호하는 일종의 보호 장치가 된다. (초기에 프로이트는 이것을 '꿈사고' —차후엔 '전의식'이라고 지칭— 라고 부른다.)

그런데 어떤 경우 꿈은 전혀 낯선 풍경으로 다가오기도 한다. 어딘지 익숙한 느낌이 들지만 한 번도 가본 적 없는 곳에 서 있는 자신을 볼 때도 있다. 그 안에서 우리는 실현 불가능한 일을 쉽게 해내거나, 반대로 쉽게 할 수 있는 일도 도무지 해낼 수 없어 쩔쩔매는 경험도 한다. 이 과정에서 쾌락과 불쾌, 행복과 불행의 감정도 느끼게 되는데, 꿈속에서 감정을 유발하는 장면들은 과거와 현재, 삶과 죽음이 포개져 뒤섞이기도 하고, 또 파편화되어 금세 흩어지기도 한다. 이때 꿈은 이루지 못한 소망을 충족하는 공간인 동시에 그 소망이 좌절되는 고통스런 공간이 된다. 프로이트는 이러한 꿈 내용을 분석하는 과정에서 히스테리 여성들의 심리를 읽어낼 수 있게 된다.

히스테리 증상은 한국식으로 말하면 일종의 화병에 해당된다. 그런데 흥미로운 것은 중세 서양에서 히스테리는 악마에 사로잡힌 마녀의 주술로 취급되었다는 점이다. 의학의 아버지 히포크라테스가 히스테리를 일종의 '자궁건조병'으로 진단한 기원전 2000년 무렵부터, 히스테리는 자궁이 온몸을 떠돌면서 일으키는 질병으로 간주되었다. 히포크라테스에 의하면, 자궁은 성적 금욕으로 건조해지면 습기(정액)가 남아 있는 부분을 찾아 나서며, 정액이 존재하는 촉촉한 부분을 발견하면 그 부분을 미친개처럼 물어뜯음으로써 신체적 증상을 일으킨다. 히스테리를 이렇게 이해하면서 중세시대 히스테리 여성은 끔찍한 마녀사냥의 대상이 되었던 것이다.

그러다 계몽기에 이르러 히스테리는 당시에 새로이 부상한 생리학과 의학 담론에 의해 신경계나 뇌에 발생한 장애로 분류되었는데, 근대 정신의학이 대두되면서부터는 생물학적, 주술적 요인으로부터 벗어나 일종의 정신질환으로 받아들여지게 된다. 그런데 프로이트가 보기에 히스테리는 단순한 정신질환이 아니었다. 정신병은 현실 인식이 불가능한 망상장애 등과 관련되지만, 히스테리와 같은 신경증은 현실 인식을 전제한다.

프로이트에 따르면, 우리가 경험하는 일 중 의식이 밀어내거나 차단한 일들은 마음이라는 무의식의 저장소로 내려보내진다. 이것을 그는 '억압'이라고 부른다. 억압의 과정에서 무의식의 저장고에 저장되는 것은 현실에서 경험한 사물(혹은 사람)의 이미지 또는 관념적 표상이고, 감정은 그 표상체계에 묶이지 않은 채 우리 몸속을 떠돌아다니게 된다. 감정은 시간이 지날수록 모호해지고 종래엔 어디서 생겨난 것인지 알 수 없게 된다. 히스테리는 이 감정, 무엇을 원하는 '소망' 또는 '욕망'이 적절히 처리되지 못해 발생한 것인데, 프로이트는 이 증상을 '무의식적 욕망'과 이것이 의식적으로 등장하는 것을 막는 '방어' 사이의 '심리적 갈등'과 '타협'의 산물로 이해한다.

가령, 어떤 한 여성 A와 그녀의 남편 그리고 남편이 대화의 주제로 삼는 여성 B가 있다고 하자. 만일 남성이 여성 A 앞에서 다른 여성 B를 칭찬한다면, 여성 A의 심리는 B에 대한 질투의 감정이 일어날 것이다. 그러나 여성 A는 그 감정을 겉으로 드러낼 수 없다. 남편이 자신을 부정적으로 생각할 수도 있기 때문이다. 이때 여성 A는 B를 향한 질투의 감정과 그 감정을 드러내지 말아야 한다는 의식이 대립하며 갈등이 일어날 것이다. 그러나 여성 A는 그 감정을 숨기고 자신과의 타협을 통해 남성이 긍정하는 여성 B처럼 행동하게 된다. 히스테리는 이 감정이 적절히 처리되지 못하여 발생하게 되는 것이다.

　다르게 말하면, 히스테리 여성의 마비된 몸은 언어로 표현하지 못하고 억누른 감정이 신체적 증상으로 되돌아온 것이다. 단순히 몸 자체에서 발생한 생리적 변화가 아니라 의식화되지 못한 무의식적 욕망이 몸으로 이동하여 생겨난 변화였던 것이다. 따라서 히스테리 여성에게 흔히 나타나는 호흡 곤란, 수족 마비 등의 육체적 증상을 치료하기 위해 팔이나 다리, 목에 대한 의학적 처방에 의존해서는 실패할 수밖에 없다. 히스테리 증상은 육체를 넘어서는 심리에서 발생하여 육체로 이전된 것이기 때문에 심리에 대한 이해와 해결이 선행되어야 한다.

　그런데 문제는 남성들도 이런 여성적 질병을 앓고 있었다는 점이다. 19세기까지만 해도 여성적 질병을 앓는 남성은 비정상적인 존재로 취급되어 다수에게 비난의 손가락질을 받았다. 그러나 프로이트는 정상과 비정상을 나누는 절대 기준 자체가 존재하지 않으며, 모든 병증은 근원적 의미에서 히스테리에 다름 아니라고 본다. 그가 볼 때, 히스테리에서 발견되는 무의식적 욕망과 그것의 억압이라는 기제는 정상인에게서도 발견되는 지극히 '보편적인' 현상이며, 그것은 유아기 때부터 누구나 체험한다. 그 논의가 곧 '성[sexual]적 억압 가설'이다. 프로이트의 이 발견, 즉 유아기부터 경험하는 '무의식의 성적 욕망'이 진정한 의미에서 정신분석학의 출발지점이 된다. 흔히 오이디푸스 콤플렉스라는 핵심적 개념은 이 억압을 설명하기 위해 만들어진 것이다.

프로이트에 따르면, 인간은 누구나 태어날 때부터 본능적으로 남근을 선망한다. 그러나 성차를 인식하는 순간부터 남아와 여아는 서로 다른 억압을 경험하게 된다. 프로이트는 그리스 신화에 등장하는 (자신의 아버지를 살해한 뒤 미망인이 된 어머니와 결혼한)오이디푸스 왕 이야기를 끌어들여 이 내용을 설명한다. 그에 의하면, 유아기 때 인간은 전적으로 어머니의 몸에 의존하여 쾌감을 얻는다. 그러다 어느 정도 성장하면 아이와 어머니 사이에 아버지가 개입한다. 아버지는 아이에게 어머니와의 관계를 떼어놓는 일종의 사랑 경쟁자이다. 이때 아버지와 어머니 그리고 아이의 관계는 삼각형 구도를 이루게 되는데, 아이는 어머니에게서 자신을 떼어놓으려는 아버지에게 강한 반항심을 갖지만, 아버지는 힘을 가진 절대적인 존재이기에 어머니를 향한 근친상간적 욕망을 억누른다.

이렇게 억누른 최초의 욕망은 구강기에서 항문기, 생식기에 이르기까지 빨고 배설하는 여러 적응단계를 거치며 더 억제된다. 정해진 곳에서 밥을 먹고, 배설하고, 언어 및 도구를 사용하는 방법이나 규칙을 익히고 훈련을 받으면서 더 많은 억압이 형성되는 것이다. 프로이트는 이 억압, 즉 금기의 결핍이 욕망을 만든다고 한다. 사실 금기의 억압이 강할수록 아이의 욕망은 강해진다. "하지 마, 안 돼"라는 부모의 말이 오히려 아이의 욕망을 부추기게 되는 것이다. 특히나 성적 욕망은 아무리 조여도 새어나오는, 아니 새어나오다 급기야 터져버리는 에너지이기에, 금기하면 할수록 도착증과 같은 변형된 형태로 발전할 우려가 있다.

그런데 가부장적 사회에서 여성이 경험하는 억압은 남성이 경험하는 그것과 다르다. 남성과 여성은 원초적 억압이 일어나는 순간부터 다른 존재로 만들어지기 때문에, 대상을 욕망하는 방식도 다를 수밖에 없다. 프로이트에 따르면, 남아는 모든 인간이 남근을 소유하는 것이 아님을 발견하고 어머니를 향한 아버지의 금기를 "너의 성기를 거세할거야"라는 뜻으로 받아들인다. 이것을 그는 오이디푸스 콤플렉스라고 한다. 남아는 이 콤플렉스를 어머니에 대한 욕망을 억누르고 권위와 법을 상징하는 아버지와 자신을 동일시함으로써 극복해간다. 성장하면, 아버지처럼 여성을 소유할 (아버지의)권위를 획득할 수 있으리라 생각하며, 남성으로서의 자기 정체성을 획득하고 여성을 계속 욕망할 수 있게 되는 것이다.(팸 모리스, 1999 : 164~165)

그러나 남근이 없는 여아는 태어날 때부터 결핍된 존재이다. 이미 '거세되어' 남근을 갖고 있지 않다는 것을 알게 된 여아는 그것(남근)을 소유하고 싶어 한다. 초기에 프로이트는 여아의 정체성 형성 과정을 '아버지를 욕망 대상으로 삼다가 이를 포기하고 어머니와 동일시함으로써 자기 정체성을 획득한다'고 생각한다. 그러나 이후 이 입장은 달라진다. 히스테리 여성을 분석하면서 프로이트는 그들이 어린 시절 자신을 사랑해주던 아버지를 성인이 된 다음에도 떠나보내지 못하고 여전히 아버지에게서 사랑받고 싶어 한다는 사실을 발견하게 된 것이다.

이 발견을 통해 프로이트는 여성의 욕망에는 아버지에 대한 욕망으로 환원되지 않는 '다른' 욕망이 존재하며, 히스테리 여성에서 나타나는 아버지에 대한 욕망은 이 다른 욕망을 은폐하기 위한 위장이나 변형이라는 점을 알게 된다. 그래서 초기 입장을 수정하여 어머니의 중요성을 피력한다. 말하자면, 남근을 소유하고 싶어 하는 여아는 자신에게 남근이 부재하는 원인이 어머니에게 있다고 생각하여 어머니를 비난하게 되는데, 하지만 어머니도 '거세'되어 있음을 발견하고는 다시 아버지에게로 돌아선다는 것이다.

여아는 아버지가 남근 대신 아이를 제공해줄 수 있을 것이라 생각하고 아버지를 욕망한다. 그런데 아버지는 여아의 접근을 금지하기 때문에, 그 소망을 이룰 수가 없다. 여아는 자식이라는 대체된 대상을 통해 '남근'을 획득할 수 있는 어머니가 될 때까지 결핍된 타자로서 사회 속에 남아 있게 되는 것이다.(여성문학연구소, 2005 : 328~361) 이렇게 경험하는 여아의 이중 억압을 칼 융Carl Jung은 일렉트라 콤플렉스라고도 부르는데, 이는 여아가 그만큼 콤플렉스를 극복하기 어렵다는 사실을 의미한다.

프로이트는 이 발견의 과정에서 오늘날 우리에게도 잘 알려진, 이드(Id=무의식), 자아(ego=전의식), 초자아(superego=의식) 개념을 만들어내고, 심리적 상처는 자기 안을 들여다보고 대화를 통해 풀어냄으로써 대부분 치료할 수 있다고 말한다. 다만 우울증과 같은 심각한 병은 약물로 치유할 수밖에 없다고 한다. 어떻든 프로이트의 이러한 논의는 기존 학자들의 입장에서 보면 자신들의 논의를 뒤집는 일종의 코페르니쿠스적 전환이라고 할 수 있을 것이다. 존재 구성 방식에 있어 기존의 논의가 명료한 이성으로서의 '의식'과 관련하여 논의돼 왔다면 프로이트는 무의식에 주목하였고, 기존 학계에서 히스테리적 증상을 과학적 차원에서 치료하려 했다면 프로이트는 심리(감정)의 차원에서 말하고 있기 때문이다.

하지만 왜 무의식인가? '무의식적 감정'인 히스테리를 논의의 지평으로 떠올리는 것이 여성 주체에게 어떤 도움이 되는가? 하는, 여성 주체의 문제를 생각해보게 하는 데까지는 나아가지 못했다. 무엇보다 '남근'을 기준점으로 한 그의 논의는 여러 가지 차원에서 맹점을 노출할 수밖에 없다. 남근 중심의 논의는 결국 '이성－서양－문명－백인－우월', '육체－여성－동양－야만－열등'이라는 기존 이분법적 사유를 뒷받침하여 그것을 오히려 더 공고히 하는 결과를 가져왔기 때문이다. 이 논의가 여성의 성을 '없는 것'으로 파악하게 함으로써 남녀 '차이'를 '차별'화하는 논리로 작용하게 되었고, 여성을 비롯한 힘없는 남성들의 화병을 심화시키는 결과를 만들어낸 것이다.

그러나 그럼에도 불구하고 가부장적 사회 안에서 남성과 여성이 앓는 신경증을 이해하는 데는 어느 정도 도움이 된다. 프로이트의 논의를 긍정하면, 여성을 자기 소유물로 생각하는 남성은 자신에게 남근이 '있음'을 증명해보여야 하고, 남근을 소망하는 여성들에게 자신의 그것을 빼앗기지 않아야 하기에, 평생 거세공포에 시달리며 남근을 잃지 않으려고 노력해야 한다. 남성들이 자기 욕망을 강조하고 그것을 관철시키려고 애쓰는 것은 그 때문이다.

그래서 말을 할 때도 명령적 어조를 사용하고, 그 명령이 받아들여지지 않으면 화를 내는 등 신경질적으로 변한다.

　반면 남근이 '없는' 여성은 애초에 없는 존재이기에, 자신의 목소리를 내어선 안 된다. 여성은 자신의 욕망보다는 타인의 욕망을 더 중시하며 늘 타인의 눈치를 살펴야 한다. 여자아이들이 남자아이들보다 공부를 더 열심히 하려 하고, 부모가 원하는 것에 자신을 맞추려 애쓰는 것은 타자(부모=사회적 규범 등)의 욕망에 맞출 때 자신이 더 사랑받는다는 것을 본능적으로 알기 때문이다. 여성들이 정신적 스트레스를 더 많이 받고, 신경질이나 짜증을 많이 내는 경향도 그래서이다.

　어쩌면 이 병증은 가부장의 말이 곧 법인, (상징적)아버지들의 세계에서는 근본적 해결이 어려울지 모른다. 상징적 지배질서의 힘이 강하게 발휘되는 현실 속에 우리가 발을 붙이고 사는 한, 이 사회의 지배적 가치 체계를 따르지 않을 수 없기 때문이다. 그러나 잊지 말아야 할 것이다. 기존 체제를 따르는 순간, 그 금기의 결핍을 메우려는 왜곡된 욕망도 계속 만들어진다는 사실, 진정한 욕망은 지배적 가치 체계에서 놓여날 때 만들어진다는 사실을. 우리에게 즐거움을 주는 감정, 유쾌한 웃음은 (상징적)아버지의 질서의 억압 안에서 생겨나지 않는다. 상징적 질서가 곧 아버지들이 만들어온 문명, 자본의 질서라면, 거기에 종속되는 순간 우리는 자본의 꼭두각시처럼 살다가 이 세상을 떠나고 말 것이다.

　상징질서가 만들어 놓은 법, 다수가 그렇다고 생각하는 관습적 규범들, 그런 것들에서 놓여나려는 자세는 그래서 필요하다. 물론 쉽지는 않을 것이다. 지배적 가치 체계를 거부하고 그것과 부딪쳐

충돌하면, 그럴 때마다 우리의 심리를 보호하는 보호막엔 구멍이 뚫리고 무의식적 감정은 의식 위로 솟아오르며 이상 증세를 호소해 올 것이다. 그러나 그렇다 하더라도 그것이 두려워 부딪침을 피해서는 안 된다. 프로이트의 말처럼, 오히려 그것, 즉 불쾌하고, 수치스럽고, 긍정하기 힘든 그 안의 감정을 분출(표현)하는 것이 더 중요하다. 안에서 곪은 피고름이 밖으로 터져 나와야 새살이 돋듯, 춤이든 노래든 그림 그리기든 글쓰기든, 어떤 식으로든 감정을 표현할 때 상처는 치유될 것이다.

19. 네 안의 그림자와 마주하라
- 칼 융, 페르소나와 집단 무의식

　프로이트가 무의식에 관한 정보의 원천을 꿈이나 환상에서 찾았던 것처럼 융(Carl Gustav Jung : 1875~1961)도 그러하였다. 융은 프로이트의 영향을 받아 인간의 무의식을 탐색한 스위스의 심리학자이다. 어린 시절부터 비정상적일 정도로 강렬한 꿈을 꾸고 환상도 경험했다는 그는 프로이트의 정신분석학을 접하면서 무의식에 더 깊이 천착하게 되었고, 1912년부터 약 5년간은 프로이트와 함께 공동연구를 했다고 한다. 그러나 무의식을 들여다보는 견해는 프로이트와 달랐고, 때문에 결별하게 된다.

　프로이트는 개인이 유아기에 경험하는 거세 억압이 무의식에 저장된다고 보았지만, 융은 무의식을 개인적 체험의 저장고로 보지 않았다. 융에게 무의식은 개인이 인류의 역사로부터 물려받은 집단적인 것이었다. 이러한 집단 무의식의 구성 요소를 융은 '원형들(Archetypes)'이라고 불렀다. 원형들은 인류의 먼 조상, 더 나아가 인류 이전의 선행 인류로부터 물려받은 것이며, 반복적인 체험을 통하여 생긴 침전 현상이다.(칼 융, 2015, 109)

융은 이 반복 경험을 신경성 징후가 억압된 것이 아니라, 지혜와 의미의 원천으로 본다. 그리고 지혜와 의미들이 의식의 차원으로 융합될 때 이미지와 상징과 신화의 형태로 표현된다고 한다. 그러니까 신화와 상징은 내면세계의 원형들이 의식의 차원으로 표현된 것이며, 우리의 의식은 외부의 실재와 동화될 뿐 아니라 내면세계를 가시적 실재로 번역해내는 이중적 작업을 수행하고 있는 것이다. 이 작업, 즉 원형적 가치들로 가득한 무의식의 세계를 의식의 태도와 행위로 번역해내는 과정을 융은 개성화 과정(Individuation process)이라고 불렀다.

개성화 과정은 반드시 이루어져야 할 인간 성장의 과정이다. 이를 이해하기 위해서는 융이 제시하는 내면의 구조를 살펴볼 필요가 있다. 융은 인간의 내면을 개인 무의식과 집단 무의식으로 구별하고, 집단 무의식의 모든 원형들 가운데 '대 자아(The self)'를 개성화 과정의 궁극적 목표라고 말한다. 그에 의하면 개인적 무의식은 주관적인 심적 표현이고, 집단 무의식은 객관적인 심적 표현이다. 개인 무의식이 잊힌, 혹은 상실한 여러 기억이나 불쾌한 표상과 관련된다면, 집단 무의식은 개인이 가지고 있는 무의식의 일부이면서 개인 무의식과는 구별된다.

개인 무의식은 자의적인 것이나 집단 무의식의 내용은 의식적이지 않다. 집단 무의식은 세계를 특정 양식으로 지각하고 경험하고 반응하도록 이끄는 보편적, 집단적, 선험적인 아이디어나 기억들이다. 가령, 유아가 엄마를 지각할 때 실제 엄마의 특징과 더불어 양육과 생산과 의존과 같은 원형적인 엄마의 속성들에 대한 무의식적 관념들이 반영된다는 것이다. 대개의 많은 사람들이 뱀이나 어둠을 두려워한다든가, 흔히 서로 다른 문화에서 표현되는 상징들이 놀랍도록 유사성을 보이는 이유도 인류가 공유하는 원형적 기억이 있기 때문이다.

그러나 이러한 원형은 우리의 눈으로 직접 파악할 수 없다. 융에 의하면 우리는 다만 대 자아의 다양한 심상들을 외부세계에 투사함으로써 자기를 표현한다. 이때 중요하게 고려되는 것은 그림자, 아니마와 아니무스, 자기, 페르소나 등 네 가지 원형들이다. 융은 그것을 나무의 나이테와 같은 구球의 형상을 통해 설명한다. 그에 의하면, 내가 나라고 인식하는 우리의 의식은 구(나이테)의 가장 바깥쪽에 위치한다. 여기서 안쪽으로 한 겹을 들어가면 그림자가 놓인다. 그림자는 사람들이 감추고 싶어 하는 자질들, 즉 유쾌하지 않거나 열등감을 불러일으키는 어두운 층을 뜻한다. 흔히 콤플렉스라고도 불리는 그림자는 개인적 무의식의 내용이다. 이것은 꿈이나 농담 실언 등으로 징후를 드러낸다.

아니마와 아니무스Anima and Animus는 집단 무의식의 한 원형으로서 그림자 안에 자리하고 있는데, 이것은 인간의 양성성을 설명하는 개념이다. 융은 인간이 모두 양성의 기질을 가지고 있다고 보고, 남성 속에 있는 여성성을 아니마, 여성 속에 있는 남성성을 아니무스라고 한다. 그는 아니마와 아니무스가 '자아의식을 초월하는 마음속의 혼과 같은 것'이며, '나'의 통제를 받기보다는 고도의 자율성을 지니고 행동하는 독립된 인격체와도 같다고 보았다. 또한 남성의 무의식적 인격은 여성적 속성을, 여성의 무의식적 인격은 남성적 속성을 띤다고 보았다. 이때 남성적 속성, 여성적 속성이란 그 사회집단의 여성이나 남성에 대한 전통적인 가치관을 의미하는 것이 아니다. 그것은 인류의 오랜 역사 속에서 남성이 여성에 대하여 체험한 모든 것이 침전된 것, 여성이 남성에 대하여 체험한 모든 것이 침전된 것이다.

대 자아[The self] 혹은 진정한 자기는 아니마와 아니무스보다 더 깊은, 그러니까 나이테와 같은 구球의 맨 안쪽에 자리한다. 이것은 신의 형상[god-image]을 닮아 있다. 물론 이때 신의 형상이란 신 자체를 뜻하는 것이 아니다. 융은 신과 대 자아가 동일하지 않다고 생각한다. 그러나 양자는 경험의 차원에서 구분되지 않는다고 보았다. 양자는 다 같이 전일성 혹은 전체성의 경험을 나타내고 또한 외부 세계의 전일적 상징으로 투사된다.

다르게 말하면, 신의 형상은 우리 안에 깃든 신과 같은 (무한한) 사랑 혹은 자비를 의미하는 것이며, 성숙한 인간은 바로 이러한 심성을 외부세계나 대상을 향해 표현하는 사람인 것이다. 그러나 이것은 결코 쉽지 않다. 융에 의하면 의식의 자아는 사회적으로 용납될 만한 자아(사회적 자아)만을 의식화시킴으로써 자신의 사회 환경에 적응하는 쪽으로만 일방적인 발전을 꾀하기 때문이다.

이렇게 사회적 자아만을 의식화한 것을 융은 페르소나Persona라고 한다. 페르소나는 본디 고대 그리스 연극에서 배우가 쓰는 가면을 가리키던 용어인데, 융은 이 용어를 심리학의 차원에서 개인이 사회생활을 하면서 표출하게 되는 공적인 이미지로 설명하고 있다. 다시 말해 페르소나는 사회집단이 개인에게 요구하는 도리, 본분, 역할을 수행하는 자아를 의미하는 것이다. 가령 우리가 누군가를 처음 만났을 때 '어디 출신이냐? 아버지 뭐 하시는 분이냐? 어떤 집안의 딸이냐? 무슨 대학을 졸업했느냐?' 하는 질문도 이러한 사례에 해당된다.

융은 이러한 가면적 자아로서의 페르소나를 부정적으로만 바라보지는 않는다. 어느 사회집단이든 집단은 개인에게 그 집단이 추구하는 인간적 도리와 본분, 사회적 역할을 요구하기 마련이고, 개인은 그 가치와 충돌하면서도 사회공동체의 가치를 받아들이면서 성장하기 때문이다. 그러나 융이 한결같이 지적하는 것은 사회가 요구하는 역할만을 수행할 때, 진정한 자아는 소외되고 만다는 것이다. 사회 집단이 요구하는 행동규범이나 역할만을 수행할 때 인간은 본성적 자아로서 진정한 자신[The self]을 잃어버리고 만다.

그래서 융은 사람들에게 자기의 그림자와 마주하고, 원초적 원형 상징으로서의 신화(창조주)성을 들여다보라고 강조한다. 원초적 원형 상징으로서의 신적 심상은 개인의 심리에 내재해 있는 신神의 흔적이다. 이 흔적을 발견하고 표현하려는 노력이 전인격적인 완전함을 회복하는 길이자, 완전한 치유의 길이라고 융은 말한다. 말하자면, 융의 심리학에서 신의 이미지는 전일성 혹은 전체성의 원형으로서 진정한 자기를 회복하는 과정, 즉 개성화 과정의 궁극적 목표지점인 것이다.

이러한 융의 논의는 여전히 이분법적 사고에 토대하고 있다거나, 또 현재로부터 퇴행하는 신화성을 강조하고 있다는 점에서 일정한 한계를 안고 있다. 그러나 모든 인류가 간직하고 있는 상징적 원형, 즉 무의식의 원형을 의식의 신-이미지에 투사한 것은 고려해볼 사항이다. 우리 안에 내재하는 사랑을 탐색하고 발현하는 것은 인격의 완성뿐 아니라 외부세계 및 타인과의 관계를 맺는 데도 매우 중요한 의미를 갖고 있기 때문이다.

20. 가장 오래된 것이 가장 미래적인 것
- 클로드 레비스트로스, 구조주의

　레비스트로스(Claude Levi Strauss : 1908-1991)는 사회와 문화를 이루는 구조를 분석하여 문화 인류학을 발전시킨 프랑스의 구조주의 학자이다. 글자 그대로 '구조'에 의미를 두는 구조주의는 생물학적 본질론을 강조하는 입장과는 상반된다. 본질론이 인간의 타고난 기질이나 성격은 절대 변하지 않는다는 인식에 기반하고 있다면, 구조주의는 그 사람이 어떤 상황에 놓이느냐에 따라 성격도 달라질 수 있다는 사실을 상정한다. 가령, 자신의 부모에게 버려진 어린아이가 있다고 하자. 이 아이가 자신도 알지 못하는 사이 먼 외국의 다른 부모에게 입양되어 길러진다면 어떨까. 아이의 기질이나 성격도 달라질 수 있지 않을까. 레비스트로스는 이렇게 구조화되는 삶의 조건을 문화와 관련지어 인류학을 연구했다.

　그가 문화 인류학을 본격적으로 연구하게 된 때는 1934년부터이다. 1908년 벨기에 브뤼셀에서 유태인계 프랑스인으로 태어난 그는 파리대학교에서 철학과 법률을 공부하고, 1934년 무렵엔 브라질 상파울로 대학의 사회 인류학 교수로 일하게 되는데, 이 무렵 그는 남미 내륙을 여행하면서 브라질 원주민들의 삶을 접하고, 문명화된 삶이 오히려 더 야만적일 수 있다는 점을 깨닫게 된다. 이 깨달음은 로만 야콥슨과의 만남을 통해 학문적으로 체계화된다. 상파울로 대학에서 뉴욕의 사회연구학교 객원교수로 자리를 옮긴 레비스트로스는 거기서 러시아계 유대인 로만 야콥슨을 만나 소쉬르가 창시한 구조주의 언어학을 접하게 된다.

구조주의 언어학은 언어의 구조 체계를 분석하여 설명하는 소쉬르의 이론을 기반으로 한다.(김상환, 2005, 31) 가령, 'ㄴ+ㅏ+ㅁ+ㅜ'와 같이 자음과 모음이 결합하여 '나무'가 되는 언어구조, 작은 단위의 관계들이 지니는 언어 구조를 체계화하고 해명하려는 것이다. 소쉬르에 따르면 언어는 랑그Langue와 빠롤Parole이라는 체계로 이루어진다. 랑그는 기호(기표)로 조직된 시니피앙signifiant, 즉 언어의 형식을, 빠롤은 언어의 의미(기의)를 담아내는 시니피에signifié, 즉 내용을 뜻하는데, 소쉬르는 기표와 기의 사이에는 아무런 연관성이 없다고 한다.

가령, 우리말 부추를 말할 때 우리의 마음속에는 부추와 부추가 자라는 밭이 떠오르지만, 그것을 지칭하는 단어는 지역마다 다르다. 어떤 지역에서는 부추라 하고 어떤 지역에서는 정구지라고도 하는 것이다. 다른 예를 든다면, '사랑'이라는 기표는 그것이 지시하는 뜻과는 전혀 무관하며, '슬픔' '미움' 등의 다른 기표와의 관계에서만 그 형식적 근거가 발생한다. 때문에 소쉬르는 기호는 지시 대상의 이름으로 존재하는 것이 아니라, 자체의 내적 원리에 따라 존재하기 때문에 실재 사물과는 직접적인 고리가 없다고 말하는 것이다.

레비스트로스는 여기에 주목하여 언어 모형에 따라 인척 관계, 신화 등 여러 부족의 문화 현상을 연구해나갔다. 말하자면, 사람들이 사용하는 언어에도 질서가 있다면 이 질서를 가능하게 하는 보편적 사고가 있을 것이라고 보고, 이 보편적 사고를 통해 특정 사회의 집단 무의식을 넘어 인류 전체의 무의식을 찾아볼 수 있을 것이라고 생각한 것이다.

레비스트로스는 대표적 저서 『슬픈 열대』(클로드 레비스트로스, 1998)에서 자신의 학문적 출발을 이룬 세 가지 사유로 지질학·정신분석학·마르크스주의를 꼽는다. 세 사유의 공통점은 표층이 아니라 심층을 주목했다는 데 있다. 그는 개인적 삶이든 사회적 생활이든 인간의 심층에는 오랜 시간 변화하지 않는 법칙·원리·틀이 존재한다고 생각하고, 그것들을 통칭하여 '구조'라고 부른다. 이 구조를 탐색하기 위해 레비스트로스가 주목한 것은 남미 원시 부족을 여행하면서 발견한 친족관계이다.

친족과 혼인의 문제는 한 사회의 문화구조를 이해하는 데 기본 사항일 뿐 아니라 인류 전체의 본질적인 사회성을 이해하는 데 필요불가결한 사항이다. 레비스트로스는 이원 대립적 사유를 통해 이 친족관계를 이해하려고 했다. 그가 볼 때, 우선 결혼은 서로 대립관계의 개체인 남자와 여자의 관계에서 시작된다. 그러나 단순히 개인적인 결합에 그치는 게 아니라 사회 집단의 교환관계로 이어진다. 이때 두 집단의 관계를 매개하는 것은 여자이다. 원시 부족에서는 여자를 교환수단으로 부족 간에 관계를 맺는다. 그러니까 남자는 한 집단을 대표하는 상징일 뿐이고 두 집단 사이에 관계를 맺어주는 존재는 여자라는 것이다.

여기서 떠오르는 문제는 집단 사이의 관계를 가능하게 하는 여자가 누구와 어떻게 혼인을 하느냐 하는 것인데, 가장 앞선 문제는 근친혼이다.(클로드 레비스트로스, 2014 : 76) 레비스트로스는 원주민들의 사회에서도 가까운 친인척 사이에는 결혼이 금지돼 있음을 발견한다. 원주민들의 부족 사이에서도 오빠와 여동생은 결혼할 수 없고, 사촌 간에도 결혼은 금지돼 있었던 것이다. 레비스트로스는 이러한 근친상간의 금지가 모든 문화에 깃들어 있다면, 이 금지는 모든 인간에게 무의식적으로 자리하고 있다고 생각했다.

그리고 이 근친상간의 금지가 동물과 구별되는 인간, 다시 말해 자연적 존재로서의 인간과 사회적 존재로서의 인간을 구별하는 축이 된다고 여기고, 근친상간의 규칙이 모든 문화에 공통적으로 내재해 있다는 사실을 밝혀낸다. 이를 통해 그전까지 인간 삶을 문명과 야만으로 나누고 야만을 비인간적인 것이라고 폄하해온 서구의 인간중심적 사상을 신랄하게 비판한다. 레비스트로스가 볼 때, 원주민들이 지키는 규칙이나 질서는 오랜 세월 자연에서 살아오며 반복하여 얻게 된 야성적 사고이다. 서양의 백인들은 이 야성을 미개한 것이라고 생각하고 함부로 폄하해왔지만, 레비스트로스가 볼 때 야성적 사고는 결코 미개한 것이 아니다.

그가 남미 콰라과족을 여행하면서 경험한 이야기를 들어보자.

사냥거리가 있을 걸로 알았기 때문에 아무것도 가져오지 않았는데 우리가 가진 것이라고는 모두 같이 나눠먹기는 불가능한 비상식량밖에 없었다. 다음 날 아침에 그들은 자기네 우두머리에게 노골적으로 불만스런 눈치를 보이고 있었는데, 그와 내가 궁리해낸 일이라서 그에게 책임이 있다고 믿었던 때문이었다. 그래서 사냥을 하거나 무엇을 채집하러 갈 생각은 않고 모두 나무그늘 밑에 드러누워 있기로 결정하고 우두머리 혼자 문제의 해결책을 찾아보라고 내버려두고들 있었다. 그러자 우두머리는 자기 아내들 중 하나를 데리고 사라져버리더니 저녁때가 되자 두 사람은 하루 온종일 잡은 메뚜기가 무겁도록 가득 찬 채롱들을 지고 돌아왔다. 모두들 맛있게 먹고는 기분을 돌렸다. 그리하여 다음 날 다시 길을 떠나게 되었다. (중략) 훌륭한 족장은 그의 솔선수범하는 능력과 기술을 증명한다.

　화살의 독을 준비하는 사람은 족장이다. 마찬가지로 족장은 남미 콰라과족의 유희에 사용되는 야생의 고무로 된 공도 만든다. 또한 그는 무리들이 단조로운 일상생활을 잊어버릴 수 있도록 노래도 잘하고 춤도 잘 출 줄 아는 쾌활함을 지녀야 한다.

- 클로드 레비스트로스, 2014 : 564~573

그가 만난 콰라과족의 족장은 주민들이 심심해하면 춤을 추거나 노래를 부르며 함께 놀아주어야 하고, 위험한 일이 있으면 가장 먼저 나서서 그 일을 해야 한다. 그렇게 해서 사람들의 마음을 얻고 그만큼의 권위도 얻게 되지만, 족장이 세습되는 것은 아니다. 콰라과족의 족장은 자신의 혈육을 후계자로 지정할 수 없다. 반드시 주민들의 동의를 받아야만 족장이 될 수 있다. 주민들의 동의를 이끌어내지 못한 사람, 주민들의 마음을 얻지 못한 사람은 족장이 되기 어렵다. 레비스트로스는 이러한 원주민들의 삶에서 나름대로의 규칙과 질서가 있음을 발견하고, 원주민들의 삶을 야만으로 규정한 서구인들의 인식을 신랄하게 비판한다.

레비스트로스는 원주민의 과거 식인풍습조차도 종교적 차원의 문화 현상일 뿐 함부로 나쁘다고 매도할 수 없다고 하면서 문화는 나라마다 다르며, 더 우월하거나 열등하고 야만적인 문화는 없다고 단언한다.(클로드 레비스트로스, 2014 : 86) 레비스트로스가 볼 때 '야성=미개'라는 말은 서구인들이 만들어낸 언어폭력일 뿐이다. 유럽인들이 아메리카를 발견할 때 사용했던 '신대륙'이라는 말에는 백인우월주의의 관점이 깃들어 있다. 신대륙이란 말속에는 거기 사람들이 살고 있지 않다는 의미를 전제하고 있지 않은가. 실제로 초기 아메리카 사람들은 남미 원주민들을 두고 '이들이 인간인가, 아닌가'를 두고 토론을 했다고 한다. 심지어 흑인들은 고민할 가치조차 없다고 생각하고 노예로 삼았다고 한다. 레비스트로스가 구조적 접근을 통해 깨부수려 했던 것은 바로 이런 서양인들의 오만과 편견이었다.

그는 유럽의 철학사를 관통해 온 관념론과 경험론 모두를 긍정하지 않았다. 이성을 중심으로 한 관념론이든, 감각을 중심으로 한 경험론이든 그 이론들의 중심에는 인간이 존재하기 때문이다. 그래서 그는 인간의 의식과 사물의 관계를 중시하는 현상학에도 거리를 두고, 인간의 주체성을 중심에 두는 실존주의와도 대립각을 세웠다. 현상학도 관념론과 경험론의 한가운데서 결국 인간 주체의 '의식'이라는 관념론으로 기울기 때문이었다.

이러한 레비스트로스의 철학은 서양의 근대적 사고를 해체하려고 했다는 점에서 탈근대적 측면을 보이고 있다고 할 수 있지만, 이분법적 구조를 토대로 반서구, 반과학, 반인간주의, 반주체 철학을 강조하고 있다는 점에서 근대적 사고에서 완전히 벗어나지는 못했다. 말하자면, 원주민들의 삶에서 오래된 삶의 질서를 발견하고 그것이 우리의 미래를 열어가는 대안이 될 수 있다고 보았지만, 그 삶을 문명과 야만이라는 이분법적 구조를 통해 바라봄으로써 근대 이원론적 사고에서 크게 벗어나지 못했던 것이다.

이것은 레비스트로스 철학의 의의이자 한계이기도 할 것이다. 레비스트로스는 인간 주체보다는 모두가 보편적으로 공유하고 있는 이성을, 그리하여 인간이 진리에 도달할 수 있게 해줄 무의식적 기초를 찾아내려고 하였지만, 보편성에 기반한 선험적 이성은 선험적 주체에서 보편성을 찾으려 했던 칸트의 사상과 크게 다르지 않다. 물론 레비스트로스는 선험적 이성 자체를 강조한 것이 아니라, 선험적 구조를 통해 이성중심성을 해체하고자 했고, 구조주의를 떠받치는 것이 아니라, 그 근원을 알아 인류의 보편적 진리를 찾고자 했지만 보편성, 전체주의적 사고관은 부분 개체들의 차이를 간과하고 있다는 점에서 여전히 한계를 안고 있다. 이 한계가 데리다나 자크 라캉의 논의에 빌미를 제공하여 구조주의는 위기, 혹은 종언을 맞게 된다.

제 4 부

(탈) 현대, 너를 향해 가는 길과 마주하다

21. 타자의 욕망을 욕망하는 인간
- 자크 라캉, 강박증과 히스테리

라캉(Jaques Lacan : 1901~1981)은 프랑스의 정신분석학자이자, 후기 구조주의 사상가이다. 그는 프로이트의 무의식 구조를 언어 구조와 연결하여 무의식의 영역을 새롭게 열어 보였다. 이를테면, 우리가 꽃을 말할 때 머릿속에 떠오르는 이미지(형상)가 기표이고, 그 안에 내재된 '의미'가 기의라면, 머릿속에 떠올린 꽃의 이미지와 그 의미는 각자 다르게 이해되어 받아들여지는데, 라캉은 이 언어 구조에 착안하여 욕망의 구조를 설명한다.(자크 라캉, 권택영 옮김, 『욕망이론』, 1998) 그에 의하면, 욕망은 어느 한곳에 가닿지 못하고 계속 미끄러진다. 욕망은 충족이 불가능하며, 그 대상은 존재하지 않는 환상과 같다.

가령, 어떤 한 남성이 평소에 별로 관심이 없는 여성에게 장난삼아 사랑 고백을 했다고 하자. 이때 그녀가 그의 고백을 거부하면 남성은 그녀에게 더 집착하게 된다. 이 집착을 욕망이라고 한다면, 남성이 욕망하는 대상은 그녀 자체가 아니다. 자신을 거부하는 여성의 그 거부(금기)가 남성의 욕망을 부추긴 것이다. 만일 그녀가 고백을 받아들였다면, 그녀를 향한 남성의 욕망은 곧 사라지게 된다. 이것을 다르게 적용해 볼 수도 있다. 우리가 어떤 대학에 입학하려고 할 때, 대학은 욕망의 대상처럼 보인다. 그러나 입학하면 욕망 대상으로서의 대학은 사라지고 취업이라든가 하는 다른 것을 욕망하게 되는 것이다. 만일 욕망이 어느 한곳에 고착되면 신경증과 같은 병리적 증상을 앓게 된다.

그런데 신경증을 탐색하는 방식이나 치유 방법을 찾는 데 있어 프로이트와 라캉의 견해는 다르다. 프로이트는 신경증을 치유할 수 있다고 보고 우울증과 같은 심각한 병증은 약물로 치료할 수 있다고 생각했지만, 라캉에게 신경증은 근본적인 치유가 불가능한 것으로 사유된다. 라캉이 볼 때, 신경증 환자에게 약물을 투여하는 것은 인간의 사유를 불가능하게 하는 것과 같다. 약에 의존할 때 사유하는 주체로서의 인간성은 상실되기 때문이다. 그래서 라캉은 약물에 의존하기보다는 어떤 한 대상에 집착하는 마음, 즉 욕망의 고착 상태를 깨뜨리고, 대상과 분리되는 것이 중요하다고 한다.

분리 과정은 인간의 사회화 과정과도 연결된다. 라캉은 프로이트의 '무의식 구조(원초아—자아—초자아)'를 변용하여 상상계(거울단계), 상징계, 실재계로 설정한다. 상상계는 아이가 어머니와 일체를 이루는 단계, 즉 아이가 어머니에게 전적으로 의존해있는 단계를 말한다. 이 단계에서 아이는 자신을 엄마와 동일한 존재로 생각한다. 그러나 그것은 아이가 상상한 오인誤認의 산물일 뿐, 어머니와 아이는 결코 동일한 존재가 아니다. 아이가 자라 18개월에서 19개월쯤 되면 거울단계로 들어선다. 거울단계는 아이가 혼란을 겪는 시기이다. 마치 거울을 들여다보며 거울 속의 아이가 자신인지 아닌지 혼란을 겪는 것처럼, 이 시기 아이는 아직 자신을 완전히 자각하지 못한다. "이건 안 돼", "아이, 지지야!"처럼 아이의 행위를 금기하는 어머니의 말이나 눈빛을 보며, 아이는 어머니가 자신에게 뭔가를 원한다는 사실을 알지만, 그것이 무엇인지 해독할 능력은 아직 없다.

그 혼란은 아버지의 상징계로 진입해야 해소된다. 아버지의 상징계란 생물학적 아버지의 세계를 뜻하는 것이 아니라, 아버지(오이디푸스왕)로 상징되는 말(씀), 언어, 법, 사회제도 등을 의미한다. 이 단계에서 아이는 상징적 아버지의 말(씀) 즉, 언어를 인식하고, 어머니가 원하는 것이 '남근(언어)'이라는 해석을 얻게 된다. 이로써 아이는 아버지의 언어를 배우려 하고, 아버지와 동일시함으로써 상징질서(사회질서) 안의 주체가 되려고 한다. 그러나 라캉이 볼 때, 남아든 여아든 상징질서 안에서 인간은 온전한 주체로 서기 어렵다. 이 세상 자체가 거대한 신경증덩어리이기 때문이다.

라캉의 분류에 따르면, 신경증은 강박증과 히스테리로 나뉘고 이 증상을 구분하는 기준은 억압된 것이 어디로 되돌아오느냐 하는 데 달려있다. 강박증은 주로 정신적 영역으로 회귀하고, 히스테리는 육체로 되돌아온다. 대개 남성이 강박증적 성향을, 여성이 히스테리 성향을 보인다. 물론 이 구분을 명확한 구분이라고 할 순 없다. 여성에게서도 강박증을, 남성에게서도 히스테리 증상을 발견할 수 있기 때문이다. 라캉은 남녀를 구별하기보다 서로 다른 형태로 드러나는 남녀의 심리 구조를 파악하고자 했다. 그/녀의 증세가 과연 신경증인지, 정신병인지. 신경증이라면 히스테리인지 강박증인지, 그 원인을 알아야 치료도 가능하다고 생각했기 때문이다. 다만 이 증상은 남녀가 자신의 위치를 어디에 두느냐에 따라, 또 어떤 태도를 취하느냐에 따라 다르게 규정된다.

강박증 환자들은 자신이 사유 안에 남아 있기를 바란다. 이들에게 중요한 것은 자신(남근)이 살아있는가, 죽어있는가, 하는 자기의식이다. 이들은 의식적으로 어딘가에 몰입하는 명상이나 환상에 집착하며, 자기감정을 억누른다. 그래서 대개 감정을 느끼지 못한다. 과거에 경험했던 일이나 사건의 한 장면은 떠올리지만, 그때 그 순간 자신이 슬펐는지 기뻤는지는 알지 못하고, 나아가 타자의 감정마저 부정한다. 주로 남성들이 이런 특징을 보이는데, 이들은 자신이 완전한 주체라고 생각하고 타자에게 종속되기를 거부한다. 특히 자수성가한 남성들은 지금까지 이루어온 모든 일들이 자신의 노력만으로 이루어졌다고 생각하는 경우가 많다. 타인의 도움 없이 모든 일을 혼자 다 해내는 사람은 없지만, 이들은 타인의 말에 귀 기울이지도 않고 타인의 도움이 필요 없다고 말하기도 한다.

라캉에 의하면, 이 착각은 유아기 때의 상상적 오인誤認에서 기인한다. 유아기의 아이는 어머니의 몸에 전적으로 의존하여 어머니에게서만 쾌감을 느낄 수 있다. 어머니가 젖가슴을 떼는 순간 자신의 생존을 가능케 해주는 영양분뿐 아니라 그 영양의 섭취와 함께 이루어졌던 성적 쾌감 역시 사라지게 되는데, 이때 어머니는 아이에게 더할 수 없는 쾌감을 주기도 하지만 동시에 자신을 위협하는 존재, 아니 존재를 파괴하는 위협 속에서 경험되는 특별한 쾌감[jouissance]을 안겨주는 유혹적 존재이다.

그런데 남아는 이 어머니가 타자와 연관돼 있음을 인식하지 못한다. 어머니는 젖가슴을 가진, 아이와 분명 다른 타자이지만, 남아는 어머니의 타자성을 인식하지 못하는 것이다. 이때 남아가 욕망하는 것은 어머니 자체가 아니라 어머니의 젖가슴이다. 남아에게 어머니의 젖가슴은 아직 자신과 분리된 대상으로 경험되지 않기에 어머니가 젖을 떼면 자신의 것을 빼앗기는 것으로 오인한다. 그래서 젖을 떼는 과정을 순수하게 받아들이지 못하고 빼앗긴 것을 어떤 식으로든 보상받으려 한다. 남아는 어머니의 젖가슴이 자신의 것이라는 환상을 통해 어머니를 배제시킨다.

이렇게 어머니를 배제시키고 젖가슴만을 욕망할 때, 욕망 대상(젖가슴)은 반드시 어머니가 아니어도 된다. 인공 젖꼭지나 다른 무엇으로 대체하거나 교환해도 무방하다. 이 인식에서 강박증적 남성들은 두 종류의 여성을 만들어낸다. 그 하나가 성스러운 어머니로서의 성모이고, 나머지 하나가 성적 대상으로서의 여성이다. 사랑과 숭배의 대상으로서의 어머니의 형상, 그리고 어머니의 형상으로 구현될 수 없는 창녀의 이미지. 이렇게 분석하는 라캉은 사랑과 욕망이 다르다고 생각한다.

그에 의하면, 남성은 한 여성을 열렬히 사랑하면서도 다른 여성을 끊임없이 욕망할 수 있다. 강박증이 극도에 달한 남성은 성관계 중에도 다른 여성을 '생각'한다. 지금 여기에 없는 대상을 생각함으로써 살아있는 자신을 느끼고, 자기의식을 지연시킴으로써 자신의 통일성을 확인하는 것이다. 이렇게 보면, 강박증적 남성은 대상(어머니=타자)을 배제시키고 다른 대상, 다른 공간을 생각함으로써 불가능한 것, 도달할 수 없는 곳에 도달하려고 꿈꾸는 자라고 할 수 있다.

이와 달리 히스테리적 여성은 자신이 욕망의 원인으로 남아 있기를 바란다. (남근을 선망하는)여성에게 중요한 것은 자신이 남성인가 여성인가 하는 질문이다. 여아는 자신의 성정체성에 대한 갈등을 겪게 되는데, 그것은 어머니가 젖을 떼는 분리의 과정을 남아와 전혀 다른 관점에서 인식하는 때문이기도 하다. 남아가 어머니의 '젖가슴'을 자신의 소유물로 생각하고, 젖을 떼어내는 과정을 자신의 것을 빼앗기는 상실로 받아들인다면, 여아는 젖가슴이 아니라 '어머니'의 상실이라는 관점으로 받아들인다.

여아는 자신이 없으면 어머니(타자)가 완전하지 않다고 생각한다. 자신이 어머니를 완전한 존재로 만들어주기 위해 필요한 대상이라고 여긴다. 그래서 타자(어머니)가 무엇을 원하는지 알아내려고 하고, 자신의 욕망보다 어머니(타자)의 욕망을 더 중시하게 된다. 어머니가 욕망하는 것(남근=남성적 상징질서=언어=사회제도=권력)이 무엇인지 알려고 하는 것이다. 이렇게 보면 히스테리적 여성은 타자(남성적 질서)의 욕망을 충족시켜주기 위해 존재하는 수동적인 대상이라고 볼 수도 있다.

그러나 히스테리 여성은 타자의 욕망이 충족되기를 바라지 않는다. 이들은 자신이 타자의 결핍을 메워줄 수 있으리라는 환상을 갖고 있지만, 이 환상은 타자의 욕망을 지속시키기 위한 가장일 뿐 그녀가 진정으로 원하는 것은 만족이 아니라 불만족이다. 히스테리 여성은 타자의 욕망에 관여하기 위하여 자신을 타자의 자리에 위치시키고 욕망의 주체가 자신을 계속 욕망하도록 유도한다.

그러면서 은근슬쩍 자신을 남성 주체의 자리에 위치시킨다. 자신의 욕망을 남성에게 전이시킴으로써 그가 자신의 욕망을 욕망하도록 조종하는 것이다.

흔히 밀당으로 표현되는 연애의 고수를 이 사례에 적용해도 무방할 듯하다. 가령, 사랑에 빠진 두 남녀가 있다고 할 때, 사랑하는 여성이 남성에게 립스틱을 갖고 싶다고 말하면, 남성은 여성의 사랑을 얻기 위해 립스틱을 욕망할 것이다. 이 순간 여성의 욕망은 남성에게 전이된다. 그러나 여성은 립스틱 가격이 비싸다고 말하며 립스틱을 구입하려는 그의 행위에 찬물을 끼얹는다. 이때 남성은 욕망을 충족할 수 없게 된다.

히스테리 여성은 남성을 만드는 동시에 남성의 역할을 한다. 자신을 욕망하는 욕망의 주체(남성)가 자신을 계속 욕망하게끔 조종하고, 남성의 욕망을 부추김으로써 그의 욕망이 계속 살아있게 만든다. 이 과정에서 여성은 자신이 남자인가 여자인가 하는 질문에 타당성을 발견하게 된다. 남성을 꼭두각시처럼 조종할 때 여성은 남성성을 띠게 되고, 남성이 자신을 욕망하게끔 자극할 때는 여성성을 띠게 된다. 히스테리 여성은 양성적 면모를 띠면서 남성의 역할을 하는 동시에 여성의 역할을 하며 대상의 욕망이 계속 살아 있게 지연시킨다.

심지어 성관계를 할 때도 여성은 자신과 관계하는 남성이 다른 남성이라는 환상을 품거나 자신이 다른 여성이라는 환상을 갖기도 한다. 남성이 자신에게서 욕망을 충족하지 않기를 바라며 자신을 다른 곳에 위치시키는 것이다. 이런 차원에서 라캉은 진정한 성관계는 없다고 말한다. 만일 강박증적 남성과 히스테리적 여성이 성관계를 한다면, 이 둘은 모두 지금 여기에 없는 대상에게서 쾌감을 찾으려 하고 있기 때문이다.

이렇게 보면 라캉의 논의는 매우 설득력 있게 다가온다. 기실 남성에게서 주로 강박증적 성향이 여성에게서 히스테리적 성향이 발견되는 듯 여겨진다. 그러나 남성과 여성을 기준으로 신경증 증상을 구분하는 것은 이현령비현령耳懸鈴鼻懸鈴이 아닌가. 그의 논의는 프로이트의 생물학적 결정론을 뒷받침하여 여성의 삶을 더 힘들게 하는 근거로 작용해왔다는 점에서 동성애자뿐 아니라 페미니스트들의 강력한 비판을 받아왔고, 그 비판은 당연하게 받아들여진다. 그러나 라캉이 반드시 그렇다는 당위성을 주장하는 것이 아니라, 심리 구조에 주목하여 치유방법을 찾으려 했다는 것을 염두에 두면 지금도 여전히 주목해볼 만하다.

상징질서의 힘이 강하게 발휘되는 가부장적 사회 구조 안에서 남녀는 모두 신경증적 성향을 보이고 있기 때문이다. 라캉은 이 증상을 억지로 눌러선 안 된다고 생각한다. 그는 사랑과 욕망이 다르듯이 욕망과 쾌감[jouissance]을 구별해야 한다고 한다. 그에 따르면, 욕망은 늘 움직이는 것이고, 실재계 안에서 욕망은 영원히 충족될 수 없다. 히스테리 여성은 성적 만족을 거부하지만, 자신의 욕망을 술과 음식 등 다른 데서 충족하기도 한다. 라캉의 관점으로 볼 때, 욕망과 만족의 불일치는 우연이 아닌 구조적인 것이다.

이 불일치를 억지로 일치시키려 애쓸 필요는 없다. 상징질서가 만든 정상/비정상 기준을 따라 신경증을 비정상적인 것으로 규정하고 정상적인 쪽으로 이끌어가려 할 때 욕망은 오히려 왜곡된 환상을 만들어낸다. 욕망의 순수함이 그 안의 가학적 자아로 인해

외설적으로 변할 수 있다는 것이다. 욕망이 금지될 때 신경증자는 자기 안의 초자아, 즉 무의식 안에 저장된 상징적 타자(법, 제도)의 명령을 따르게 되고, 그 명령에 복종하는 것은 결국 타자의 욕망을 욕망하는 것이 되기 때문이다.(박찬부, 2007)

그래서 라캉은 욕망의 변증적 흐름을 통해 주체가 타자의 욕망에서 벗어나게 유도하는 것이 중요하다고 한다. 강박증적 남성은 히스테리적으로 변하도록 유도할 필요가 있고, 히스테리적 여성은 강박증적으로 유도할 필요가 있다는 것인데, 히스테리 여성이 항상 타자의 욕망에 관심을 갖는 존재라면, 강박증적 남성을 히스테리화하여 타자의 욕망과 대면하게 하는 것이 중요하다는 것이다. 그렇게 할 때, 유아론적 강박증 남성은 에고$_{ego}$적 자아에서 벗어나 타자를 인정할 수 있게 된다. 반면 히스테리적 여성은 타자의 필요성을 잘 알고, 실제로 타자의 도움을 요청하기도 하지만, 정작 자신의 욕망을 말하지 않기에, 이 경우에는 질문을 뒤집어 그녀가 무엇을 원하는지 말하게 하는 것이 도움이 된다고 한다.

라캉의 이 논의를 다른 데 적용해 본다면, 이렇게 볼 수도 있겠다. 강박증적 남성이 타자를 배제하고 자기주장을 관철시키려는 성향이 짙고, 히스테리적 여성이 타자의 욕망에 더 관심을 둔다면, 강박증자의 성향은 글쓰기/말하기와 연결해 볼 수 있고, 히스테리적 여성은 읽기/듣기와 연결해 볼 수 있다. 듣기와 말하기, 읽기와 쓰기가 결국 소통의 문제와 닿아 있다면 강박증적 남성은 쓰기/말하기 전에 읽기/듣기를 하는 데 더 많은 시간을 할애해야 하고, 히스테리 여성은 읽기/듣기보다 말하기/쓰기에 좀 더 집중할 필요가 있다. 듣기/읽기가 말하기/쓰기로 나아갈 때, 대화와 소통도 가능하지 않은가.

　그것이 무엇이든 어느 한 측면만이 강조되어선 안 된다. 사실 (프로이트와 라캉이 간과한 전-오이디푸스기의)인간이라는 존재 자체가 본디 양성적이고, 특정한 성性만을 가지고 있지 않다. 무엇보다 중요한 일은 자기 안의 욕망과 대면하는 일. 내가 진정 바라는 것이 무엇인가? 나에게 기대하는 주변 사람이 없는데도 내가 이 일을 원하는가? 스스로 질문해보아야 한다. 부모나 주변 사람의 기대로부터 독립하여 자신이 하고자 하는 일을 할 때, 모두는 각자 삶의 주인으로서 자유로운 삶을 살 수 있을 것이다. 그것이 끝내 온전한 충족이 되지는 않을지라도….

22. 권력은 어디에 있는가?
- 미셀 푸코, 지식과 권력

　푸코(Paul Michel Foucault : 1926-1984)는 인간의 자유를 옹호한 20세기의 가장 전위적인 프랑의 철학자이다. 합리적 이성이나 보편성을 중심으로 인간을 정상과 비정상으로 나누고 분리를 통해 후자를 배제·격리해온 서양의 근대사를 강하게 비판한 지성인이기도 하다. 그는 역사를 발전시켜온 이성의 논리가 '광기'를 어떻게 다루어 왔는지, 그것이 사람들에게 어떤 영향을 끼쳤는지를 밝히기 위해 지금껏 사회와 역사를 움직여온 여러 개념과 약호略號들, 그 사회 구조 안에 작동하는 권력 관계에 탐색했다. 때문에 그는 구조주의 철학자로 불리기도 한다.

　그러나 그는 구조 자체보다는 사회구조에 의해 밀려난 타자의 삶에 더 많은 관심을 가졌다. 이 점에서 그를 라캉과 견주어볼 수도 있겠는데, 푸코가 관심을 둔 타자는 라캉의 타자와는 성격을 달리한다. 라캉이 "타자의 욕망을 욕망하는 인간"을 말할 때 타자란 권력자의 의미에 가깝지만, 푸코에게 타자는 동일시될 수 없기에 배제된 존재를 뜻한다. 단지 다르기 때문에 사회로부터 격리되거나 배제되는 타자, 푸코는 그 타자들의 목소리와 자유의 회복을 꿈꾸었다.

그런데 그는 왜 비정상인이라 불리는 타자에 관심을 기울였을까? 푸코는 프랑스의 중서부 푸아티에르에서 외과의사의 아들로 태어났다. 이른바 쁘띠 부르주아에 속하는 아버지 덕분에 어린 시절엔 남부럽지 않게 살았다. 제2차 세계대전을 겪으면서 집안의 가세는 기울었지만, 사르트르가 졸업한 앙리 4세 고등학교에 입학했고, 사르트르의 그늘에서 철학·역사학·문학에 매료되기도 했다. 그러나 진학하려고 했던 고등사범학교 시험에선 낙방하게 된다. 이후 4년이 지난 1947년에야 입학하여 하이데거나 헤겔, 니체의 철학과 더불어 심리학을 공부했고, 특히 니체의 논문 「궁극적 명상」에 영향을 받아 「고전주의 시대의 광기의 역사」라는 학위논문을 완성했다. 졸업 후 1951년에 교수 자격시험에 합격하고 루이 알튀세르의 추천을 받아 자신이 졸업한 고등사범학교에서 강의를 하게 되는데, 이때 자크 데리다가 그의 강의를 들었다는 설도 있다. 이 점을 미루어 볼 때 그가 비정상인에 관심을 기울인 이유는 (정신착란을 경험했다는)니체의 영향이 크다고 볼 수 있다.

그러나 그보다 더 중요한 이유는 그가 동성애적 취향을 가지고 있었다는 사실이다. 동성애는 동서고금을 막론하고 비정상적인 혹은 혐오스러운 것으로 비난받아 왔다. 푸코가 살았던 20세기 초반까지만 해도 이성을 사랑하는 많은 사람들은 동성애 비난의 전통을 내면화하여 동성애를 극악한 죄로 간주하거나 선천적인 기형으로 취급해왔다. 때문에 푸코도 자기 정체성을 받아들이지 못하고 우울증 속에서 자살을 시도했다고 한다. 물론 종래엔 자기 정체성을 자연스럽게 받아들임으로써 우울증을 극복했지만, 성적 취향에서 비롯된 AIDS 합병증으로 사망에 이른다. 그의 저서『광기의 역사』,『말과 사물』(1966),『감시와 처벌』(1975),『성의 역사』(1984) 등은 그의 사적 체험이 적잖이 반영돼 있다고 볼 수 있다. 한 사회 내에서 비정상인으로 살아온 그에게 비정상인에 대한 관심은 어쩌면 필연적인 일이었을지 모른다.

『감시와 처벌』(미셸 푸코, 2016)은 그 생각이 반영된 대표적인 책이다. 여기서 그는 감옥이라는 공간을 사례로 권력의 계보를 추적하고, 현대적 감시 사회의 기원을 설명한다. 이야기는 17-18세기, 이른바 고전주의 시대에 등장한 종합병원에서 시작한다. 이 시기에 세워진 종합병원은 광인을 포함하여 게으름뱅이, 부랑자, 거지 등 사회적 비정상인들을 집단적으로 격리시켰다. 르네상스 시기까지만 하더라도 광인으로 상징되는 비정상인들은 격리의 대상이 아니었다. 그들은 한 마을에서 살아가는 이웃이었고, 광인은 심지어 진리를 말하는 자로 여겨지기도 했다. 그러나 18세기, 고전주의 시대에 이르러 비정상인들은 일반인과 구별되어 병원으로 격리되기 시작한다. 이 시기를 그는 대감금의 시대라고 한다. 여기서 우리는 이런 질문을 해볼 수 있다.

그렇다면 정상과 비정상을 나누는 기준이 과연 뭔가? 그 기준은 누가 정하는가? 푸코에 따르면 정상과 비정상을 나누는 기준은 지식, 곧 지식인이다. 지식은 다른 말로 이성(=과학)이라고 할 수 있다. 푸코는 지식이 곧 권력이라고 하면서, 권력은 위에서 아래로 향하는 하향적 방식으로만 작동하지 않고, 반드시 지배와 연결되지도 않는다고 말한다. 그러면서 지식=권력은 어떤 한 개인이나 단체가 독점·소유하는 게 아니라, 우리의 생각을 구조화하는 현상일 뿐이라고 한다. 푸코가 볼 때, 지식=권력은 근대 이후 복잡하게 얽혀 감옥을 확장하는 힘으로 작용한다. 예를 들어, 비정상적인이라고 규정된 사람의 행위를 떠올릴 때, 이들은 대개 비정상적인 행위로 인해 사회로부터 손가락질을 당하거나 외면당하게 된다. 타인의 따가운 눈총을 받는 이들은 타인에게 외면받지 않으려고 자기의 모습을 바꾸려고 노력한다. 이때 작용하는 힘(권력)은 지식을 기준으로 정상과 비정상을 가르는 규범이다.

푸코가 보기에, 서구 근대는 이 (지식)규범을 통해 사회 전체를 감옥화하는 과정이었다. 봉건시대 감옥은 죄인을 가두기 위한 공간이 아니었다. 18세기까지만 해도 죄인들은 공개적으로 처형당했고, 감옥은 처형을 위해 대기하는 일종의 대기소였다. 사형 집행이 유예된 죄인들은 잔혹한 방식의 처벌을 떠올리며 두려워했고, 그것을 지켜보는 정상인들도 두려움에 떨어야 했다. 그러나 19세기에 이르러 처벌의 방식은 달라진다. 죄인들은 사법적 판결을 통해 감옥에 갇히게 되고, 강력범죄자가 아닌 일부 부랑자나 거지들은 풀려나게 된다. 산업화라는 명분 아래 공장을 가동하기 위한 산업인력이 필요했기 때문이다.

이제 형벌은 육체를 공격하는 것이 아니라, 영혼(정신)을 공격하는 교화방식으로 바뀐다. 푸코는 이 방식이 처벌 효과를 증대시키는 방법적 변화로 이해되어야 한다고 주장한다. 과거처럼 사지를 찢고 매질을 하는 물리적 방식은 아니지만, 노동 훈화나 체벌을 통해 사람들에게 공포를 심어주었으며, 이것은 보편적 규범이나 법을 어기면 반드시 처벌한다는 보편성과 필연성에 대한 인식을 확산시키는 결과를 가져왔다. 이후 모든 인간은 자신을 감금·

통제하는 권력 앞에 노출된다.

권력의 작동은 감옥이나 공장에만 국한돼 있지 않다. 군대, 학교, 병원 등 모든 장소에서 권력은 제 힘을 발휘한다.(미셀 푸코, 2016 : 329) 국가에서 군대와 병원, 학교를 세우는 목적은 근대적 권력에 순종하는 인간을 만드는 데 있다. 푸코는 권력의 미시적 특성을 보여주는 대표적 사례로 제르미 벤담의 '파놉티콘pan opticon'을 꼽는다. 파놉티콘은 바깥쪽으로는 원주를 따라 죄수를 가두는 방이 있고 중앙에는 죄수를 감시하기 위한 원형공간이 있는 감옥이다. 죄수의 방은 항상 밝게, 중앙의 감시공간은 어둡게 유지된다. 때문에 간수는 자신을 드러내지 않고도 죄수를 감시할 수 있다. 죄수는 보이지 않는 곳에 있는 간수의 시선을 의식하며 규율에 벗어나는 행동을 하지 않는다. 죄수는 간수를 볼 수 없기에 감옥내 규율을 내면화하여 스스로를 검열한다. 이것이 권력의 효과이고, 푸코가 전달하려는 근대사회의 특징이다.

이 특성은 현대적 감시 사회의 특성이기도 하다. 푸코 식으로 말하면, 우리는 모두 원형감옥에 갇힌 죄수와 같다. 우리는 사회의 기준, 규율에 따라 사는 것이 바람직한 삶이라 생각하며, 그 기준에 맞춰 살아가는 것이 보편적 삶이라고 생각한다. 이 시대의 권력은 '자본'이고, 자본의 규칙은 우리가 따라야 할 삶의 규범으로 작용하기에, 우리는 자본을 얻기 위해 평생을 죄수처럼 살아간다. 부모가 아이들에게 공부를 시키는 것은 아이의 정신적 성장을 위해서가 아니며, 학생들이 공부하는 것도 학문을 탐구하기 위해서가 아니다. 다 자본을 얻기 위해서이다. 취업경쟁에서 살아남기 위해 스펙을 따야 하고, 스펙을 따서 좋은 직장을 얻어야 비정상인이 되지 않을 수 있다. 모두 교육에 의해 학습된 것이고, 훈육된 것이다. 훈육된 학생들은 정작 자신이 하고 싶은 일이 무엇인지조차 모른다.

자본과 연합한 기계기술을 생각하면 더 심각하다. 기계기술은 우리를 옴짝달싹할 수 없게 얽어맨다. 밖에서는 CCTV가 감시하고, 안에서는 컴퓨터나 스마트폰이 우리를 감시한다. 감시자가 누구인지는 알 수 없다. 여기에 익숙해진 우리는 그 사실을 망각한 채 달콤하고 안락한 미디어의 세상에서 자유롭게 살아가고 있다고 생각한다. 밤 12시 이후에도 불을 환히 밝히고 인터넷에 접속하여 이-메일을 보내기도 한다. 그러나 누군가 내 허락도 없이 내 이-메일을 열어볼 수도 있다. 스마트폰 역시도 마찬가지다. 카톡이나 페이스북, 카카오스토리 등에 남긴 나의 흔적은 그 즉시 공개된다. 사이트에 접속한 흔적은 지워도 다 지워지지 않는다. 푸코는 이런 사회에서 살아가는 우리를 향해 질문을 던지고 있다. 권력은 어디에 있는가? 당신은 과연 자유로운가?

우리를 억압하는 권력에 맞서 전면전을 벌였던 푸코. 그는 인간을 가두는 모든 장치와 제도에 통렬히 저항하며, 무정부주의를 지향했다. 때문에 훗날 하버마스에게 비판을 받지만, 그는 결코 어딘가에 소속되기를 원치 않았다. 소속은 곧 구속이고, 구속은 자유를 감금하는 행위다. 어디에도 소속되지 않을 때, 자유로운 투쟁이 가능할 때, 인간은 비로소 자유를 얻을 수 있을지 모른다. 민주주의의 기본이 인권이라면, 그는 제 목소리를 갖지 못한, 약자를 위한 인권의 정치에 새로운 출발점을 제공해준 인물이라고 할 수 있을 것이다.

23. 타인의 얼굴, 호소하는 눈빛
– 임마누엘 레비나스, 타인에 대한 책임

레비나스(Emmanuel Levinas : 1905~1995) 역시 '타자성의 철학'을 개진했던 프랑스의 철학자이다. 그러나 그는 해체주의로 나아가지는 않는다. 그는 '나'라는 주체를 파괴하거나 해체하는 방향으로 나아가지 않으며, 현대 철학의 한 경향인 무신론적 실존주의를 추구하지도 않는다. 러시아에서 태어나 프랑스에서 주로 활동했던 레비나스는 유대인인 부모의 영향을 받아 어린 시절에는 리투아니아에서 전통적 유대교 교육을 받았다. 1923년 프랑스로 건너가 스트라스부르대학교에서 철학공부를 했고, 1928~1929년에는 독일의 프라이부르크 대학에서 후설과 하이데거의 현상학을 접하게 된다. 1930년 《후설 현상학에서의 직관 이론》으로 박사학위를 받은 그는 한동안 후설과 하이데거의 현상학을 프랑스에 소개하는 연구자로 활동한다.

그러나 제2차 세계대전이란 어두운 그림자는 그의 삶을 비껴가지 않았다. 당시 프랑스군 장교로 복무했던 그는 1940년 독일군에 체포되어 5년 동안 포로수용소 생활을 하게 되는데, 이 무렵 그의 가족들도 독일군에 의해 희생당하게 된다. 이 사건은 레비나스 삶과 철학에 중대한 영향을 끼친다. 전쟁 후 그는 왜 이런 비극이 일어나는가, 하는 질문 속에서 탈무드를 깊이 들여다보기 시작한다. 그런 가운데 『존재에서 존재자로』(1947), 『시간과 타자』(1947), 『전체성과 무한』(1961), 『타인의 인간주의』(1972) 등을 저술했고, 1961년부터는 프랑스의 여러 대학에서 철학을 가르쳤다.

이 가운데 『시간과 타자』(엠마누엘 레비나스, 2016)는 개인의 인격적 가치와 타자에 대한 책임을 생각하게 하는 책이다. 여기서 그는 서양철학에서 중요하게 다루어온 존재론을 강하게 비판하면서 자신만의 독특한 '타자성의 철학'을 개진해 간다. 레비나스에 따르면 존재론은 본질적으로 하나의 전체성[totality]을 만들어내려는 경향이 있다. 기실 전체주의는 인간 개체를 전체 하나의 틀 안으로 수렴하려는 경향이 강하다. 그러나 역사의 한 점, 사회의 일부, 우주적 자연의 한 요소로만 인간을 볼 때 개별자들은 전체라는 틀 속에 갇히게 되고 결국에는 존엄성을 상실하게 된다.

이런 차원에서 레비나스는 이런 전체주의를 가능하게 한 이성을 강하게 비판한다. 참/거짓을 판단하고 분별하는 (선험적)이성이 보편적, 전체적 인식을 만들어냈고, 이것이 20세기 유럽 역사의 위기를 초래한 근본 원인이라는 것이다. 그래서 그는 절대정신(이성)을 강조한 서구의 관념 철학뿐 아니라, 특히 '세계-내-존재'로서의 '현존재'를 말하는 하이데거의 주장을 강하게 비판한다. 레비나스가 볼 때, "하이데거의 세계-내-존재는 구별이 있을 뿐 분리가 없다."(레비나스, 2016 : 39) 세계 안에 거주하는 다른 것, 즉 타자[other]와의 만남은 필연적으로 같음[sameness]과 동일성[identity]

의 논리로 환원된다. 바로 이 때문에 (타자의)버림받음과 포기가 생겨난다.

동일성의 논리로 세계를 바라볼 때, 개체의 의견은 항상 배제되고, 내 입장이 강조된다. 내 입장에서 대상을 판단하고 구별함으로써 대상의 의미를 고정시킨다. 때문에 우리도 흔히 역지사지 易地思之라는 말을 한다. 상대방의 입장과 처지를 고려하여 생각해 보자는 것이다. 그러나 상대방의 입장이 되어보는 일은 불가능하다. 그 입장이라는 것이 결국 '나'의 입장이기 때문이다. 우리는 누구도 '너'의 입장이 되어볼 수 없다. 그래서 레비나스는 "타인은 결코 나로 환원될 수 없다"라고 말한다. 타인은 나와 다르고, 결코 나와 '하나'가 될 수 없다. 그렇다고 그가 나의 소멸(죽음, 혹은 해체)을 통해 타인을 받아들이자고 말하지는 않는다.

그는 주체(나)를 파괴하는 일이 개인의 인격성을 파괴하는 일이라고 본다. 그에 의하면, 우리는 누구도 타인만을 위해 살 순 없다. 나의 주체성, 나의 나됨을 형성하지 않으면 너와의 관계 자체가 성립되지 않는다. 타자는 나와 분리되어야 하고, 나는 먼저 내 삶을 향유할 수 있어야 한다. 그에게 향유[Jouissance]란 정신적 쾌락이나 자유를 뜻하지 않는다. 그는 현실 속에서 먹고 마시고 즐기는 삶을 강조한다. 먹고 마시고 즐기는 가운데 '나'를 확인할 수 있어야 진정한 '나'가 될 수 있다. 향유하는 '나'는 현실에 발 디딘 구체적인 존재이고, 누구를 대신할 수도 없다. 이런 의미에서 그는 개별 인간의 감(수)성, 신체성을 강조한다.

하지만 신체적 향유는 순간적이고 찰나적이다. 우리의 욕구는 온전히 충족될 수 없고 돌아서면 불안이 엄습한다. 우리가 먹고 마시는 자연은 그 한 사례이다. 물, 불, 공기, 흙과 같은 자연은 내가 향유할 수 있지만, 결코 소유할 수 없다. 자연의 힘은 익명성, 무규정성으로 남아서 언제든 우리를 위협할 수 있다. 자연은 우리를 살게 하지만, 동시에 죽음으로 몰고 갈 힘을 간직하고 있다.

그래서 그가 강조하는 것이 거주와 노동이다. 집은 외부와 단절된 공간, 고독을 경험하는 공간이기도 하지만, 외부의 위협적인 요소로부터 보호해주는 공간이기도 하다. 사실 집만큼 편안한 공간도 없다. 우리는 집 안에서 온전히 자신이 될 수 있고, 외부로 나아갈 준비를 할 수도 있다. 하지만 이 공간에 오래 머물러 있을 수는 없다. 우리는 이 공간을 뛰어넘어 객체를 장악해야 한다. 다시 말해 우리는 손으로 노동을 해야 한다. 노동을 통해 사물과 관계할 때 인간은 홀로 존재하지 않는다. 그런데 이때 '함께 있음'이 반드시 긍정적으로 다가오지는 않는다. 타인은 나와 함께 일하기도 하고, 갈등을 일으키기도 한다. 생계를 위해 사물을 소유하고 내가 원하는 무엇을 얻으려고 할 때 타인의 욕구와 나의 욕구 사이에는 갈등이 일어날 수밖에 없다.

그렇다면 이 갈등을 어떻게 해소할 수 있을까? 내 삶에 출현한 타인을 나는 어떻게 받아들여야 할까? 레비나스에 따르면 타인은 우리에게 얼굴[face of the Other]로 나타난다. 얼굴은 자기 정체성을 드러내는 몸의 출발점이다. 그것은 사물과도 근본적으로 구별된다. 사물은 전체 속의 한 부분으로, 또는 전체 속의 한 기능으로 의미가 있지만, 얼굴은 그렇게 규정될 수 없다. 코, 입, 눈으로 이루어져 있지만, 책상 다리가 모여 책상이 이루어지는 것과는 전혀 다르다. 책상은 바라보지도 않고 호소하지도 않고 스스로 표현하지도 않는다. 하지만 얼굴은 바라보고 호소하며 스스로 표현한다. 우선 타인의 얼굴에 대한 그의 이야기를 경청해보자.

> 얼굴을 통해서 존재는 더 이상 그것의 형식에 갇혀 있지 않고 우리 앞에 나타난다. 얼굴은 열려 있고, 깊이를 얻으며, 열려 있음을 통하여 개인적으로 자신을 보여준다. 얼굴은 존재가 그것의 동일성 속에서 스스로 나타내는, 다른 어떤 것으로 환원할 수 없는 방식이다.
> ─ 임마누엘 레비나스, 2016 : 135-136

스스로 자기를 나타내는 얼굴은 나의 입장이나 위치와는 상관없다. 타인의 얼굴은 무한히 열려 있고, 열린 얼굴로서의 타인은 나의 논리로 포섭할 수 없는 무한자, 즉 '신'에 가깝다. 레비나스는 신을 부정하지 않는다. 물론 그가 신을 직접 언급한 적은 없다. 그러나 그가 일상적 삶의 구원을 말하거나 얼굴이 자기 스스로를 내보이는 방식을 '계시'라고 부를 때, 이런 종교적 용어들은 신을 긍정한다고 이해해도 무방할 것이다. 레비나스에게는 이 '타인(신)의 얼굴'이 명령으로 나가온다. "너는 살인하지 말라"(레비나스, 2016 : 229)고, 정의롭게 살라고. 그러니까 타인의 명령은 곧 신의 명령이고, 그 신은 내 곁에 있는 타자의 얼굴에 깃들어 있는 셈이다.

이 타인은 결코 강자를 뜻하지 않는다. 그가 말하는 타인이란 궁핍 속에 있는 자이다. 그에 의하면 궁핍 속에 있는 인간은 그의 궁핍을 통해 우리에게 호소한다. 우리는 그 호소를 거부할 수 있지만, 외면하고 돌아서면 내내 불편해진다. 그런 의미에서 타자의 호소는 강자의 요구보다 더 큰 힘으로 다가온다. 아, 내가 부당하게 많은 걸 소유하고 있구나. 나의 행복이 타인의 불행을 전제한 것이구나, 인식하게 된다. 이때 나는 나의 풍요 가운데 남아도는 것을 타인에게 나눠주거나 그를 돕게 된다. 이렇게 타인을 인식하는 레비나스는 타인과의 관계를 동등한 차원에서 생각하지 않는다. 그는 오히려 비동일성, 불균등성이 진정한 평등을 이룰 수 있는 기초이고, 이런 의미의 평등만이 약자를 착취하는 강자의 법을 폐기할 수 있다고 본다.

문제는 우리가 어떻게 자신의 이기적인 욕구를 제한하고 타자의 요구를 받아들일 수 있는가 하는 것이다. 내 안에 신과 같은 이타적 사랑이 없다면 어떻게 이기적인 욕구를 제한할 수 있는가? 더구나 우리는 모두 죽을 것 아닌가? 만일 타인이 죽는다면 나의 선행은 죽음으로 끝나고 타인을 향한 사랑도 하나의 환상으로 끝날 것이다. 레비나스는 이러한 귀결로부터 벗어날 길을 여성성에서 찾는다. 임신과 출산을 경험하는 여성의 몸은 주체가 존재를 소유하는 방식으로 타인을 소유하지 않는다. 나 아닌 타자를 받아들이고 죽음과 같은 고통을 겪은 후 나의 밖으로 내보낸다. 내 몸을 통과하여 나온 아이는 타자가 된 나이며, 나는 아버지(어머니)가 됨으로써 나의 이기주의, 나에게로의 영원한 회귀로부터 해방된다. 레비나스는 이러한 과정을 통해 새로운 시간, 절대적 미래, 폭력과 죽음에 맞서는 무한한 잉여의 차원을 얻을 수 있다고 본다.

레비나스에게 타자란 여성, 더 나아가 아이와 같은 의미이고, 사랑[Eros]은 그 타자와 관계할 수 있는 방식이다. 그에 의하면, 타자는 우리와 맞서 있는, 그래서 우리를 위협하거나 우리를 차지하고자 하는 존재가 아니다. 그는 에로스를 통한 타자와의 관계가 생산성으로 이어지며, 생산성을 통해 자신의 유한성으로부터 구원받을 수 있다고 본다. 그러나 그럼에도 불구하고 문제는 여전히 남는다. 우리 안에 그런 이타적 사랑이 있는지, 있다면 과연 얼마나 실현할 수 있을까? 레비나스는 타자의 얼굴이 나에게 '형이상학적 욕망을 불러일으키고, 이 욕망으로 인해 나는 이성적 존재가 된다고 답한다. 그러나 타자의 얼굴 자체를 볼 눈이 없는 자에겐 여전히 보이지 않고, 들을 귀 없는 자에겐 들리지 않는다. 과연 무엇으로 이타성을 행하게 할 수 있을 것인가? 이 질문은 레비나스뿐 아니라, 우리 자신에게 던져야 할 물음이다.

24. 살아 있는 '몸'으로 돌아가라
- 메를로 퐁티, 몸주체

　메를로 퐁티(Maurice Merleau Ponty : 1908~1961)는 20세기의 가장 의미 있고 설득력 있는 몸철학의 대표자이다. 1908년 프랑스의 로쉬포르 쉬르 메르에서 태어난 그는 고등사범학교 재학 시절 사르트르를 만나 함께 현상학자로서의 길을 걸었고, 화가 세잔과도 친분이 두터웠다고 한다. 1931년 철학교수 자격을 얻은 후 여러 국립 고등학교에서 철학을 가르쳤고, 1945년 리옹, 1949년 소르본대학을 거쳐 1952년에 콜레주 드 프랑스의 철학교수가 되었다. 제2차 대전 때는 레지스탕스 운동에 가담하기도 했고, 1930년대 말부터 후설의 현상학을 접하게 된다. 그가 몸과 관련하여 논의한 『행동의 구조』(1942)나 『지각의 현상학』(1945)은 후설의 현상학에서 영향을 받아 실존주의적 입장에서 집필한 저서이다. 1940년대 초반, 사르트르와 함께 잡지 ≪현대≫를 창간했던 그는 1952년 냉전시대의 정치적 문제로 인해 사르트르와 결별하게 된다. 그리고 1961년, 마지막 주저 『보이는 것과 보이지 않는 것』(1968)을 미완성으로 남긴 채 심장마비로 세상을 떠났다.

『지각의 현상학』(메를로 퐁티, 2012)은 몸과 정신이 인간주체의 실존과 뗄 수 없이 얽혀 있다는 주장을 개진한 저작이다. 그는 후설의 현상학에서 강조되는 '의식의 지향성'이 신체의 (감각적)경험이 없이도 가능한가 하는 의문에서부터 출발한다. 그리고 몸(감각)이 의식(지각)의 현상보다 앞선다는 결론을 내린다. 그에 의하면, 사회문화적 역사적 상황에 놓여 있는 인간은 감각하는 것과 감각된 것, 만져진 것과 만지는 것, 보는 것과 보이는 것의 원환圓環적 관계 속에 있으며, 몸이 먼저 반응하여 의식을 준동蠢動시킨다. 말하자면, 몸이 세계와 부딪치면서 의식이 생겨나고, 내 의식 상태가 바깥으로 현상하여 타인의 의식 상태에도 영향을 주는 것이다. 이런 관계에서 몸은 (바깥)세계와 접촉을 가능하게 하는 시각과 세계를 직접 경험하는 촉각이 공조하고 연동하는 가운데 주름을 만들어낸다. 이런 차원에서 그는 마음의 지향성이 결코 순수하지도 않고, 신체적 경험 없이는 불가능하다고 본다.

이러한 입장은 대자對自·즉자卽自를 구별하여 '텅 빈(無) 의식'을 강조했던 사르트르의 입장과 상반된다. 퐁티에 의하면, 인간은 즉자卽自 대자對自로 구별하여 나눌 수 없다. 우리의 의식은 결코 사르트르가 말하는, 아무런 내용으로도 오염되지 않은 순수한 텅 빈 의식 같은 데서 출발하지 않는다. 애초에 우리는 피할 수 없이 충만한 내용으로 가득 차 있다. 의식이 빠져나간 죽은 얼굴조차 늘 충만한 내용(표정)을 지니지 않는가? 외부의 세계는 이 충만한 내용과 뒤섞이며 우리 의식에 주어진다. 외부 대상이 우리에게 의식되는 데 불가결하게 개입하는 조건인 이 충만한 것이 바로 우리의 '몸'이다. 그러므로 의식이나 정신은 독립된 실체가 아니라 몸이라는 매개를 통해서 사물을 향하는 신체적 의식이고, 인간주체는 근본적으로 몸주체가 된다.(메를로 퐁티, 2012 : 137)

이렇게 몸을 바라보는 퐁티는 경험주의적이고 실증주의적인 입장도 비판한다. 경험·실증주의자들은 외부의 대상이 갖는 어떤 속성이 감각기관을 자극하고 그 자극이 신경계를 거쳐 뇌로 전달된다고 여긴다. 그러나 퐁티는 우리의 지각이 능동적으로 감각대상을 형태화하고 의미화하면서 그 대상들과 교류한다고 본다. 우리 몸은 기계가 아니기 때문에 하나의 시각도 순수한 대상의 성격을 파악하는 것이 아니라, 이미 의미부여 작용을 하는 것이다. 땅에 놓여 움직이지 않는 바퀴와 움직이는 바퀴, 쉬고 있는 몸과 팽팽하게 힘이 들어간 몸은 같은 시각적 대상이라도 각기 다른 의미로 다가오듯이, 같은 붉은색이라도 장미의 붉은색과 피의 붉은색, 와인의 붉은색도 그 의미가 서로 다르다. 그래서 그는 세계를 이해하거나 지각하려면 물리적인 객체로서의 몸이라는 개념을 포기하고 '살아 있는 몸'으로 돌아가야 한다고 말한다.(메를로 퐁티, 2012 : 235)

살아 있는 몸은 살아 있는 체험이 침전된 몸을 뜻한다. 가령, 내가 아파트를 본다고 할 때, 나의 신체가 동쪽에 서 있다면, 나는 서쪽 방향으로 아파트를 볼 것이다. 나의 신체가 남쪽에 서 있다면 북쪽 방향으로, 나의 신체가 북쪽에 서 있다면 남쪽 방향으로 아파트를 볼 것이다. 만일 나의 신체가 아파트 아래쪽에 있다면 나는 아파트를 올려다볼 것이다. 이런 다양한 신체적 경험이 거듭 쌓였을 때 우리의 의식은 하나의 아파트를 통일된 입체로서 지향할 수 있게 되는 것이다. 그러므로 우리가 의식적으로 지각하는 것은 순수한 그 자체로 우리 마음에 들어오지 않는다. 메를로 퐁티가 마음의 지향성 자체가 순수하지 않다고 말한 이유도 여기에 있다.

퐁티에게 몸은 체험된 몸이고, 그것을 통해 세상과 관계 맺는 몸이다. 이를 그는 '세계—에로—존재[être-au-monde]'라고도 한다. '세계—에로—존재'는 하이데거의 '세계—내—존재[In-der-Welt-sein]'와 유사한 듯하지만, 그 개념은 다르다. 하이데거의 '세계—내—존재'는 실존하는 존재자로서 존재 자체에 대해 문제를 제기하고 그것을 해명하려 물음을 던지는 '현존재[Dasein]'이다. 현존재를 둘러싸고 있는 친숙한 세계로부터 벗어나 새로운 곳으로 나아가려는 '거기'. 이것은 존재 일반을 벗어나려는 초월적 장소의 의미를 가진다. 그러나 메를로 퐁티의 '세계'는 우리의 삶이 발생하는 장소로서의 행동, 의식이 포함된 일체의 환경을 뜻한다. 말하자면, 하이데거가 세계를 초월하여 각자성을 지닌 현존재를 반성하고 탐구하는 것을 강조한다면, 퐁티는 세계로 나아가면서 그것을 친숙한 환경으로 만들고 거기에 거주하는 몸을 강조한다고 할 수 있다.

퐁티에게 인간주체는 하나의 몸으로서 구체적인 역사와 상황 속에 뿌리내리고 있으면서 지각하는 주체이다. 일테면, 지금 내 앞에서 날아오른다고 지각되는 딱새는 순수한 존재를 갖는 것이 아니다. 나의 의식적인 지각에는 육체가 가진 자연적 능력이나 개인적인 내 역사가 전제돼 있기 때문이다. 만일 내게 눈이 없거나 시력이 약하다면 나는 딱새를 자각할 수 없거나 다르게 지각될 것이다. 나아가 딱새와 마주쳤던 역사가 전제돼 있지 않다면 나는 그 새가 딱새라는 사실조차 알 수 없을 것이다. 이처럼 신체를 가진다는 것은 살아있는 존재가 특정한 구체적 환경과 상호 연관되어 있다는 것을 의미하고, 자신을 기투[project]하면서 계속해서 거기에 참여한다는 것을 의미한다.(메를로 퐁티, 2012 : 143)

세계에 참여하는 주체는 구체적인 시공간에 거주하는 개별화된 주체이다. 개별주체는 인식하고 욕망하고 지각하고 행위하는 주체이며, '과거, 미래, 인간적 환경, 물리적 상황, 이데올로기적 상황, 도덕적 상황' 속에서 해야 할 과업들에 직면해 있다. 이와 같은 까닭에 의식은 기본적으로 "나는 생각한다"의 문제가 아니라 "나는 할 수 있다"의 문제가 된다.

이렇게 하여 데카르트의 '나는 생각한다'의 주체는 몸으로서 세계 속에 존재하며 그 안에서 움직이고 말하고 표현하고 사유하고 지각하고 느끼는 모든 행위들이 서로 뗄 수 없이 얽혀 있는 복합적인 존재가 된다. 퐁티에 의하면 세계는 내 몸이 지각하는 바로 그것이며, "나는 나의 신체이다". 나의 몸은 너의 것도 아니고 우리의 것도 아니며 인류의 것도 아니다. 내 몸은 내가 살고 체험하는 몸인 동시에 나의 의도를 표현하는 몸이며, 내 정신과 의식이 일부분으로 육화[incarnation]되어 있는 몸이다. 정신과 육체가 육화된 몸은 나만의 "고유한 몸"이고, 세계를 향해 자신의 존재를 열어 가는 신체적 지향성[intentionnalité corporelle]을 가진, '세계—에로—존재[étre-au-monde]'이다.

세계—에로—존재인 나는 결코 자기 자신에게로 돌아가지 않는다. 세계 안에서 세계와 관계하는 몸은 세계 및 타인과 상호 주체적인 장이며, 과거의 여러 순간들과 도래할 미래를 안고 현재를 살아간다. 누구도 무無 속에 정지한 채로 머물러 있지는 못한다.

내가 다른 시간을 이해할 수 있는 것은 나의 시간을 체험함으로 써이며, 내가 저리로 나아갈 수 있는 것은 현재와 세계에 뛰어듦으로써, 뜻밖에 나인 것을 단호하게 맡음으로써, 내가 원하는 것을 원함으로써, 내가 행하는 것을 행함으로써이다. 우리는 사물처럼 세계 내 있기만 하는 것이 아니라 세계로 향한다는 사실에 의해서 철저하게 참되고, 더불어 자유로울 수 있다.(메를로 퐁티, 2012 : 260, 680)

『보이는 것과 보이지 않는 것』은 세계에 있는 나, 세계와의 접촉 가운데 있는 나를 '살의 존재론[ontologie de la chair]'으로 기술한 책이다. 그에 의하면 '살'은 물질이 아니며, 정신은 더더욱 아니다. '살'은 존재들을 형성하기 위해 서로 보태거나 서로를 이어가는 존재의 미립자들이라는 의미에서의 물질이 아니다. 나의 사실적 몸에 영향을 끼치는 사물들에 의해 존재에게 오게 된 어떤 심적 소재도 아니다. 일반적으로 보이는 것은 사실[fait]이 아니며, '물질적' 사실들의 합도 '정신적' 사실들의 합도 아니다. 그렇다고 정신에 (떠오른) 표상도 아니다. '살'은 나라는 '존재의 한 원소'이며, 사물들의 가능성 혹은 잠재성이다. 우리가 알고 있는 모든 사유는 살에서 일어난다.(메를로 퐁티, 2004 : 200, 209)

살이란 보는 몸 위로 보이는 것이 감기는 것이요, 촉각하는 몸 위로 촉각되는 것이 감기는 것이다. 즉 내가 보고 만진 것들이 내 안으로 들어와 나를 이루는 것이다. 우리가 살이라고 부르는 것, 내면에서 작업된 이 (살)덩이는 어떤 철학에도 그 이름이 없다. '살'은 나와 나의 주위에 있는 세계가 끈끈한 지향적인 끈(주름)들로 이어진, 그래서 내 몸은 세계 속으로 흐르고 세계의 몸은 내 안으로 들어오는 교접 현상이 보이지는 않지만 분명히 있기 때문에 체화하여 표현할 수밖에 없는 육체성이다. 자아와 세계가 동일한 재료로 구성된 하나의 존재, 뫼비우스의 띠처럼 둘로 보이지만 안이 밖이고 밖이 안인 하나의 존재가 되게 하는 것이 몸이다. 그래서 그는 나는 정신도 아니고 의식도 아닌 '내 몸'이며, '절대적인 원천'인 살아있는 존재라고 말한다. 이러한 퐁티의 '살' 혹은 '몸'은 몸 그 자체가 아니라, 세계 및 타인과의 관계를 통해 늘 새롭게 변화해가는 삶 혹은 존재 양식을 뜻한다.

어느 타자가 있다고 할 때 나는 정의상 이 타자 안에 자리 잡을 수 없고, 이 타자와 일치할 수 없으며, 그의 삶 자체를 살 수 없다. 나는 내 삶만을 산다. 내 삶은 내 몸으로 부딪치며 의미 부여한 나의 체험에 의해 만들어지며, 내가 겪지 않은 일은 알 수 없다. 다른 누군가 기술해 놓은 학문을 적용하거나 다른 누군가가 닦아 놓은 길을 따라 걷는 일은 나만의 경험이 될 수 없다. 누군가 만들어 놓은 학문은 그가 겪은 생생한 체험을 기술한 것일 뿐, 나의 체험과는 무관하다. 나의 길은 '너'의 길과 다르고, '그'의 길과도 다르다. 너의 경험이 아무리 근사해 보여도 내가 겪지 않은 일에 대해 설명하고 분석하는 일은 아무짝에도 쓸모가 없다. 너의 체험이 타당한 것인지 검토할 수 있는 유일한 근거는 나의 체험뿐이다. 타인은 결코 나의 눈에 대자對自이어서는 안 되며, 나의 시선 아래 있어서는 안 된다. 타인과 나, 우리를 동일한 사유 체계에 위치시킨다는 것은 결국 타인의 타자성을 망가뜨리는 일이다.(메를로 퐁티, 2004 : 118)

그러므로 나의 입장에서 타인을 분석하거나 타인에 대하여 잘 안다고 하는 말은 삼가야 한다. 세계는 각기 "고유한 몸"들이 마주치며 각자 고유한 주름을 만들어가는 장이다. 노숙자의 주름과 시장 아주머니들의 주름, 어부의 주름과 농부의 주름, 학자의 주름과 현장 노동자의 주름은 결코 같을 수 없고 그 의미 또한 다르다. 이것을 인정할 때, 보편적인 몸 개념을 넘어 개별자로서의 몸, 나 개인의 역사를 만들어갈 수 있다는 것이 퐁티의 핵심적 통찰이다. 다만 각자의 몸들, 서로 다른 주름들에 대한 가치를 평가할 수 있는 기준, 나아가 그 기준을 토대로 새로운 주름을 가능하게 하는 조건까지는 성찰할 수 없다는 점에서 그의 논의는 일정한 한계를 안고 있다. 그는 자신에게 주어진 상황, 혹은 산 체험이 침전된 몸(주름)을 해명하고 분석하는 데 집중하고 있기 때문이다. 그러나 다행히도 불운한 주름을 해체하고 소망의 주름을 만들어가려는 성찰은 들뢰즈 등 후대 철학자들에 의해 새롭게 시도된다.

25. 언어의 해체와 타자 환대
- 자크 데리다, 차연과 연기

　데리다(Jacques Derrida : 1930~2004)는 우리에게 '해체' 철학자로 널리 알려져 있는 알제리 출신의 프랑스 사상가이다. 프랑스령 알제리에서 태어나 고등학교를 마칠 때까지 이곳에서 성장한 데리다는 어머니가 토착 유대인이었기 때문에 어린 시절부터 여러 가지 인종 차별을 겪었다. 히틀러의 전체주의를 찬성했던 페탱Philippe Pétain 정권 아래서 열두 살 데리다는 학교에서 쫓겨나는 경험도 했다. 이후 다른 학교에 입학을 했지만, 학교생활은 늘 불안정하고 불규칙했다. 부당한 차별 속에서 늘 외로웠던 데리다는 공을 차면서 울분을 삭이고 훗날엔 프로 축구 선수가 되리라 꿈꾸기도 했다.

　그러나 자신이 축구에 재능이 없음을 깨닫고 독서에 몰두하게 되는데, 1947년에는 대학 입학시험에서도 낙방의 고배를 마시게 된다. 재수 기간에 앙드레 지드나 니체, 폴 발레리에 심취했던 그는 파리로 거처를 옮겨 공부하면서 1952년 고등사범학교에 입학한다. 이 무렵 푸코의 강의를 듣고 루이 알튀세르와도 친교를 맺는다. 후설의 현상학을 토대로 석사논문을 완성한 데리다는 졸업

후 미국으로 건너가 하버드 대학 조교로 일하는 가운데 예일학파를 만들기도 했는데, 1979년에는 프랑스로 돌아가 소르본대학에서 철학 강의를 시작한다.

강의의 주된 주제는 '해체'였고, 이것은 어린 시절부터 경험한 부당한 차별을 학문적으로 대응한 한 방식이라고 할 수 있다. 그는 차별적 시선의 기원을 고대 그리스에서 시작된 이분법적 사고에서 찾고 가장 먼저 이 사고를 해체하려고 한다. 1967년부터 집필한 『글쓰기와 차이』, 『목소리와 현상』, 『해체』(1972), 『환대에 대하여』(1997) 등의 저서에서 데리다가 시도한 해체의 핵심 주제는 우리의 사고를 반영하는 언어기호였다. 그는 언어 안에 인간의 모든 활동 영역이 담겨 있다고 보았다. 기실 인간은 언어를 통해 세계를 받아들이고, 또 언어를 통해 세계로 나아간다. 우리는 글, 그림, 부호 등의 기호를 통해 자신의 생각을 표현하고 타인과 소통을 추구한다.

그러나 알다시피, 언어든 그림이든 의사를 전달하는 기호는 긍정적인 면보다는 부정적인 면을 훨씬 더 많이 가지고 있다. 가령, 어떤 대상을 꽃이라고 부를 때, 꽃이 아닌 것은 배제·부정된다. 꽃은 식물이기에, 꽃이 아닌 동물이나 풀 등은 배제·부정되는 것이다. 그림 역시 마찬가지다. 많은 사람들이 이용하는 공중화장실 앞에는 남녀를 구분하여 표시하는 그림 기호가 그려져 있다. 그러나 성을 구분하는 표지판은 트랜스젠더들에겐 하나의 폭력으로 작용한다. 데리다가 고대 그리스 시대로 거슬러 올라가 언어 구조를 해체하려고 한 이유도 여기에 있다.

서양의 이분법적 사고에서 언어는 말하기와 쓰기로 구분되고,

글보다는 말이 우선시된다. 음성언어인 말은 기독교적 신의 말(씀)과 같고, 불변하는 진리로서 플라톤의 이데아idea와도 맥이 닿는다. 그리스인들은 '말하다'는 뜻을 가진 로고스logos를 더 중시했고, 글은 기록의 필요에 따라 제작한 부차적인 것에 불과하다고 생각했다. 그러니까 그리스인들에게 중요한 것은 '로고스(말)=이성[idea]'이었던 셈이다.

그러나 데리다는 순서를 바꾸어 말보다 글의 중요성을 설파한다. 그의 관점에 따르면, 말은 개인적 경험이나 가치관이 개입되지만, 글은 의미를 객관적으로 파악할 수 있다. 가령, 새엄마를 말할 때 우리는 거기에 깃든 부정적인 모습을 먼저 떠올린다. 그러나 세상의 모든 새엄마가 다 부정적이진 않다. 새엄마를 나쁘게만 생각한다면, 좋은 새엄마들은 설 자리가 없어진다. 그래서 데리다는 단어 자체에는 주관적 감정이 개입돼 있지 않기에, 글이 대상을 좀 더 객관적으로 이해하는 방법이라고 말한다.

그렇다고 글 자체로 대상을 온전히 이해할 수 있다고 말하는 것은 아니다. 데리다에 의하면, 언어 기호, 즉 시니피앙signifiant : 의미를 전달하는 표현=기표과 시니피에signifié : 기호에 담긴 의미=기의는 일치하지 않는다. 엄마라는 단어를 두고서도 그 의미는 각자 다르게 다가오듯이, 기표는 하나지만 기의는 다양하다. 하나의 기표 안에 여러 개의 기의가 담겨 있다면, 진정한 기의(의미)는 찾기 어렵다. 그래서 그는 "기표는 기의를 지칭하지 못하고 영원히 미끄러진다"고 말한다. 여기서 중요하게 제시되는 개념이 차연[Différance]이다.

'차이差異'와 '연기延期'를 아울러 이르는 차연差延은 언어로 규정할 수 없는 것을 규정함으로써 잃게 되는 의미를 풀어내는 행위이다. 흔히 우리는 자신을 소개할 때, 나는 어디에 살고, 무슨 일을 하고, 무엇을 좋아한다는 식으로 말을 한다. 그러나 그런 몇 가지 정보들만으로 어떻게 자신의 전부를 설명할 수 있는가. 우리는 몇 가지의 언어 정보만으로는 자신을 모두 설명할 수 없고, '나는 이런 사람'이라고 규정할 수도 없다. 어떤 대상을 무엇으로 규정하거나 절대화시킬 때 대상은 본연의 생명력을 잃는다.

데리다는 언어를 과거로부터 물려받은 상속이라고 생각한다.(자크 데리다, 2007) 언어를 만들어내는 문화양식이나 전통도 여기에 포함된다. 그런데 그가 말하는 상속은 우리가 생각하는 일반적 의미와는 다르다. 그가 상속을 말할 때, 상속은 우리가 풀어야 할 과제와 연결된다. 가령, 어떤 텍스트나 유물을 물려받을 때, 우리는 각자 자신에게 와닿는 부분이나 자신이 이해하고 공감하는 부분에 집중하여 받아들인다. 이때 개인의 주관과 정서가 개입되고, 유물혹은 텍스트의 의미는 각자 다르게 해석된다. 그러므로 순수한 읽기는 불가능하다. 데리다에게 상속은 하나의 사건이고, 풀어야 할 과제이다. 이것은 글쓰기 작업과도 연결된다.

글은 문제의식에서 출발한다. '왜?'라는 질문과 의문이 없으면 글은 쓰기 어렵다. 그동안 믿어왔던 진리(말씀)에 의문을 품고 문제를 제기할 때 자신만의 글쓰기 작업이 시작된다. 그런 의미에서 글쓰기는 기존 질서에 대항하는 일종의 정치적 행위이다. 글을 쓴다는 것은 말(씀) 우위의 세계에 대항하는 행위이기 때문이다. 어느 사회든 진리는 말(씀)의 권력을 가진 사람들에 의해 규정된다. 종교적 권력이든 제도적 권력이든 지적 권력이든 권력을 가진 사람들의 말이 진리를 규정한다. 교회의 평신도들이나 거리의 노숙자들이 하는 말을 진리라고 귀 담아 듣는 사람을 사람이 과연 몇이나 있을까. 어쩌면 그래서 데리다의 스승 푸코도 이렇게 말했는지 모른다. "권력의 중심과 지식의 중심은 일치한다"고, 지식이 권력("아는 것이 힘"—베이컨)이 아니라, "권력이 곧 지식"이라고. 지식이 진리를 고착시키는 순간 진리는 사라지고 만다.

이러한 차원에서 언어뿐 아니라 기존의 모든 동일성의 형이상학, 정신분석학, 미학·문학의 영역을 『해체』(자크 데리다, 1996) 하려한 데리다의 작업은 그러나 대상을 파괴하는 데로 나아가지 않는다. 그의 해체는 사랑을 위한 작업이다. 사랑의 의미를 떠올려 그가 행하려한 해체를 좀 더 쉽게 이해해보자. 사랑할 때 우리는 대상에 대해 알고 싶어 한다. 그가 무엇을 좋아하고 무엇을 바라는지, 그를 알고자 하고 점차 가까워지면서 그에 대해 조금씩 알게된다. 그러다 어느 순간 그를 잘 안다고 선언한다. 그러나 내가 안다고 선언한 너는 나의 주관에 의해 한정된 너일 뿐 실제의 '너'가아니다. 내가 안다고 말할 때, 너의 의미는 나의 주관에 의해 규정되고, 관계는 일방향적으로 흘러간다. 일방향적 관계에서 위계질서가 만들어지고, 그것이 고착되는 순간 사랑의 관계는 종결된다. 부모 자식 간에도 마찬가지다. 부모들은 흔히 내 자식이니까 내가잘 안다고 말하지만, 내가 이해하는 내 아이는 언제나 실제 그 아이와 다르다. 그러니 나의 주관으로 대상을 규정하거나 정의하는일은 얼마나 위험한가.

데리다의 사랑은 결코 낭만적 사랑을 뜻하지 않는다. 낭만적사랑은 멋있고 아름답고 감미롭게 느껴진다. 대상의 어두운 면이나 구체적 현실보다는 아름다운 모습, 감미로운 목소리, 멋있는

카페에 가서 커피를 마시는 것을 먼저 생각한다. 이런 사랑은 그야말로 환상에 불과하다. 사랑은 낭만이 아니라 구체적인 현실이다. 현실 속에서 경험하는 그의 고통과 아픔, 슬픔 등을 이해하려 노력할 때 사랑의 가능성이 열린다. 물론 그럼에도 불구하고 그를 다 알 수는 없다. 어떨 때 사랑을 느끼는가, 하는 그 느낌은 모두가 다르고, 의미는 늘 지연된다. 이것을 인정할 때 우리는 독단에 빠지지 않을 수 있다. 사랑은 그 안에 내가 이해할 수 없는 영역이 남아있음을 인정하는 것,(자크 데리다, 1996 : 118-159) 데리다는 이러한 관계(사랑)적 차원에서 차연(/해체)을 강조하고 있는 것이다.

데리다의 사랑은 애도를 기반으로 한다.(왕철, 2012) 데카르트의 코기토Cogito, ergo sum를 "나는 애도한다, 고로 존재한다"(자크 데리다, 2004 : 51)고 바꾸어 말한 데리다에게 애도는 죽은 자만을 위한 것이 아니다. 흔히 애도는 죽은 이를 떠나보낸다는 뜻으로 쓰이지만 데리다에게 애도는 죽은 자뿐 아니라 죽을 자(산 자)까지 포함하며, 그 의미는 새롭게 제시된다. 떠나보낸다는 것은 죽은 이의 흔적을 마음속에 간직한다는 것, 그의 좋은 기억(속성)들을 나 자신의 일부로 받아들인다는 뜻이다. 그러나 데리다가 볼 때, 그런 식의 애도는 타자의 타자성을 말살하는 행위에 불과하다. 그는 마음속에 "지하묘지[crypt]"를 만들어 죽은 이를 살아 있게 할 때 애도가 이루어진다고 한다. 대상을 죽음의 세계로 떠밀지 않고 내 안에, 지하묘지 안에 들일 때, 죽은 이는 내 안에 낯선 존재로 계속 살아있게 되며, 이렇게 할 때 타자의 타자성도 살아날 수 있다는 것이다.(니콜러스 로일, 2007 : 303) 데리다에게 애도는 죽은 이를 늘 기억하고 사랑하며 살아가는 영원한 과정이다. 애도는 끝이 없고, 위로 할 수 없으며, 화해할 수도 없는 것이다. 바꾸어 말하면, 애도는 고통과 슬픔을 떠안는 것이며, 이것은 타자를 환대(사랑)하는 방법이다. 그의 시선을 빌려 말하면, 어떤 사람을 사랑한다는 것은 그의 (죽음의)고통을 떠안는다는 것이다. 둘 중 한 사람은 먼저 죽을 것이라는 것, 언젠가 그 친구를 잃게 될 것이라는 사실을 기억할 때 그 사람은 소중하게 여겨질 수밖에 없다. 그러니까 사랑한다는 건 상실(죽음)의 고통과 슬픔, 아픔을 미리 떠안는다는 것이며, 떠안을 때 진정한 사랑도 가능해진다.

그래서 데리다는 『환대에 대하여』에서 절대적 환대를 제안한다. 절대적 환대는 내가 나의 집을 개방하고 이방인에게만이 아니라 이름 없는 미지의 타자에게도 줄 것을, 그리고 그에게 장소를 줄 것을, 그를 오게 내버려둘 것을, 도래하게 두고 내가 그에게 제공하는 장소 내에 장소를 가지게 둘 것을, 그러면서도 그에게 상호성을 요구하지도 않고 그의 이름조차도 묻지 않을 것을 필수적으로 내세우는 것이다.(자크 데리다, 2004 :71) 이것은 선물이나 용서에도 적용된다. 우리는 대개 보상을 전제로 선물을 한다. 심리적 보상이든 금전적 보상이든 행위적 보상이든 내가 하나를 주면 너도 내게 하나를 주어야 한다고 생각한다. 그러나 보상을 바라는 선물은 진정한 선물이라고 할 수 없다. 데리다에 의하면 선물은 보상 불가능하다는 것이 전제돼야 한다. 되돌려 받을 것을 생각하지 않고 그저 주는 것. 내가 그에게 선물을 했다는 그 사실조차 잊어야 진짜 선물이 된다. 이러한 의미에서 그의 환대는 기독교적 사랑을 떠올리게 되지만, 기독교 교단에서 가르치는 '(사랑을 실천하면 천국에 간다는 식의)보상적 사랑'과는 분명 다르다.

데리다는 어떤 보상을 전제로 한 행위를 긍정하지 않는다. 그의 환대는 정치다. 그는 환대를 말할 때 요청되는 환대의 '법들', 환대의 '의무', 환대의 '권리'를 거부한다. 어떤 법이나 의무, 권리를 매개한 환대는 그에게 진정한 환대일 수 없다. 이런 차원에서 법, 권리, 정의 등의 명분을 내세워 자신의 힘(권력)을 행사하는 파시즘적 국가 형태를 통렬히 비판하고, 주권이라는 이름으로 타자에게 폭력을 행사하는 주체를 비판했던 그의 해체론은 해체를 말하면서도 여전히 해체되지 않은 지금-여기 우리에게도 시사하는 바가 크다. 그가 말하는 환대의 차원에서 한번 생각해보자. 우리는 과연 누구를 환대할 것인가? 누구와 친구하며, 누구에게 선물하고 있는가?

26. 평범한 '악'에 대한 보고서
- 한나 아렌트, 악의 평범성

한나 아렌트(Hannah Arendt : 1906~1975)는 독일계 유대인 사상가이자 미국의 정치 철학자이다. 그녀는 악의 평범해진 상황을 지적함으로써 우리 삶을 새롭게 되돌아보게 한다. 악의 평범성은 그녀가 출간했던 『예루살렘의 아이히만』이라는 책의 부제에 쓰인 용어다. 아돌프 아이히만은 2차 세계대전 당시 유대인들을 수용소로 이송시켜 학살하도록 한 나치의 중간 간부였다. 1961년, 그는 도피처였던 아르헨티나에서 체포되어 예루살렘의 공개 재판에 서게 된다. 2차 대전 당시 독일에서 피신, 프랑스를 거쳐 미국으로 건너가게 된 아렌트는 <뉴요커>의 기자 자격으로 학살의 실무책임자였던 아이히만의 재판에 참관하게 된다.

재판에 참관했던 사람들은 아이히만이 스스로 참회하고 반성하기를 기대했다. 그러나 그는 '모두가 유죄인데, 왜 나만 유죄라고 하는가'라고 오히려 반문했다고 한다. 이에 경악한 아렌트는 1965년 『예루살렘의 아이히만―악의 평범성에 대한 보고서』를 출간하여 '악은 악인이 행한다'는 기존 통념에 전적으로 반하는 주장을 펼치게 된다.

아렌트에 따르면, 아이히만은 국가의 명령에 따라 행동하는 책임감 있는 공무원이었고, 아주 근면하고 성실한 가장이었으며, 칸트의 도덕철학을 읽을 정도로 계몽된 지식인이었다. 실제로 아이히만은 재판 내내 칸트의 도덕철학을 들먹이며 "명령받은 대로, 의무에 따라 행동했을 뿐, 비열한 동기나 악행이라는 의식이 없었다"며 자신의 무죄를 주장했다. 그러나 아이히만의 주장은 칸트철학을 왜곡한 강변에 불과했다. 아렌트도 지적하듯이 칸트는 맹목적인 복종이 아니라 인간의 자율적인 판단능력을 강조했다.

칸트에 따르면 인간은 누구나 자유롭고, 인간의 본성은 '선에의 소질'로 구성돼 있다. '소질'은 크게 '자기애'와 '도덕법칙에의 존중'으로 구성되며, 양자는 모두 인간 행위의 근원적이고 필연적인 동기로서 자기실현과 관련된다. 인간성 실현의 가능성을 규정하는 소질은 두 가지 동기를 함축한 인간 본성의 보편적 구조이다. 소질 그 자체에 대한 선택권이나 결정권은 없지만, 행위의 두 동기 사이의 관계를 어떻게 정립할 것인가의 결정은 전적으로 행위자의 자유로운 선택의지에 달려 있다.(김화성, 2013 : 195)

그러나 아이히만은 자신의 의지, 즉 자율적 판단능력이 없는 "무사유" 한 존재나 다름없었다. 그는 마치 '매사에 성실하고 정직하여, 반평생을 국가에 충성하고 국민에게 봉사했던' 김남주 시의 「어떤 관료」처럼 "개인적인 발전을 도모하는 데 각별히 근면한 것을 제외하고는 어떠한 동기도 갖고 있지 않았"으며, "자기가 무엇을 하고 있는지 결코 깨닫지 못한" 자였다.(한나 아렌트, 2006 : 391) 아렌트는 히틀러가 '실체적 악이라면, 히틀러의 신념을 아무런 사유나 비판 없이 추종한 아이히만은 '평범성의 악'을 대표하며, 나아가 비판적 분석 능력을 잃어버린 대중은 누구나 이런 '악의 전령사'가 될 수 있다고 말한다.

생각해보면 우리 대다수가 여기에 해당된다. 우리의 현실을 2차 세계대전 당시와 비교해도 크게 달라졌다고 할 수는 없다. 과연 누가 우리의 현실이 안전하다고 말할 수 있을까. 이유도 알 수 없는 무자비한 범죄가 판을 치고 끊임없이 계속되는 종족 간의 분쟁, 기근과 천재지변으로 처참하게 죽어가는 사람들, 자신의 이익을 위해서라면 전쟁도 불사하는 파렴치한 권력자들의 만행. 모두 셀 수 없고 모두 다 기록할 수 없는 끔찍한 참사를 우리는 날마다 지켜보며 살아간다.

그러나 정말 중요한 것은 안전지대가 사라졌다는 사실이 아니라, 우리가 만성폭력의 소비자로 전락하고 있다는 사실이다. 우리는 자신에게 주어진 임무 자기 역할에만 충실할 뿐, 삶의 부조리를 깨닫지 못한다. 아니 여유가 없다. 폭력적 이미지가 날마다 반복 제시되면서 우리 생의 감각은 점점 마비된다. 심지어는 그 잔인함에 매료(?)되는 기이한 행동까지 서슴지 않고 있다.

우리가 과연 나치 하의 아이히만과 다를까. 그저 세상이 원하는 대로 살 수밖에 없다는 인식, 주어진 일이나 묵묵히 수행하면서, 나는 악의 전령사가 아니라고 누가 반박할 수 있겠는가. 나 이외의 것에는 무관심하거나 침묵하는 나와 너. 그런 우리가 많아지는 현실에서 나는 인간이 얼마나 속절없고 무능하고 몰염치하고 이기적인 존재인가를 다시 한번 생각해 본다.

27. 천 개의 고원을 넘어
– 질 들뢰즈, 편집증과 분열증

들뢰즈(Gilles Deleuze : 1925-1995)는 20세기 후반 가장 매력적인 프랑스의 철학자이자 사회학자이다. 그는 프로이트나 라캉이 설정했던 오이디푸스왕(상징적 아버지)이 신화(허구)에 불과하다는 사실을 밀고 나가 자립적이고 이성적인 주체의 죽음을 선고한다. 프로이트나 라캉은 (상징적)아버지의 금기가 결핍의식을 만들고 결핍이 욕망을 추동한다고 보고 있지만, 들뢰즈는 결핍에서 욕망을 찾지 않는다. 펠릭스 가타리와 공동으로 쓴 그의 저서『안티 오이티푸스』(1972)는 인간의 욕망을 결핍에서 찾고 있는 기존 철학자들을 강하게 비판하면서 시작한다. 그에 의하면 우리의 내면은 아무것도 결여하고 있지 않다. 내면은 그 자체로 충만하며 무엇이든 될 수 있는 가능성을 안고 있다.

우리가 흔히 신의 작품이라고 믿고 있는 산맥은 신의 작품이 아니고, 유기체적으로 조화와 질서를 이루고 있지도 않다. 거대한 산맥은 지구의 표면 아래 흐르는 판과 판이 충돌하면서 솟아오른 지형이며, 우연한 마주침과 불균등성이 만들어낸 부조화의 산물이다. 펠릭스 가타리와 함께 쓴 『천 개의 고원』(1980)에서 그는 인간의 내면이 그러한 산맥과 같은 구조로 이루어져 있다고 한다. 그에 의하면 우리 내면에 존재하는 자아는 하나가 아니다. '나'는 세계와 무관하게 고립적으로 존재하는 것이 아니라, 사회라는 집단과의 관계 속에 놓여 있기에, 내가 속한 사회가 중요하게 생각하는 가치 체계와 규범을 받아들이면서 계속 달라진다.

그러니까 내 안에는 지금껏 세상을 경험해온(혹은 기억하는) 수많은 자아들이 우글거리고 있으며, 그것들은 내 몸이 어떤 상황에 놓이느냐에 따라, 누구를 만나느냐에 따라 늘 새롭게 달라질 가능성을 안고 있는 셈이다. 가령, 내 안에 커피를 좋아하는 자아, 도박을 좋아하는 자아, 책을 좋아하는 자아, 춤추기를 좋아하는 자아들이 있다고 하자. 이 자아들은 외부의 어떤 대상 A를 만나면 A와 유사한 성질의 자아가 대표성을 띠고 나간다. 만일 A가 책도 좋아하고 내가 접하지 못한 '술'도 좋아한다면, 나는 A의 영향을 받아 술을 좋아하는 새로운 자아가 만들어진다. 기존 자아들은 술이 해롭다고 말하며 새로운 자아가 힘을 발휘하지 못하게 막지만, 여기에 굴복할 때 나의 새로운 자아는 만들어질 수 없다.

이 책의 부제로 달려 있는 편집증과 분열증이란 용어로 우리는 이러한 자아를 좀 더 쉽게 이해할 수 있다. 편집증은 쉽게 말해 하나의 자아가 다른 모든 자아를 억누르는 것을 말한다. 가령, 내가 직장에서 사원으로 일하다가 어느 날 퇴직했다고 하자. 그럼 그동안 직장 내에서 유지되던 지배/피지배의 관계, 즉 사장과 나의 관계는 끝내야 한다. 사장과 나는 각자 자유로운 개체로서 상호 대등한 관계로 돌아가야 하는 것이다. 그러나 우리는 퇴직을 해서도 이전의 그 관계에 끌려다닌다. 한때 사장이었던 그를 여전히 사장님이라고 부르며 주인으로 대하는 것이다. 이때 '사장님'이라고 부르게 하는 나, 새로운 '나'를 억누르는 기존의 자아를 독재적 자아 혹은 편집증적 자아라고 할 수 있다.

이와 달리 분열증적 자아는 내 안의 자아가 자유롭게 움직이며 적절하게 행동할 수 있게 하는 자아이다. 직장을 그만둔 '나'는 새로운 직장에서 부장이 될 수도 있고, 회사를 설립하여 사장이 될 수도 있다. 이전 직장의 사장과 나는 서로 대등한 위치에 서거나 상호 관계가 뒤바뀔 수도 있는 것이다. 분열증적 자아는 이것을 인정하는 자아이다. 그런 의미에서 분열증적 자아는 민주적 자아라고 할 수 있다.

그런데도 우리는 매사에 한 자아로 살아가기를 고집한다. 새로운 자아가 생기면 기존의 자아는 제 목소리를 잃기 때문에 새로운 자아가 만들어지는 것을 두려워한다. 그러나 우리의 본성은 본디 편집증적이 아니라 분열적이다. 우리는 어느 한자리에 머물러 있을 수 없고, 어느 하나의 모습으로 고정돼 있을 수 없다. 우리는 우리 안의 수많은 자아가 자유롭게 움직이며 상황에 따라 변할 수 있게 해야 한다. 그렇다고 이 자아를 카멜레온 식으로 오해해서는 안 된다.

분열증적 자아는 어떤 대상을 자기 목적의 성취를 위해 이용해야 할 수단으로 생각하거나, 약삭빠르게 색깔을 바꾸는 자아가 아니다. 새로움을 추구하는 '나'는 고정된 어떤 관계에서 벗어나려는 '나'이며, 나의 변화를 싫어하는 편집증적 '나'에게 저항하는 '나'이다. 내가 나를 바꾸려면 나 자신을 낯선 곳으로 끌고 가 새로움을 경험해야 한다. 지금까지 경험하지 못한 것, 새로운 세계, 새로운 사람을 만남으로써 나는 그들과 다른 나 자신을 알 수 있게 된다. 지금껏 내가 살아온 세계는 지금 내가 경험하는 세계와 다르다는 것, 나와 다른 너, 타자도 완전히 다르다는 것을 알 수 있게 되는 것이다.

들뢰즈는 이렇게 다르게 되는 주체를 '리좀rhizome'이라는 용어로 설명한다. 리좀은 수목樹木체계의 나무뿌리와 달리 땅속으로도 옆으로도 자라는 뿌리를 의미한다. 하나의 가닥이 다른 가닥과 만나고 얽히면서 전혀 다른 모습으로 변해가는 뿌리. 이것은 이질적인 요소들의 공존과 결합을 통한 무한 창조의 가능성을 암시하는 개념인데, 그는 리좀을 동양의 노장사상과 관련하여 말한다.(질 들뢰즈 · 팰릭스 가타리, 2003 : 301-302) 노장사상에서 말하는 도道는 종교(도교=신)의 개념이 아니다. 인간의 시각觀에 의해 분별되거나 차별되기 이전의, 유와 무가 혼성돼 있는(有物混成) 존재의 양식을 의미한다.

보이는 것(有)과 보이지 않는 것(無), 음과 양으로 나누어져 있던 둘이 어느 날 합쳐져서 하나가 된 것이 아니라, 처음부터 둘로 나눌 수 없는 하나─가 새끼줄처럼 꼬여서 끊임없이 이어지는 상태. 마치 천 개의 고원처럼 끝없이 이어지는 그것은 보려 해도 보이지 않고, 들으려 해도 들리지 않으며, 만지려 해도 만져지지 않는다. 충만한 가능성으로 생동하며 끝없이 변화해가는 이 (마음) 상태는 인간의 언어로는 다 담아낼 수 없기에(道可道非常道), 노장은 도道라고 부른다. 도는 결국 삶의 길을 뜻한다. 노자는 그것을 스스로 그러한 자연自然, 특히 물(上善若水)에서 찾고, 장자는 어디에서

나[無所不爲] 찾을 수 있다고 본다. 장자가 도행지이성道行之而成을 말할 때, 그것은 삶의 길은 스스로 만들어간다는 것이다. 자신의 길을 스스로 찾아 걷는 사람은 자신의 행위를 스스로 결정할 뿐 그밖의 다른 외재적 규칙을 따르지 않는다.

노장에서 강조하는 물은 한자리에 머물지 않는다. 흘러가면서 다른 생명체에게 스며들고, 스며들어선 다른 생명체에게 생명을 주고는 기화氣化되거나 빠져나와 다른 곳으로 가뭇없이 흘러간다. 흐르는 물은 불변의 원형이나 고정된 이데아가 되려고 하지 않는다. 이 물의 모습이 들뢰즈가 말하는 리좀(뿌리)의 양식이고, 탈중심의 길[道]이다. 탈중심은 '권력=중심'에서 벗어남을 말하는 것이지, 결코 '중심'이 없음[無]을 이야기하는 것이 아니다. 없음[無]은 있음[有]을 전제한다.

텅 비어 있는 듯한 허공虛空이 에너지로 가득하듯이, 이 세계에 살아있는 모든 존재(타자)들은 충만한 잠재성을 가지고 있으며, 얽히고설킨 관계 속에서 변화해 간다. 어느 한순간에 고정되거나 머물러 있는 것은 없다. 사물과 사물, 인간과 자연이 모두 그러하다. 단단하게 굳은 지층도 때로는 습곡을 통해 서로 뒤섞일 수 있으며, 화석화된 바위도 비바람, 햇볕에 깎이거나 빛깔이 바뀌면서 변화하고 달라진다. 우리의 사유도 삶도 달라져야 한다. 하나의 중심을 향해서가 아니라, 어떤 중심의 성립도 불가능하게 만들면서 계속 이탈하고 발산하는 방향으로.

들뢰즈뿐 아니라 노장에서 말하는 그 방향은 결국 공동체를 위한 정치적 방향과 이어진다. 그들이 말하는 정치는 몇몇이 주도하는 정치가 아니다. 스스로 그러한[自然], 어디에나 있는[無所不爲] 주체가 말하는 탈중심의 정치는 탈(계)층화를 위한 정치다. 이것은 기존의 정치권력을 장악하거나 바꾸는 차원으로는 도래하지 않는다. 개인의 자발성, 능동적 실천을 담지한 일상의 혁명을 동반하지 않고는 정치판의 주인만 바뀐다. 변화와 혁명의 의미를 이해할 의지나 능력 없는 정치, 그런 정치인은 백성을 구원한 적 없다. 그러자면 우선 나부터 바뀌어야 한다. 늘 다르게 되고, 다르게 됨으로써 진정한 주체가 되어야 한다. 들뢰즈를 생성의 철학자라고 부르는 것도 이런 이유에서이다.

　스스로의 삶을 생성하는 자는 변화를 두려워하지 않는다. 습관을 바꾸고, 행동을 바꾸고, 나를 새롭게 바꿈으로써 계속하여 자신을 차이화 해간다. 몸으로 부딪혀 그 아픔을 감각할 때 생각도 가능해지듯이, 머리(이성)가 아닌 몸(행위)으로, 부딪치고 충돌하면서 치열하게 자기 삶을 갱신해가야 한다. 스스로 변화의 주체가 되려는 자에게, 주인의 힘을 가진 자에게 권력자는 그 권력을 함부로 휘두르지 못한다. 그런 개인들이 뜻을 함께하여 연대할 때 더 말해 무엇하겠는가.

28. 여성주의와 여/성주의
- 주디스 버틀러, 여성 없는 페미니즘

여성주의[feminism]는 우리 사회에서 오직 여성만을 위한다는 오해로 인해 그간 제대로 평가받지 못했다. 그러나 여성주의는 결코 여성만을 위한 것이 아니다. 물론 여성주의가 여성을 억압하고 차별화해온 남성 질서에 맞서는 대항적 움직임에서 배태된 것이라 할 때, 여성주의가 강조한 주체는 여성이라고 할 수 있다. 그러나 90년대 이후 여성주의가 말하는 여성은 단순히 여성만을 지칭하지 않는다. 여성운동이 전개되면서 여성의 의미는 강자의 지배를 받는 사회적 약자의 뜻으로 변화되었고, 그 범위는 여성과 등가의 의미를 갖는 자연, 흑인, 소수자들, 빈민층, 심지어 같은 여성으로부터 억압받는 또 다른 여성 등으로 확장·변형되었다.

크리스테바Julia Kristeva, 식수Helene Cixous, 이리가레이Luce Irigaray 등 프랑스의 포스트모던 페미니스트들은 90년대 이후 한국 사회에서 여성의 의미를 새롭게 발견하게 한 대표적인 학자들이다. 이들이 주목한 것은 프로이트의 '남근 발견'이나 라캉의 '거울단계'에서 간과된 여성의 몸(자궁)이다. 프로이트와 라캉에 따르면 자궁은 눈으로 보이지 않는 '－남근'이다. 이 세상에 존재하는 성은 오로지 남성뿐이며, 여성은 '보이지 않기 때문에 없는' 혹은 '결핍'의 대상이자 남성을 뒷받침해야 하는 존재이다. 이 논리는 유교적 가부장제에 그대로 적용된다.

유교도 오이디푸스 구조와 유사하게 여성을 생산(모성)적 존재로만 사회질서 안에 받아들이고 여성을 배제하는 권력구조를 갖는다. 단군신화에서 '곰/호랑이'는 양성성을 가진 상상계에서 호랑이를 추방하고 '곰—여인'으로 규정하는 과정을 볼 수 있다. 유교질서 안에서도 아이는 사회적 정체성을 획득하기 위해 어머니로부터 분리를 겪어야 하고(남존여비, 군사부일체의 철저한 남성중심적 절대성을 교육받음) 어머니의 지침보다는 아버지의 법 앞에 복종해야 한다.

거세 위협이란 '남성을 잃느냐, 마느냐 하는 것이지만, 유교에서는 '인간이 되느냐 못 되느냐'('막돼먹은 놈'이란 호래자식, 후레자식이라는 말이 '홀의 자식', 즉 아버지 없이 홀어미가 키운 자식임을 상기할 것) 하는 문제이기 때문에 더욱더 강력한 위협이라고 할 수 있다. 유교에서 '아들=상속자'는 가문의 계승자이며, 여아는 삼종지도三從之道라든가 칠거지악七去之惡 등을 통해 이미 거세되어있는 존재와 같다. 즉 딸은 처음부터 거세된 존재로서('딸이 있으면 뭘 하나, 자식이 있어야지'와 같은 말) 영원한 이방인, 타자로 존재할 수밖에 없었던 것이다.(김승희, 2008 : 274)

그러나 여성의 시각으로 볼 때, 그것은 남성의 시선일 뿐, 여성은 결코 '없는 것', '결핍'의 대상이 아니다. 여성이 월경을 하고, 임신과 출산을 할 수 있는 이유는 자궁이 있기 때문이다. 자궁은 여성의 고유성을 상징하는 것이자 남성과는 다른 '차이', 즉 (임신을 통한)복수적 정체성을 설명하는 근거이기도 하다. 또한 그것은 신체적 가변성과 관련하여 언제나 변화를 상정한다. 임신한 여성의 몸이 시간의 흐름에 따라 부풀어 오르고 출산 이후 다시 쪼그라드는 것처럼, 하나이면서 둘이었던 몸이 출산을 통해 무한으로 증식되는 것처럼, 여성의 몸은 언제나 변화하며, 그 변화를 통해 새롭게 된다. 그러니까 여성의 몸(자궁)은 결핍이 아니라 충만함, 그리고 변화와 새로움을 추구하는 공간이 되는 것이다. 이러한 페미니스트들의 논의들로 인해 90년대 이후 여성주의자들은 여성의 의미에 대해 새롭게 말하게 되었고, 많은 여성들도 자기 몸과 정체성에 대해 새로운 인식을 하게 되었다.

그런데 90년대까지 페미니스트들의 논의는 여성이라는 집단적 성 정체성에 기반하고 있기 때문에, 남성성을 오히려 소외시키거나 여성(/타자) 간의 다양한 '차이'를 배제할 우려를 안고 있다. 여성(/타자) 간에 존재하는 차이를 간과할 경우 개별자로서의 고유한 차이는 살려낼 수 없고, 관계로서의 소통의 의미는 더 멀어지게 된다. 그래서 2000년대 이후 페미니즘은 또 다른 방향을 가리키고 있다. 로지 브라이도티Rosi Braidotti나 주디스 버틀러Judith Butler와 같은 포스트모던 페미니스트들이 바로 그들이다. 미국 출신의 주디스 버틀러는 '여성 없는 페미니즘'을 주창하고 있다는 점에서 살펴볼 필요가 있다.

버틀러는 여성에 대한 재현은 여성 주체가 가정되지 않을 때 의의가 있다는 입장을 취하며, 페미니즘이라는 정치성에 보편 여성이라는 일관된 재현 주체가 필요하다는 기존 페미니즘의 논의를 부정한다. 『윤리적 폭력비판』에서 버틀러는 여성주의적 인정 형식이 새롭게 제안된 보편적 규범이라면 이것은 또 하나의 폭력이 될 수 있다고 본다. 그녀가 볼 때, 동정이나 연민, 배려의 윤리에 기반한 기존 여성주의는 나르시시즘적 환상을 안고 있다. 그녀에 의하면, 우리 의식은 처음엔 타자를 자신의 외부에 있는 것으로 여긴다. 그러나 의식의 여정에서 타자 인정은 원래 자기 안에 있던 것을 발견하는 일로 이어진다. 즉 타자는 나의 시선에 의해 나의 일부로 받아들여지게 되는 것이다. 그 과정에서 타자는 자기 타자성을 잃어버리게 되고, 주체 역시 타자를 통한 변화 가능성을 잃게 된다.

그래서 버틀러는 보편적 '여성' 개념에 천착한 기존 여성주의자들을 비판하면서, 보편적 '여성'이라는 추상적 의미를 '생생하게' 변형시켜야 한다고 주장한다. 그리고 이러한 생생한 변형은 자신의 여성을 문제 삼을 때, '자신과의 투쟁'을 수행할 때 가능하다고 말한다. 그녀에 따르면, 자기 자신을 문제 삼는 주체는 자신의 분열성과 타자성을 인식하는 주체이며, 나이면서도 나와 다른 너는 어떤 존재인가를 물어가는 주체이다. 나는 내적인 존재도, 내 자신 안에 닫혀서 자신에 대해서만 문제를 제기하는 그런 고립적인 주체가 아니다. 나는 너(타자)의 공간에 내맡겨진 존재이며, 너라는 공간이 나에게 제시하는 의미와 진리체계에 영향을 받으면서 형성된다. 이때 너는 나와 완전히 다른 너를 뜻하지 않는다. 버틀러에게 너는 어제의, 혹은 조금 전의 나이며, 지금의 나는 그 너로부터 떠나온 나이다.

육체적으로 시공간적으로 한 지점을 점유하면서 계속 변화하는 나는 (어제, 혹은 조금 전의)나, 아니 너와 항상 다르다. '(과거의 나인)너'와 '(현재의)나'는 서로에게 온전히 알려져 있지 않으며 완전히 파악될 수도 없다. 너인 나, 나인 너는 서로 '대체불가능' 하고 '유일무이한' 개별적 존재이기 때문이다. 유일무이한 나는 나에게 그리고 너에게 완전히 이해될 수 없는 불투명한 유일성으로서의 타자가 되며, 불투명한 타자로서의 나(/너)는 시시각각 변하는 과정에 있기 때문에 자신에게조차 완전히 되돌아올 수 없다. 이것은 인간의 근원적 한계다. 이 한계를 인정할 때, 즉 자신이 지금 갖고 있는 판단 내용들이 불완전할 수 있다는 것을 인정할 때, 주체는 자신의 판단을 유보하고 타자 앞에 자신을 열어둘 수 있게 된다. 그래서 버틀러는 '자신의 한계를 인정하는 주체는 무엇보다도 타자를 이해하기 위해 자신의 판단을 유보할 의무를 갖는다'(주디스 버틀러, 2013)고 말한다.

자신의 판단을 유보함으로써 타자에게 동일화의 폭력을 행사하지 않을 수 있고, 타자의 타자성(다름)을 더 잘 이해할 수 있게 된다는 버틀러의 논의는 여성주의가 나아갈 새로운 방향으로 모색되고 있다.(임국희, 2007) 자신의 한계를 인정하는 것, 판단을 유보하는 것, 타자 앞에서 자신을 잃을 준비를 하는 것, 기존의 자아 및 사회를 문제 삼아 비판하는 것, 버틀러가 강조하는 이러한 윤리적 태도들은 여/성주의적 윤리의 새로운 출발점으로 떠오르고 있는 것이다. 버틀러의 말처럼 우리는 자기 자신에 대해서 안다고 말할 수 없다. 나는 나를 볼 수 없고 나를 볼 수 있는 사람은 항상 타자이다. 나는 그 타자를 통해 나를 볼 수 있지만, 그 타자에 대해 아는 것이 없다. 이 사실을 인식할 때, 나는 나만의 목소리를 낼 수 없게 되며 내 판단을 내려놓고 타자의 목소리에 귀 기울일 수 있게 된다. 이러한 방식으로 나/너를 만나는 것은 자기 정체성 발견 및 변형뿐 아니라 타자와의 관계를 새롭게 만들어가는 첩경이 될 수 있을 것이다.

제 5 부

우리의 뜨락에서

29. 우리 시대의 인문학
– 진화(?)하는 인간의 무늬

아쉽고 불행하게도 철학은 완성될 수 없다. 과거의 철학사를 뒤져보아도 고정된 진리는 찾을 수 없고, 앞으로도 쉽게 완성될 수 있을 것 같지는 않다. 시대가 바뀌면 또 다른 생각의 양식이 들어와 변화가 생기기 마련. 고대의 존재론이 중세에 이르러 신을 이해해야 하는 방식으로 바뀌고, 근대에 이르러서는 인간의 의식을 이해해야 한다는 인식론의 차원으로 바뀌었듯이, 현대에 와서 인식론은 대문자 인간 나(I=Man)가 아니라, 타자/너를 이해해야 한다는 윤리학으로 바뀌었다. 인공지능로봇이란 신인류(?)가 등장할 미래에는 또 어떻게 바뀔지 알 수 없다.

인간과 인간, 인간과 세계 사이를 잇는 매체도 빠르게 바뀌고 있다. 고대의 인간이 주술적 이미지(벽화/조각)를 통해 세계를 받아들였다면, 역사 이후의 인간은 문자언어를 통해 세계를 받아들였다. 그러나 이제는 디지털 가상 이미지를 통해 세계를 받아들인다. 이 시대의 이미지는 근대의 인간이 받아들이던 이미지나 문자와 전혀 다르다. 근대 시기까지 이미지와 문자는 주로 실재 현실이나 체험한 사실을 전달하는 도구로 활용되었다. 사람들은 책이 곧 진리라고 믿었고, 그래서 학생들은 자본주의에 대해 알고 싶으면 자본론을 읽었다. 마르크스를 읽고 자본주의의 위험성을 깨닫고, 사회주의가 안고 있는 파시즘의 위험도 깨달았다.

그러나 최근에는 가상 이미지를 통해 세계를 받아들인다. 디지털 공간 안에 펼쳐진 가상적 이미지는 현실의 복제가 아니라 합성을 통해 새롭게 생성된 이미지다. 실재하는 남녀의 몽타주를 합성해서 이 세상에 존재하지 않는 아이의 이미지를 만들 수도 있고, 다섯 살 때 잃어버린 딸이 스무 해 지난 지금 어떻게 변했을지 어릴 적에 찍은 사진을 합성하여 만들어낸 이미지를 볼 수도 있다. 남성의 몸 위에 여성의 얼굴을 합성해 놓은 이미지는 흔한 것이다. 이 이미지들은 어디까지가 실재이고 무엇이 진실인지 알 수 없다. 원본 없는 이미지. 이것은 내용과 형식의 일치를 요구하는 인식 자체가 불가능하다.

자연의 변화, 즉 태풍의 진로나 강수량 등을 정확히 읽어내고 수치로 환산하여 자연 재해에 대응하려고 만들어졌던 기계-컴퓨터는 이제 연산만을 하지 않는다. 90년대 초, 한국에서 활용되기 시작한 pc통신은 주로 문인들이 작품을 쓰는 데 사용되었다. 작가들은 종이 위에 펜으로 쓰던 긴 작업 시간을 pc를 이용하여 단축하고 인터넷을 통해 빠르게 전달했다. 그러나 스마트폰이 등장한 요즘은 긴 글을 쓰는 사람 자체를 싫어한다. 긴 글을 읽는 것 역시 마찬가지다.

고전은 늘 필요하지만 젊은이들은 긴 글을 읽지 않는다. 그것을 나무랄 수는 없다. 젊은이들은 나이 든 사람들과는 생각 자체가 다르다. 결코 무지하지 않다. 그들은 책이 진리가 아니라는 사실을 이미 안다. 동일한 사건, 동일한 주제의 이야기가 다양하게 쏟아져 나올 때, 그 사건 혹은 주제를 다룬 책은 불변의 진리가 아니라 작가가 세계를 해석하는 방식에 불과하다. 이것을 이미 아는 젊은이들은 책이 만고의 진리라는 말을 맹신하지 않는다. 책을 읽긴 하지만, 읽기보다는 듣기(사운드), 보기(이미지)를 더 좋아한다.

젊은이들은 정치적 신념이나 민족적 이념에도 큰 관심을 두고 있지 않다. 그들에게 역사적 사실이나 진실보다 더 중요한 것은 스토리story, 곧 재미다. 핵잼, 노잼이라는 신조어도 있다. 학생들의 우스갯말을 빌리면, 예전에는 용서받지 못할 놈을 '돈 없는 놈'이라고 했지만 최근에는 용서받지 못할 놈을 '재미없는 놈'이라고 한단다. 노잼···. 그들과 소통하려면 역사나 민족과 같은 거대 서사가 아니라, 게임의 캐릭터 등 그들이 접하는 일상의 이야기로 접근해야 한다. 이것은 90년대 이후 냉전체제가 무너지고 거대 이념이 종식된 것과 무관하지 않을 것이다.

그렇다고 세상과 소통하지 않는다는 뜻은 아니다. 젊은이들은 광고 카피를 읽으면서 세상을 읽고 카카오톡이나 메시지, 페이스북을 통해 소통한다. 정치에 참여하는 방식도 다르다. 종이신문이나 TV를 통해 정치적 정보를 얻는 사람은 이미 낡은 사람인지 모른다. 젊은이들은 SNS를 통해 정보를 얻고 조회 수, 댓글로 공감을 표하며 정치에 적극 참여한다. 가족관계도 변화했다. TV가 처음 등장했을 때 가족들은 TV 앞으로 몰려들었다. 시선은 한곳을 향해 있었고 밥상에 둘러앉아 서로를 향하던 눈빛은 사라지기 시작했다. 스마트폰이 등장한 이후 시선은 각자 다른 곳으로 향한다. 이것이 가족해체라는 부정적인 문제를 불러오기도 하지만, 젊은이들 사이에는 서로의 관심을 공유하는 방식으로 활용된다.

미디어와 더불어 삶의 양식이 달라진 지금, 인간이 하던 많은 일들은 기계가 대신하고 있다. 2~30년 전에 존재하던 주판학원이나 속셈학원은 전설이 되었다. 이제 세계와 마주하는 인간은 생각 자체가 달라졌다. 아니 인간 자체가 달라지고 있다. 물론 여전히 존재하는 것도 있다. 여전히 은행원은 존재하고 경찰도 존재한다. 미래에는 어떻게 변할지 모르지만, 인간이 일할 영역은 여전히 남아 있다. 기계기술이 인간의 일자리를 뺏어간다지만, 뺏어가는 게 아니라 직업의 풍속도가 달라져가고 있을 뿐이다. 인간을 대신할 기계(로봇)을 만드는 데는 여러 명이 필요하지 않은가.

최근 인문학은 기계적 사운드와 이미지, 기호라는 텍스트 안에서 새롭게 재정의되고, 미래형 인간은 호모 사피엔스가 아니라 호모 루덴스(놀이하는 인간)로 제시된다. 이분법적 경계 넘기의 상상은 가상과 현실을 뒤섞고 가상은 실재로 전환되고 있다. 디지털 합성이미지는 양과 염소를 결합한 키메라를 만들어냈고, 한 줄기에 토마토와 딸기가 동시에 열리는 상상은 현실화되어 우리 식탁에 놓이고 있다.

가상세계에 접속하기 위한 공간은 따로 존재하지 않는다. 지하철 안에서든 관공서에서든 화장실에서든 침대에서든 접속 공간은 따로 없고 시간 역시도 따로 존재하지 않는다. 가상의 시공간에서 일어난 일은 곧 실재가 되고 실재는 다시 가상이 된다. 잠시만 넋을 놓고 있어도 세상은 완전히 다르게 바뀌는 느낌이다. 이것이 우리의 현실이다. (인)문학의 상상력이 이미 있는 것에서, 있었던 것, 앞으로 있어야 할 것을 상상하는 힘이라면, 지금 이곳의 우리에게 있어야 할 것이 과연 무얼까? 미래를 말한다면 우리는 어떤 미래를 말할 수 있을 것인가?

30. 우리는 더 행복해졌을까?
- 동일성의 환상

주변 사람들이나 젊은 학생들에게 가끔 물어본다. 우리는 더 행복해졌을까? 어떤 이는 그렇다고 답하지만, 그렇지 않다고 말하는 사람이 훨씬 더 많다. 왜 그럴까? 우리는 과거에 비해 엄청난 풍요를 누리고 있지 않은가. 교육의 기회도 많아지고 다양해지면서 우리의 의식 수준도 높아지고, 사회 분위기도 자유로워져서 자기 목소리를 내는 데 대한 제약도 크게 받지 않는다. 그런데도 왜 여전히 불행하다고 느끼는 사람이 많을까?

불행을 말하는 사람들은 우리가 선택한 '자본'주의 때문이라고 답한다. 공감한다. 90년대 이후 전 세계를 장악한 자본은 존재의 안팎 전체를 황폐하게 만들어가고 있다. 90년대 이후에 태어난 세대들에게 자본주의는 이미 선험적인 무엇이 된다. 자본은 공기와 물처럼 우리에게 떼려야 뗄 수 없는 조건이 되었다. 자본을 소유하지 못한 사람에게는 최소한의 자유도 허락되지 않는다. 노숙자에게 무슨 자유가 있는가. 그러나 이 모든 문제를 자본 자체의 문제로만 치부하기에는 무언가 석연찮다.

자본은 추상적인 것에 불과하다. 자본을 구체화한 것이 화폐라 할지라도 화폐 자체에는 아무런 의식이나 감정이 없다. 문제는 화폐 자체가 아니라 그것과 연루된 우리의 내면이다. 좀 더 정확히 말하면, 돈이 유발하는 감정, 돈을 둘러싼 의식, 돈을 바라보는 욕망의 문제인 것이다. 우리는 돈을 소유함으로써 자신이 꿈꾸는 다른 모든 가치를 소유할 수 있을 것이라고 상정한다. 돈은 자동적으로 소유자의 존엄함 우월함 행복 일상의 누추함 등에 대한 위로, 정상에서 이탈하지 않았다는 안도감 등 온갖 바람직한 감정을 수반할 것이라고 생각되는 것이다.

물론 돈을 소유한 만큼 행복할 수 있으리라는 감정은 허상에 불과하다. 그러나 돈에 부착된 허상은 우리를 지배한다. 이 허상에 지배될 때 우리 삶은 전쟁터가 된다. 자본을 얻기 위해 우리는 자의적이든 타의적이든 경쟁을 해야 하고, 타인을 쓰러뜨려 짓밟아야 한다. 그래야 일상뿐 아니라 삶의 성공 여부도 결정된다고 믿기에 쓰러진 상대가 다시 일어나지 못하게 강하게 짓밟는다.

자본은 그 현상을 부추길 뿐 강요하지는 않는다. 선택은 각자의 몫이고, 행불행도 각자의 능력에 달려 있다고 할 뿐이다. 다만 자신을 따르지 않으면 가혹한 보복을 가해온다. 그 힘은 국가와 국가, 기업과 기업뿐 아니라 기업과 개인, 남녀노소, 심지어 부모 자식 간에도 발휘되며, '없는 자'를 짓누르는 권력으로 작동한다. 이렇게 보면 불행의 근본 원인은 자본 자체라기보다 자본과 짝패를 이룬 소유의 욕망, 그것을 차지하려는 권력의 문제인 셈이다.

우리의 욕망, 권력의 문제는 어제오늘의 문제가 아니다. 그것은 보편적 동일성의 논리와 연관하여 역사 이래 지속적으로 이어져

왔다. 근대사 이래, 교회의 권위는 국가의 권위로, 국가의 권위는 양심의 권위로 대치되었다. 오늘날의 후자, 즉 양심의 권위는 상식과 여론이라는 익명의 권위로 대치되었고, 이 권위는 다수를 하나로 묶어내는 보편적 동일성의 논리로 작동된다. 동일성의 논리는 고립된 개인, 소수자를 강하게 압박한다.

사회적 자아로서의 인간은 고립에서 벗어나야 하기에 타인과 관계 맺으려 하고, 어디엔가 소속되려고 한다. 시민은 국가, 학생은 학교, 노동자는 기업에 소속됨으로써 그 집단과 자신을 동일시하고 거기서 일체감이나 안정감을 느끼려 한다. 학교에 다닐 때는 좋은 성적을 얻으려 하고, 어른이 되어서는 더 많은 돈과 특권을 얻고자 하며, 더 넓은 집, 더 멋진 자동차를 사들여 여러 곳을 여행하려고 하는 이유도 이 동일시의 욕망에서 비롯된다.

현대 자본주의 사회 안에서 우리는 이 동일시의 '환상'을 품고 살아간다. 자본을 표상하는 돈이 한 푼도 없이, 그래도 행복하다고 말하는 사람이 드문 이유도 여기에 있다. 그러나 이 환상을 쫓을 때 우리는 개체의 자발성을 포기하는 값비싼 대가를 치러야 한다. 설령 생물학적으로는 살아 있다 하더라도 그 감정과 정신이 죽어 있다면 그 삶은 죽어 있는 것과 다름없다. 우리들 다수는 이 사실을 이미 잘 알고 있다. 그럼에도 허상에 도취된 우리는 동일화 논리에 따라서, 정체불명의 미래를 위해, 불확실한 미래의 행복을 위해 현재를 저당 잡힌 채 살아간다. 그래서 도무지 생기가 없다. 이 세계는 얌전하게 죽은 돈들로 넘쳐나고, 사람들은 얌전하게 죽어가고 있다.

그러다 충격적인 사건에 부딪쳐야 스스로 질문하게 된다. 어떤 사고에 의해 몸을 다치거나 심각한 병을 앓게 될 때, 그때에야 생각한다. 내가 이 일자리를 얻고 훌륭한 자동차를 가진다고 해서, 또 이런 여행을 한다고 해서 뭐 그리 대단한가? 이 모든 것을 바라고 있는 내가 진실로 나일까? 그저 다른 이를 위해 살다가 세상을 훌쩍 뜨게 되는 건 아닐까?

일상의 인문학이 중요한 이유도 여기에 있다. 인문학은 우리로 하여금 스스로 질문을 하게 한다. 이대로 괜찮을까? 이 살벌한 경쟁논리 안에서 자신이 살아있음을 느끼지도 못하고, 감정을 교류할 사람 하나 만나지 못하고, 나는 과연 무엇을 하고 있는가? 나는 행복한가? 이 점에서 나를 둘러싼 세계와 내 앞에 놓인 삶의 조건을 좀 더 면밀히 살펴볼 필요도 있을 것이다.

31. 소비의 신화, 자연의 신화?

– 장 보드리야르, 시뮬라르크 · 시뮬라시옹

소비의 시대라는 말도 어느덧 '낡은' 말이 되었다. 사라졌다는 뜻은 아니다. 굳이 주말이 아니더라도 거리를 메우는 사람들을 상상해보라. 줄지어 늘어선 고급 승용차들, 화려한 조명등의 특별한 빛을 뿌리며 우리를 유혹하는 백화점이나 대형마트, 도시의 골목뿐 아니라 시골의 어느 깊은 산속에서도 우리의 발길을 잡아끄는 음식점들… 소비가 사라진 것이 아니라 만연해 있다. 경제가 어렵다거나 살기 힘들다는 말이 거짓말이 아닐까, 의심스러울 정도다.

일찍이 보드리야르(Jean Baudrillard : 1929~2007)도 이 현상에 우려를 표명한 바 있다. 그는 우리가 흔히 '후기 자본주의 사회', '스펙터클 사회', '테크놀러지 사회'라고 부르는 현대사회를 소비사회라고 지칭한다. 주지하듯, 소비사회는 사물의 사용가치가 아니라 교환가치가 지배하는 사회다. 그런데 무엇을 소비하는가, 하는 차원에서 그가 말하는 교환의 의미는 주류 경제학에서 말하는 교환의 의미와 다르다. 마르크스를 비롯한 서구의 주류 경제학에서 교환대상은 상품이고, 이때 중요한 가치는 노동력, 즉 상품을 생산하는 노동 시간이다.

가령, 우리 앞에 물과 보석이 있다고 하자. 이 둘을 비교한다면 당연히 보석이 비싸다. 원석을 깎고 다듬는 노동시간이 많이 투여되기 때문이다. 그러나 보석이 언제 어디서나 비싸게 팔리지 않는다. 물이 귀한 사막에서는 물이 더 비싸게 팔린다. 이러한 원리는 20세기 경제학적 사유를 전환시킨 핵심이었다. 20세기 경제학자들은 수요나 생산의 차원이 아니라 공급에 주목했다. 상품의 가치는 수요가 아니라 공급에 의해 결정된다는 것. 두꺼운 방한복이나 얼음을 북극이나 아프리카에 가서 판다면, 이 두 상품을 어디로 가져가 팔아야 더 잘 팔릴까. 당연히 북극에는 방한복을, 아프리카에는 얼음을 가져가 팔아야 더 잘 팔리지 않겠는가.

보드리야르도 이 소비의 논리에 기대어 있지만, 그가 말하는 소비 개념은 기존 경제학에서 정의한 소비 개념과 다르다. 그가 볼 때, 현대사회는 생산과 소비의 영역을 분명하게 구분하여 설명할 수 없다. 현대사회는 더 이상 생산 차원으로 설명할 수 없고, 소비 역시도 단순한 소비의 차원으로 설명하기 어렵다. 그래서 그는 수요와 공급, 생산과 소비를 둘로 나누는 완고한 구분을 해체한다. 그에 의하면 소비는 더 이상 사물의 기능적 사용 및 소유가 아니고, 개인이나 집단의 위세를 과시하기 위한 것도 아니다. 소비는 커뮤니케이션 및 교환의 체계로서 끊임없이 보내고 받아들이는 기호의 코드이자, 언어활동이다.(장 보드리야르, 2013)

현대사회에서 모든 것은 교환된다. 예전에는 출생, 혈통, 종교의 차이는 교환 가능한 것이 아니었다. 출신 성분이나 계급에 따라 입는 복장 역시도 함부로 소비되거나 교환될 수 없었다. 그러나 현대사회에서는 복장, 이데올로기뿐 아니라, 성(性) 차이조차 소비라는 거대한 연합체 속에서 교환된다. 성직자가 아닌 사람이 성직자의 옷 모양을 본떠 입는 것도 자연스러운 일이다. 요즘 무얼 하며 지내느냐는 친구의 말에 우리는 이전처럼 자신이 생산하는 일이나 직책을 앞세워 설명하지 않는다. 다만 자신이 소비하는 옷, 거주하는 건물, 타고 다니는 승용차로 답한다.

소비는 단순히 소모나 낭비의 차원이 아니다. 다이어트 제품이나 화장품을 사는 일, 성형을 하는 것도 투자를 위한 전략으로 상정된다. 이미지 메이킹image making이라는 말도 있다. 취업을 하려면 화장도 해야 하고, 필요하면 성형도 해야 한다. 이력서에 붙이는 사진을 포토샵으로 보정하는 일은 당연한 일이 되었다. 이제 우리는 자신의 이미지를 관리하고 치장함으로써 자기 존재성을 표현한다. 옷이나 가방, 각종 장신구는 그 자체가 아니라 상징적 가치, 즉 브랜드 가치를 가지며, 우리는 그것을 소유함으로써 자신이 꿈꾸는 다른 모든 가치를 소유할 수 있을 것이라고 믿는다.

그러나 그것은 사실 환상에 불과하다. 사람들이 정말로 꿈꾸는 것은 어떤 성취와 행복, 자유와 같은 실질적인 가치일 터이지만, 그런 가치는 상품이 마련해주지 않는다. 이런 의미에서 우리가 소비하는 제품은 보드리야르에 따르면 시뮬라르크simulacres가 된다. 시뮬라르크는 원본 없는 이미지, 실제로 존재하지 않지만 존재하는 것처럼 만들어진 인공물을 뜻한다. 복제의 이미지가 실재보다 더 실재 같은 극사실적 이미지, 혹은 하이퍼리얼리티hyperréalité.

가령, 시장에서 가판대 앞에 쪼그려 나물 파는 아주머니의 모습을 사진기에 담는다고 하자. 사진에 찍힌 아주머니의 모습은 아주머니가 움직인 한순간을 고스란히 담아낸다. 이때 이미지는 실재를 반영한다. 그러나 디지털 기술을 통해 사진을 보정할 때 아주머니의 모습은 변형되거나 변질된다. 감춤과 드러냄의 조작방식으로 실재를 변형시키는 것이다. 변형된 이미지는 조작을 통해 또 다른 방식으로 형상화되며, 이때 아주머니의 이미지는 실체와 관련 없이 순수한 독자성을 갖게 된다. 이렇게 원본도 사실성도 없이 떠도는 실재를 보드리야르는 순수한 시뮬라르크, 시뮬라시옹Simualtion이라고 한다.

시뮬라르크가 구현되는 사례는 사진이나 가상의 영역에만 한정되지 않는다. 나는 타인을 만나기 위해 화장을 곱게 하고 옷을 단정히 입는다. 얼굴이 환하게 보이도록 표정을 관리한다. 그러나 이것이 내 모습의 전부일까. 깨끗하게 보이는 이미지와 달리 나는 옷을 벗어 아무 데나 던져놓기도 하고 방을 지저분하게 어질러 놓기도 한다. 환히 웃는 모습과 달리 신경질적이고 짜증도 낸다. 이 모습은 이미지화된 나, 시뮬라르크화된 내게서 찾을 수 없다. 시뮬라르크, 하이퍼리얼리티의 세계에서 중요한 것은 실재가 아니라 이미지이고, 이 세계에서 살아가려면 아니 살아남으려면 실재를 부정해야 한다.

이러한 사태를 바라보는 보드리야르의 전망은 비관적이다. 그 안에 진정한 자유가 없기 때문이다. 이미지 소비, 기호의 소비는 자율적인 주체의 자유로운 활동이 아니다. 우리는 사물의 지배를 받는 사물과 같은 존재이고, 이 세계 바깥을 향한 비상구나 출구는 없다. 기호가 지배하는 세계에서 인간의 몸 또한 하나의 기호일 뿐, 더 이상 주체가 가리키는 대상도 실재적 신체도 아니다. 몸은 꾸며낸 것, 심화된 모형으로 조작된 것, 기호로 생산되거나 소비된다.

물론 긍정적인 측면이 아주 없지는 않다. 소비사회는 원시사회처럼 시간 개념도 없고, 적대자도 공동체도 없다. 어떤 면에서 소비의 신화는 자연의 신화와 닮았다. 사람들은 만나고 결합하고 때로 분리되지만 그 시공간의 주체가 될 수 없고, 따라서 서로 구별되는 요소 사이의 관계, 즉 계급이데올로기나 차이는 사라진다. 하지만 개별 인간의 진정한 욕구는 알 수 없고 또 다른 방식의 생활도 찾을 수 없다. 오로지 기호의 발신과 수신만이 존재하는 세계에서 인간은 자신의 욕구와 자신의 노동 생산물을 직시하는 일도 없고, 자기 자신의 상像과 대면하는 일도 없다. 이것은 반성의 부재, 자기 자신에 대한 시각[觀]의 부재로 이어진다. 어쩌면 이것은 현대를 살아가는 우리의 숙명인지도 모른다.

이러한 차원에서 보드리야르는 우리가 점점 더 사물, 대상을 닮아갈 것을, 주체(나)의 환상과 교만을 버릴 것을 제안한다. 또한 세계를 변화시키거나 통제하려는 시도는 소용없는 일이며 우리는 그런 주체의 전략을 포기하고 사물의 전략을 받아들여야 한다고 냉소적으로 말한다.(장 보드리야르, 『숙명적 전략』) 이러한 태도는 4차 산업혁명을 말하는 혁명주의자들에게는 매우 불만족스럽게 느껴지겠지만, 존재와 실존을 고민하는 사람에겐 여전히 심각하게 와닿을 것이다.

이미지, 기호를 소비하려고 하면 할수록 현실의 자리는 기호체계가 대신할 거라는 그의 말은 이미 현실이 되었다. 현실과 가상세계를 구분하지 못하는 수많은 젊은이들, 시뮬라르크와 같은 돈을 숭배하고 그것이 사회적 지위를 대신한다고 믿는 기득권층들…… 누가 이 '시뮬라르크'의 독주에 제동을 걸 수 있을까.

32. 스펙터클 환상과 문학예술
- 기 드보르, 아브젝트와 액티비티

스펙터클spectacle은 친숙한 용어다. 우리는 이 말을 흔히 영화를 볼 때 사용한다. 영화에서 이 말은 보는 이를 압도하는 장관, 흥미진진한 액션 등의 구경거리를 제공하고 많은 수의 배우가 등장하는 대작을 뜻한다. 최근에는 규모와 무관하게 특수효과로 시각적인 눈길을 끄는 경우에도 이 용어를 쓴다. 자본주의 사회에서 특수효과는 화려하고 매혹적인 볼거리를 보여주는 수단으로 사용된다. 현실보다 더 현실 같은 거대한 볼거리로서의 환상을 만들어내고, 사람들로 하여금 그 속에 빠져들게 한다. 이 문제에 주목하여 스펙터클 사회를 처음으로 언급한 것은 기 드보르(Guy Ernest Debord : 1931~1994)로 대표되는 상황주의 인터내셔널situationist international 그룹이다.

상황주의자의 대표 격인 드보르는『스펙터클의 사회』(1967)(기드보르, 1996)에서 보이는 것 위주의 자본주의 사회를 삶에 속했던 모든 것이 표상으로 물러난, 거꾸로 뒤집혀져 있는, 더 이상 직접 파악될 수 없는, 사람들이 이미지를 바라봄으로써만 파악될 수 있는 세계라고 본다. 실제적 체험이 아니라 추상적 이미지가 지배하는 세계. 상황주의자들이 스펙터클을 돌파하는 방법으로 가장 중요하게 생각한 것은 예술이었다. 그들의 생각은 1961년 작 <분리비판>이라는 단편영화에서 극명하게 드러나는데, 영화 중반 이후 화면은 어떤 대상도 필름에 재현되지 않으며 44초 동안 오직 내레이션을 제외한 오직 검은 화면으로만 지속되는 장면을 보여준다. 이를 통해 이미지에 함몰된 사람들의 의식을 깨우려 했던 것이다.

그러나 우리의 예술은 어떤가. 스펙터클에 포섭되어 상품화되고 있지는 않은가. 곳곳에서 열리는 지역 축제를 떠올려보라. 예술작품을 공연하는 무대가 얼마나 많은가. 예술인들은 문화발전이란 미명하에 지역 행정관과 연합하여 예술축제를 기획하고, 풍성한 볼거리를 동반한 광고를 통해 사람들의 시선과 발길을 이끈다. 여기에 문학까지 가세하고 있다. 기장에서 열리는 갯마을 축제니, 봉평에서 열리는 메밀꽃 축제니 전국에서 열리는 축제는 문학작품을 중심으로 기획된 것이 많다. 시화전뿐 아니라 시낭송 공연을 기획하여 볼거리를 제공하는 축제는 갈수록 그 양이 많아지는 추세이다.

이미지 과잉의 시대에 발맞춰 문학도 자기 진로를 모색해가고 있다고 긍정적으로 볼 수도 있다. 그러나 다른 각도로 보면, 이 현상은 심각하다. 문학이 볼거리에 굴복하여 한갓 눈요깃거리로 전락해가고 있다는 느낌마저 든다. 근대적 의미에서 예술이 적대해야 했던 것이 언제나 상품이었다는 사실을 기억해보자. 문학예술이 적대시하는 것도 바로 인간의 상품화 아닌가. 작가들은 이런 문제의식에서 작품을 생산하지 않는가. 많은 작가들은 우리가 가치 있다고 여겨온 것들이 정말 가치 있는지, 그것이 우리를 더 힘들게 하는 요소로 작용하지 않는지, 이런 의심과 질문 속에서 스스로를 되돌아보고, 그것을 작품으로 만들어 독자들에게 생각할 여지를 마련해준다. 그런데 축제에 편승한 문학이 과연 이 역할을 다 할 수 있을까?

1960년대 말에 던진 드보르의 테제는 어쩌면 지금 이 시대 우리에게 던지는 말인지도 모른다. 그가 중요하게 생각했던 '상황주의'를 잠시 살펴보면, 상황주의는 주어진 조건(object)에서 능동성(activity)을 발휘해야 한다는 마르크스의 교훈에서 출발했다. 마르크스는 노동자들을 위한 투쟁의 방법으로 이 말을 썼다. 그러나 드보르는 기존 좌파와 다른 길을 걷는다. 내가 서 있는 현실적 조건, 이 상황을 넘어섬을 강조할 때, 이 조건 안에는 노동자뿐 아니라 다양한 사람들이 포함된다.

이것은 프랑스에서 68혁명이 일어난 바탕이기도 했다. 68혁명은 드골 정부와 기득권 세력이 지향하는 경쟁교육에 저항하면서 시작됐다. 혁명의 주축 세력은 당연히 고등학생 및 대학생을 포함한 학생들이었다. 여기에 노동자들도 가세했다. 경쟁교육을 통해 이득을 얻는 것은 결국 자본가이다. 자본가는 자본을 통해 노동자를 용이하게 기를 수 있고, 저임금의 기초를 유지할 수 있다. 학생들의 시위에 노동자들이 총파업으로 가세했던 것도 이런 이유에서였다.

이 대열에 동참한 사람은 학생과 노동자만이 아니다. 사회 내에서 소외되어 있던 사람들, 즉 식민지 민중, 여성, 유색인종 등이 각자 발언권을 요구하면서 참여하고 연대했다. 이들은 서로 다른 삶을 살았지만, 경쟁이라는 주어진 조건은 같았기에 연대하여 대항할 수 있었다. 이 혁명에 가장 큰 영향을 끼친 인물이 바로 드보르였다. 그가 『스펙터클의 사회』를 비판하고 나선 것은 좌파 이론의 공백을 메우려는 시도였다. 당시 프랑스 정부의 제1당인 공산주의자들은 억압받는 자들을 위해 억압을 없애주겠다고 자임했지만, 그들에 대한 믿음은 시민들에게 결국 배신으로 돌아갔다. 이 상황 속에서 드보르의 글은 많은 사람들에게 힘이 되었다.

드보르는 1966년 「학생의 삶의 빈곤에 관하여」에서 기존의 공식 좌파가 안중에 두지 않았던 학생의 상황에 대하여 혁명적 비판을 감행했다. 그가 주목한 것은 자본주의가 스펙터클을 종교화하는 상황이다. 그가 보기에 스펙터클은 단순한 이벤트가 아니라 마르크스가 말한 상품, 자본과 같다. 자본가를 살찌우는 자본. 현재 우리가 즐기는 축제를 드보르의 시각으로 보면, 스펙터클'적'이긴 하지만, 진정한 스펙터클은 아니다. 스펙터클은 대상을 창조·생산하고 그 과정에 대중을 참여시키기보다는 그저 대상을 돈 주고 사게 만든다. 볼거리를 제공하여 소비하게 하는 것이다.

노동자를 수동적인 소비자의 위치로 전락시키는 것도 스펙터클의 위력이다. 한 달 내내 공장에서 일하는 노동자는 자신이 만든 생산품뿐 아니라 돈에서도 소외된다. 스펙터클은 이런 소외된 자의 시·공간적 지도를 가리키는 것인데, 드보르에 의하면 "스펙터클은 화폐의 다른 측면이다. 스펙터클은 사람들이 단지 바라보기만 하는 화폐.(#49)" 그저 바라보기만 하는, 정확하게 말하면 그저 바라볼 수밖에 없는, 아니 그러한 바라봄이 강제되는, 그래서

도저히 다가가려 해도 다가갈 수 없는 세계.

　문학 축제장에서 전시된 시화를 감상하는 사람들은 시를 감상한다기보다 구경한다. 그 앞에 오래 머물지도 않는다. 흘낏 쳐다보며 지나간다. 그만큼 스펙터클에 길들여져 있다는 증거다. 무대 위에서 시낭송을 하는 장면을 보는 관객의 시선도 일종의 스펙터클한 시선이다. 스펙터클은 참여, 상호작용, 대화를 거부한다. 삶을 이미지로 바꿔치기하고 일상을 이미지 세계 안으로 끌어들인다.

　드보르는 스펙터클 시대의 특징으로 테크놀로지의 끊임없는 갱신, 경제와 국가의 융합, 일반화한 비밀, 반박할 수 없을 정도의 허위, 영원한 현재 등 다섯 가지를 들고, 뒤의 세 가지 특징은 앞의 두 가지 특징의 직접적 결과라고 생각한다. 그에 따르면 비밀은 스펙터클의 배후에 존재하지만 스펙터클이 진열, 전시하는 여러 대상들의 결정적 보완물이고 가장 중요한 작용이다. 그는 심지어 우리 사회는 이 비밀 위에 구축돼 있다고까지 한다. 한마디로 날조의 세계-화, 세계의 날조화, 이것이 스펙터클 사회의 특징이다.

　그 안에서 살아가는 우리의 삶은 너무나 고통스럽다. 실업을 포함한 다양한 문제들이 산재해 있다. 일상은 때로 구질구질하고 우울과 고통과 통증을 동반한다. 드보르의 『스펙터클…』은 이런 생생한 아픔이 볼거리로 변한 상황, 그리고 그러한 상황적 조건을 만든 자본주의 사회에 대한 비판적 관심에서 나왔다. 우리가 바로 그 시대를 살고 있다면, 스펙터클이 우리의 실제적 삶을 잊게 하고, 이미지와 표상에서 삶의 의미를 찾으려는 사람들이 득시글거린다면, 문학은 과연 무엇을 어떻게 말해야 할 것인가?

스펙터클에 점령당해 있다고 한탄할 것만은 아니다. 드보르는 스펙터클을 점거하는 전략을 수립해야 한다고 한다. 이 작업은 당연히 비밀, 사기가 지배하는 스펙터클의 사회를 폭로하는 일에서부터 출발해야 한다. 스펙터클을 최초로 옹호한 맥루한의 "지구촌"의 허구성, 스타벅스, 맥도날드, 피자헛 등 내가 있는 이곳이 어디인지를 잊게 해주는 세계화의 물결, 신자유주의 또한 드보르식으로 말한다면 날조의 세계화에 지나지 않는다.

따라서 우선은 질문부터 던져볼 필요가 있다. 우리에게 주어진 이 조건(object)에서 어떻게 능동성(activity)을 발휘할 수 있을까. 문학 축제니 예술 공연이니 하는 것이 과연 우리의 새로운 생활양식인가. 우리가 언제부터 그런 것을 원했는가? 문학이 축제와 연합하여 스펙터클 이미지를 생산하는 일은 문학의 존립 근거를 위협하는 자살골과 다르지 않다. 자본주의 스펙터클이 현실적 삶을 은폐하고 개인을 이미지로 허구적으로 통합한다면, 문학예술은 이러한 통합에 반대해야 한다. 축제화된 예술을 재고하고 독자와의 소통방식도 고민하는 가운데 삶의 진정성을 찾는 투쟁을 지속해야 한다. 그리하여 궁극적으로는 자본주의 아래서 상처받은 사람들, 그 해체된 얼굴을 마주하도록 해야 할 터이다. 그래야만 스펙터클에 사로잡힌 우리의 발목에 최소한 통증이라도 느껴질 것 아닌가. 살아있다는 것은 통증을 감각하는 일 아닌가.

33. 그 많은 놀이들은 다 어디로 갔을까?
— 막스 베버, 자본주의 윤리

　어린아이들은 놀이에 익숙하다. 나도 다양한 놀이를 하면서 성장했다. 고무줄놀이, 소꿉놀이, 씨(돌)차기, 자치기…. 그렇게 놀면서 셈하는 법을 배우고 사회성도 익혔다. 예전엔 어른들도 놀면서 일을 했다. 모를 심거나 밭을 갈면서 노래를 불렀고, 농한기에는 마을 사람들이 함께 어울려 장구를 두들기며 춤을 추었다. 삶은 곧 놀이였고, 놀이는 노동과 구분돼 있지 않았다. 다르게 말하면, 문화 안에 놀이가 있는 게 아니라, 놀이 안에 문화가 있었던 것이다.

　서양도 크게 다르진 않았던 것 같다. 사실 철학도 놀이에서부터 시작되었다고 해도 과언이 아니다. 지혜 겨루기(수수께끼 맞추기) 놀이가 곧 철학의 시작 아닌가. 중세까지 서양에서 바람직한 인간상을 말할 때도 놀이와 관련된다. 중세 서양에서 인간상은 전사형 인간이다. 그러나 이때 전사는 놀이하는 인간에 가까웠다. 당시까지 개인 간의 문제는 결투로, 집단 간의 문제는 전쟁으로 해결하려 했다면, 이때 전쟁은 대개 선전포고부터 하고 시작했다.

전쟁 중에 어느 한편에서 휴전을 요청하면 잠시 멈추고 기다려줄 줄도 알았다. 이 규칙을 어기면 명예롭지 못한 것으로 생각했다. 그러니까 중세까지 서양의 전쟁은 스포츠처럼 어떤 규칙을 지키며 치른 셈이다.

그러나 근대화가 시작되면서 놀이와 같은 전쟁 규칙은 사라졌다. 1,2차 세계대전은 그 예다. 비행기에서 투하하는 폭탄이나 한 순간에 다수를 죽게 하는 각종 무기는 상대편의 입장을 고려하지 않는다. 선전포고도 물론 없다. 이 전쟁을 경쟁과 연결한다면, 근대적 경쟁은 중세적 경쟁과 다르다. 근대 자본주의 사회에서 경쟁은 상대편이 일어설 수 없도록 짓밟아야 하고, 싸워서 이겨야만 살아갈 수 있게 된다. 이 전쟁은 몸으로 하는 전쟁이 아니다.

몸으로 하는 전쟁은 감정이 표출되고 우발성이 개입된다. 그러나 근대는 이성을 중시하고, 그것은 합리성, 분석성, 실용성에 기반한다. 합리적 이성은 중앙집권화 과정을 거치며 더 중요시된다. 중앙집권화 과정에서 중세까지 있었던 영주의 사병은 국민의 군대로 편입되고, 지방의 일부 사병들은 궁정의 가신이 되었다. 이 때 궁정의 문제는 전사형 인간들을 어떻게 길들일 것인가 하는 것이었고, 이 문제를 해결하는 데 필요한 것은 감성이 아니라 이성이었다. 이성으로 감성을 통제하는 것.

우선 전사가 가신이 되려면 인성이 바뀌어야 했다. 몸싸움이 아니라 머리, 즉 지략이 뛰어나야 했고, 사건의 인과관계, 그리고 타인의 심리에 대한 이해 능력이 탁월해야 했다. 따라서 쉽게 흥분하거나 감정을 표출하는 행위는 삼가야 했다. 이 과정에서 인간의 성격은 섬세하게 바뀌었다. 어떤 와인이 좋은지 맛보는 혀를 가져야 했고, 그림을 볼 줄 아는 안목을 가져야 했고, 점잖은 궁정 어법을 사용해야 했다. 이때부터 외향적(전사적) 인간은 내성적(생각하는) 인간으로, 분석적이고 냉철한 직업인으로 변화되기 시작했다.

「프로테스탄티즘의 윤리와 자본주의 정신」을 쓴 막스 베버Max Weber의 말을 빌리면, 근대 자본주의 정신을 갖는 데 중요한 역할을 한 것은 중세적 프로테스탄트의 윤리이다. 중세 가톨릭교회 사람들은 잉여생산물을 모두 교회에 소비했다. 이것이 교회의 사치와 과시 풍조를 낳았고, 종래에 종교개혁이란 사건을 불러왔다. 그러나 프로테스탄트의 윤리는 자본주의 정신에 남아 있다.

근대 자본주의 직업 정신은 중세 가톨릭의 수도원 생활양식을 기반으로 한다. 수도원에서는 길쌈을 하는 사람은 길쌈을 하고, 성경을 필사하는 사람은 필사를 하며, 밭을 가는 사람은 밭을 갈았다. 그 일이 신에 대한 봉사, 즉 소명이라 생각했고, 신의 사업을 위해 근면하고 성실하게 일해야 했다. 그래야 천국에 간다고 믿었기에, 사람들은 놀지 못했다. 근대 자본주의는 이 모델을 차용하여 근면과 성실을 앞세운다. 그것은 금욕 생활과 이윤 추구로 이어진다. 중세 가톨릭과 다른 점은 잉여생산물을 다른 데 투자해서 확대 재생산을 하는 것이다.

개신교의 직업윤리, 혹은 자본주의 정신에 따라 일하는 사람은 아무리 많은 돈을 벌어도 편안하게 쉴 틈이 없다. 한국 근대의 주역으로 꼽히는 현대그룹의 고 정주영 회장은 한 번 산 구두를 5년씩이나 신고 다녔다고 한다. 물론 일면에 불과하겠지만, 금욕을 통한 자기 절제, 이성으로 감성을 통제한 근대성을 짐작하게 하는 데는 충분한 사례일 것이다.

하지만 누구나가 이렇게 자신을 통제할 수는 없다. 본디 감정이 앞서는 인간은 이성적이고 합리적인 동물이 아니다. 과연 무엇으로 통제할 수 있을까? 가장 강력한 힘은 권력을 향한 욕망일 것이다. 권력에 대한 욕망은 하나를 포기함으로써 더 큰 권력을 얻을 수 있다는 믿음을 갖게 하고, 이것은 인간을 상인 모델로 변화시키는 데 중요한 역할을 했다.

그 특성을 가장 잘 보여주는 나라가 일본일 것이다. 일본인들에게 스미마셍すみません이란 말은 자연스럽다. 그들은 물건을 파는 과정에서 손님과 승강이가 벌어지면 열 번이고 백번이고 죄송하다는 말을 한다. 민망함은 순간이지만 이익은 영원하기 때문이다. 이와 달리 한국인들에게는 오래도록 야성이 남아 있었다. 한국인들은 손님이 어떤 문제를 끝까지 물고 늘어지면, 사과를 하다가도 물건을 팽개치고 손님과 싸우는 습성이 있다.

그러나 그 야성은 최근에 올수록 사라지고 있다. 호모 루덴스 Homo Ludens에서 호모 사피엔스Homo sapiens로, 다시 호모 에코노미쿠스 Homo economicus로 변화하는 과정에서 한국인들도 세계를 철저하게 분석하는 경제인으로 바뀌었다. 그 과정에서 야성, 혹은 자기 욕망을 잃어버린 경제인들은 놀고 싶어 하지도 않는다. 특근하면 임금을 더 올려준다는 기업주의 말에 주말 동안 여행을 떠나려던 마음도 바꾼다. 자본이 인간의 정신을 바꾼 셈이고, 그 자본을 다르게 산업화란 괴물이라고 말할 수도 있을 것이다.

산업화란 괴물은 우리의 모든 놀이를 삼켜버렸다. 농사를 짓던 다수의 사람들은 도시로 몰려가 직업인이 되었고, 지각하면 봉급을 깎는다는 기업주의 말에 시간을 정확히 지키게 되었다. 시ㆍ분ㆍ초까지 정확해야 하는 시간은 친구와 만남을 약속할 때도 따지게 된다. 이렇게 쫓기듯 살아가는 과정에서 놀이뿐 아니라, 상상할 공간마저 사라져버렸다.

이제는 사색과 상상의 공간인 자연도 물리적 대상으로만 여겨진다. 산과 들은 '건강'을 위한, 혹은 힐링healing이란 어떤 목적을 두고 꾸며진다. 산 초입에서 흔히 볼 수 있는 목재 생산효과 얼마, 산소 생산효과 얼마 등의 표지판은 사람들에게 산을 오르면 건강해지겠구나, 하는 생각을 하게 한다. 이를 통해 등산객을 끌어들인다. 길도 마찬가지다. 지역자치단체에서는 올레길이니, 둘레길이니 하는 이름을 붙여 관광객을 끌어들이고 수익금을 벌어들인다. 이렇게 자본이 꾸며내는 길 위에서 서성거리는 사람들은 자연과 대화하거나 사색하지 않는다. 사색하며 편히 쉬거나 놀 곳은 이제 어디에도 없다.

물론 굳이 찾으려면 아주 없지는 않다. 사람들은 컴퓨터로 일하는 동시에 놀이도 한다. 가상공간에서 일하고 가상공간에서 논다. 페이스북, 카카오스토리…, 그러나 이 공간을 사용하려면 앱을 깔아야 하고 매월 일정한 수수료를 지불해야 한다. 과연 돈을 벗어나 놀 수 있는 공간은 어디 있을까. 놀이 안에 문화가 있는 게 아니라, 문화(=문명) 안에 놀이가 존재하는 지금, 어릴 적에 하던 그 많던 놀이들은, 놀이하는 인간은 다 어디로 사라진 걸까.

34. 한국사회와 집단의식
– 피에르 부르디외, 아비투스

　사람은 저마다 취미가 다르고 성향이 다르다. 좋아하는 음식, 옷, 색깔, 향기는 결코 같을 수 없다. 어떤 이가 배꼽을 잡고 웃는 개그라 할지라도 어떤 이는 시큰둥하게 반응할 수 있다. 즐겨 듣는 음악도 다르다. 김광석의 노래를 즐겨 듣는 사람도 있고, 아이돌의 노래를 즐겨 듣는 사람도 있다. 트로트, 클래식, 발라드, 힙합 등 선호하는 장르도 다르고, 음악보다는 가수의 외모를 더 중요하게 생각하는 사람도 있다.

　그런데 흥미로운 것은 그 개인의 취향이라는 것이 결코 개인의 것만이 아니라는 점이다. 아이돌의 음악을 좋아하는 사람은 대개 젊은 층에 속하고, 김광석의 노래를 좋아하는 사람은 김광석이 노래를 불렀던 그 시기를 함께했던 사람들이다. 이렇게 본다면, 개인의 취향은 시대별, 혹은 세대별로 공통성을 띠고, 그 공통성은 개인이 속한 사회나 계층(계급)에 근거를 두고 있다고 할 수 있다.

　프랑스의 사회학자 피에르 부르디외(Pierre Bourdieu; 1930-2002)는 이런 경향을 아비투스라는 개념으로 설명한다. 아비투스Habitus란 인간의 사고, 정서, 행동방식을 통칭하는 개념인데, 부르디외는 이것이 집단성을 띠고 드러난다고 한다. 인간은 모두 사회적 무의식 구조를 공유하고 있어 유사한 집단끼리 동질의 아비투스를 형성한다는 것인데, 이 말은 우리를 객관적으로 이해하는 데도 도움이 된다. 한국이라는 집단 속의 나, 혹은 개별 '나'가 모인 한국이라는 집단.

혼히 우리는 스스로를 '한국 놈들은 이래서 안 돼' 하며 비하한다. 때로는 떼놈들, 쪽발이놈들, 양놈들 하면서 외국인을 비하하는 방식으로 자신을 추켜세우기도 한다. 그렇다면 외국인들은 한국인을 어떻게 바라볼까? 특히 서양인들은 한국인들을 위엄 있고 품격 있는 존재로 생각하지 않는다. 서양은 동양인 자체를 개화시키고 문명화시켜야 할 열등한 대상으로 인식할 뿐이다. 서구 문명을 일찍 받아들였던 일본이 한국인을 바라보는 시각도 마찬가지다.

개화기 때, 일본인이 바라본 조선인은 더럽고 게으른 대상이었다. 그도 그럴 것이, 농경시대 조선인의 신체는 자연의 시간에 맞춰져 있었기 때문이다. 해가 뜨면 일하고, 해가 지면 잠들었던 우리 선조들은 일찍 추수를 할 수도 없다. 햇볕이 뜨거울 만큼 뜨거워야 곡식이 익고, 곡식이 익은 다음에야 추수할 수 있기에 일을 서두른다고 되는 것이 아니었다.

일본인은 이러한 조선인을 위생관념이 부족하고 시간관념도 없다고 인식했고, 근대화라는 명분으로 개조시키려 했다. 농사짓던 사람을 탄광에 끌고 가고, 공장에 끌고 가 자연적 신체를 갖고 있었던 조선인들을 기계적 신체로 개조하기 시작한 것이다. 물론 일제의 근대화는 자본주의적 임노동이 아니라 노예에 가까운 것이었기에 본격적인 근대화라고 볼 수는 없다.

주지하듯, 한국의 근대화는 1960년대부터 본격화되었다. 그 주역은 박정희, 김일성이다. 물론 자본주의, 사회주의 이념에 토대를 둔 것이기에 그 방식은 사뭇 다르다. 그러나 자연적 신체를 기계적 신체로 만드는 과정을 통해 산업화에 성공했다는 사실은 크게 다르지 않아 보인다.

남한 사회에서 기계화된 최초의 집단은 군인이다. 소총, 항공기, 지프차 등을 몰 수 있었던 군인들은 삶의 양식도 기계처럼 바뀌기 시작했다. 군사문화가 기계적 신체를 만들어냈고, 이것은 전사형 인간상을 만들어내는 데 지대한 역할을 담당했다. 7, 80년대까지만 해도 고등학교 수업과정에는 교련수업이 있었다. 남학생뿐 아니라 여학생들도 교련 수업을 했다. 이런 인식의 잔재는 지금도 남아있다. 요즘도 초등학교에 입학하면 제일 먼저 하는 것이 '앞으로 나란히' 오와 열 맞추기 아닌가.

어떻든 이렇게 확산된 전사형 인간은 80년대까지 이어졌다. 흔히 말하는 산업전사, 반공전사, '싸우면서 일한다'는 남한의 근대화 구호이다. 새마을운동은 그 대표적인 예다. 새마을운동의 기본 정신은 근면, 자조, 자립이다. 그런데 국가가 주도한 사업, 새마을운동이라는 깃발을 꽂고 똑같은 일을 해야 했던 일터에서, 개개인의 진정한 자조, 자립이 가능할까.

북한도 다르지 않다. 남한에서 새마을운동이 있었던 것처럼 북한도 천리마운동, 새벽별보기운동 등을 통해 자유로운 방식으로 일해 온 농민들을 기계처럼 길들였다. 남북은 각자 다른 방식으로 사람들을 길들였고 산업화에 성공한 것이다. 이후 남한은 정보화 사회로 접어들었지만, 북한은 아직 그 단계로까지 나아가지 못했다. 다만 기계화된 신체를 활용하여 각종 매스게임, 아리랑축제를 열고, 이것을 문화 콘텐츠화하여 관광객을 끌어들이는 듯 보인다.

80년대까지 남북의 근대화 방식, 즉 인간을 길들이는 방식은 대동소이하다. 남한이 표방한 자본주의도 진정한 자본주의가 아니었다. 자본주의적 근대화는 권력을 시장에 맡기는 것이다. 그러나 80년대 말까지 권력은 국가에 있었다. 일본의 차관 도입, 베트남 참전, 서독 광부 파견 등 국가가 주도하여 자본을 축적한 것이다. 개인은 수출역군, 산업전사로서 국가가 하는 일에 참여하여 외화벌이에 힘써야 했다. 그러나 국가주도의 경제발전은 한계에 부딪칠 수밖에 없다. 개인보다 전체가 강조되는 사회에서 개인은 억압될 수밖에 없고, 억압은 저항을 불러오기 마련이다. 전태일 분신자살 사건, 사북사태 등은 억압을 견디지 못해 일어난 저항의 예다.

전두환 정권이 등장하게 된 계기도 이와 무관하지 않을 것이다. 전 정권이 정부를 장악하게 된 계기도 유신체제의 억압에 대항하는 움직임들이 있었기에 가능했다. 물론 그는 그 틈을 이용해 권력을 쥐게 되었지만, 그것은 그 당시의 균열이 없이는 결코 가능한 것이 아니었다. 흥미로운 것은 80년대 사회 분위기가 아주 부정적이지는 않았다는 점이다. 그 무렵만 해도 젊은이들은 꼭 대학에 가지 않아도 되었고, 공고 상고만 졸업해도 쉽게 취업할 수 있었다고들 말하기도 한다. 그러나 정작 노동 현장이나 삶의 현장에서 경험하는 억압은 말할 수 없이 컸고, 그것은 남녀 노동자, 빈민 등을 분연히 일어나게 했다. 87년 민주화운동은 민중이 역사의 주체라는 것을 알리는 계기였다.

이후 90년대부터 부각된 탈근대적 사유는 자유로운 삶, 주체로서의 개인을 외치게 했다. 그러나 우리 삶은 여전히 근대, 아니 전근대적이다. 서양에서 말하는 근대란 국가와 구별되는 자율적인 인간을 의미하며, 이때 인간은 곧 남성을 의미한다. 한국에서 강조되는 것 역시 남성적 이데올로기, 즉 충, 효다. 이것은 남과 북이 동일하다. 북한에선 김일성을 어버이라 부르고, 남한에서도 국부, 국모라는 말이 남아 있다. 문화상품으로 만들어진 영화 <명량>, <국제시장>은 그 하나의 예일 것이다. 충, 효가 강조된다는 건 전근대적, 봉건적 가부장 인식이 그대로 남아 있다는 뜻이다.

물론 '닭 모가지를 비틀어도 새벽은 온다'는 문민정부를 지나, 지식기반사회라는 기치를 내건 또 다른 정부를 거치면서 세상은 많이 바뀌었다. 시장이 경제를 주도하면서 개인이 저항해야 할 대상, 투쟁 대상은 모호해졌다. 시장은, 기업은 저항할 수 있는 존재가 아니다. 기업에 저항한다는 것은 곧 실직의 상태를 의미하는 것이기에 사람들은 그야말로 알아서 기어야 한다. 이때 주체는 인간이 아니라 자본이다.

자본은 인터넷 기계 기술과 연합하여 인간의 신체를 새롭게 바꾸었다. 컨베이어벨트 앞에서 일하던 사람들은 컴퓨터 앞에서 일해야 하고, 몸으로 노동하던 사람들은 정신적 노동에 시달리게 됐다. 산업사회에서 정보화 사회로 진입한다는 것은 우리 사회가 선진국 대열에 진입한다는 뜻이기도 하지만, 삶이 그만큼 더 힘들어졌다는 뜻이기도 하다. 정보화 사회를 심리학 권하는 사회라고 말하는 것도 우연한 일이 아니다.

그러는 사이, 또 한 번 정권이 바뀌고 창조라는 말이 부각되기 시작했다. 창조 한국, 창조 경제, 이런 단어가 떠오르면서부터 학교 밖에서는 인문학 강연이 성행하고, 각 대학에서는 창의적, 인문적이란 단어를 이용한 과목들이 만들어졌다. 그러나 정부가 혹은 우리 사회가 요구하는 창의력은 학교에서 발현되기 어려워 보인다. 동일화되고 획일화된 수업, 성적을 통해 인재를 위계 서열화시키는 공간에서 어떻게 창의력이 발현될 수 있나. 창의력을 실현하려면 어쩌면 학생들은 대학을 그만두어야 할지도 모른다.

사물을 깊이 들여다보고, 다르게 생각하고, 다르게 만들어볼 시공간이 필요하다. 정부는 이를 위한 인프라를 마련해야 한다. 국가가 주도하는 시스템이 아니라, 시민사회 자율에 맡겨야 하고 자율적으로 뭔가를 할 수 있는 시스템을 만들어야 한다. 그런데 더 큰 문제는 우리들 개인의 정서 구조가 여전히 국가주의에 머물러 있다는 것이다.

다수 개인은 국가의 명예를 중시한다. 축구선수 박지성이 맨유에서 게임을 할 때, 응원하는 대상은 개인 박지성이 아니라, 국가 대표로서의 박지성이다. 또 다른 하나는 천박한 시장주의다. 말할 것도 없이 모든 것을 돈으로 환산하고 평가한다. 위계질서 역시 여전히 강고하다. 사람을 평등하게 보는 것이 아니라 위아래를 따진다. 자신을 중심으로 등호 부등호를 만들고 자신보다 힘 있는 사람 앞에서는 비굴하게 숙이고, 힘없는 사람은 짓누르고 억누른다. 나이로 누르고 집 평수로 누르고 자동차로 누른다.

이렇게 보면, 우리 사회, 정치, 문화는 여전히 전근대적 전체주의적 성향을 띠고 있다. 그 전체 안에 깃든 것은 이기주의다. 우리는 필요에 의해 뭉치지만, 여차하면 자기 살길을 찾기 위해 단체를 떠난다. 자신이 살기 위해 남을 짓밟고 폭력적 현실을 목도하더라도 외면한다. 그러나 알아야 한다. 그 행위가 언젠가 자신의 일로 고스란히 돌아올 수 있음을. 얼마 전에 있었던 남북 정상 회담은 가히 역사적인 사건이었다. 다수의 시민들이 감격하고 미래의 가능성을 기대하며 눈물을 흘렸다. 그러나 아직 장밋빛 미래를 말하기엔 성급하다. 또 어떤 방향으로 흘러갈지……

지금 우리에게 더 필요한 것은 국가주의가 아니라 자율적 주체로서의 개인이 아닐까 싶다. 국가와 개인을 구별하고 객관적으로 비판할 수 있는 개인. 내 이웃의 문제가 곧 나의 문제임을 인식하고 그 문제를 함께 풀어가려 고민하고 연대할 개인. 탈근대 시대에 강조되는 감성, 감각, 차이의 인식은 그래서 더 중요하다. 이쯤에서 더 고민해보아야 한다. 과연 무엇을 버리고 무엇을 취해야 할 것인지.

한국인 개개인은 감성이 풍부하다. 남의 일인데도 분노할 줄 안다. 우리가 독재정권과 맞서 싸워낸 것도 이런 감정이 있었기 때문이다. 우리는 국가라는 집단 논리에서 놓여날 필요가 있다. 결코 국가 자체를 무시하자는 것은 아니다. 다만, 국가주의에 집착하는 인식을 좀 내려놓자는 것이다. 애국이란 게 뭐 별건가. 각자 자신의 자리에서 자기 일을 즐겁게 하면서 새로운 무엇을 만들어내는 것. 그 과정에서 얻은 수익의 일부를 세금으로 내어 함께 나누는 것, 그리고 이웃의 일을 돕는 것. 그것이 곧 애국 아닌가.

개인은 자유롭게 사랑할 권리가 있고, 국가는 개인이 자유롭게 살아갈 시스템을 마련할 의무가 있다. 국가가 주도하는 사회가 아니라, 개인들이 자율적으로 사랑하고 연대하며 자신이 추구하는 그것을 생산해낼 수 있는 사회가 되어야 한다. 그렇게 될 때 사회는 좀 더 건강하고 부강한 사회, 그런 국가로 거듭날 것이다.

35. 진정한 진보란?
– 보수와 진보의 가치

　집단의 가치가 만들어낸 이념의 뿌리는 참으로 질기다. 한국전쟁 이후 좌우로 갈라졌던 이념 대립은 요즘도 계속되고 있다. 지금이 7, 80년대인지, 2000년대인지도 헷갈릴 지경이다. 하긴 수백 년, 아니 수천 년 전에도 존재했다는 사실을 감안하면, 이 대립은 이름과 빛깔만 달리할 뿐 오래전 과거와 한 치도 달라진 게 없다. 바뀐 게 있다면, 오늘날엔 일반 시민들도 여기에 휩쓸려 서로 반목하고 있다는 점인데, TV나 SNS를 보다가 아, 탄식할 때가 한두 번이 아니다. 좌파 우파가 다 무언가? 좌파를 진보, 우파를 보수라고 한다면, 이 시대에 진정한 진보 혹은 보수가 있을까?

　한국적 사고의 한 방식인 유학에 기대어 생각해보자. 유학자들이 중요하게 여기는 것은 출세하여 이름을 떨치는 입신양명이다. 자신을 수양하여 집안을 일으켜 세우고, 나라를 다스리는 일[修身齊家治國平天下]. 이것이 공자 이래 유학의 큰 모토였다. 제사를 지낼 때 지방에 쓰는 학생부군신위學生府君神位에도 이 의미가 담겨 있다. 관직에 든 사람, 이름을 떨치지 않은 사람 이름 앞에 학생이란 말은 쓰지 않는다. 어떻든 이 사고 안에는 출세라는 인정 욕망이 놓여 있다. 유학자들은 당대뿐 아니라, 후세에도 인정받기를 바라며 많은 폐단을 낳았다.

조선조의 열녀문은 그 한 예다. 열녀문이 세워진 가문은 몇 대에 걸쳐 벼슬이 주어진다. 그래서 자식이 병약하면 일찍 결혼을 시켜 며느리를 희생시키기도 했다. 후세에도 이름을 떨치기 바랐던 유학자들은 혁명을 꾀하지 않았다. 간신으로 기록되고 싶지 않았기에 기존 통념을 따랐다. 조선 중기 이후 양반들이 나라가 위기에 처했을 때 나서지 않았던 이유도 이 때문이다. 이 경향은 일제강점기를 거치며 더 굴절된다. 일제 때나 민주화 시기에 항거, 항쟁을 시도한 사람은 언제나 역사서에 기록되지 않은 농민, 상민, 노동자, 학생들이었다. 물론 모든 지식인이 다 물러나 있었다는 것은 아니고, 유학 자체도 나쁘다고 할 순 없다.

유학은 살신성인殺身成仁을 강조한다. 조선 중기까지만 해도 이 정신을 실현한 양반들이 있었다. 전쟁이 나면 가장 먼저 적진에 나가고, 끝나면 전사자나 부상자들을 끝까지 돌보았던 장군들. 유학이 의미 있는 건 이러한 어른[大人]들의 자세 때문이다. 지도자를 대인, 어른, 보수라고 한다면, 보수는 이 태도를 배우고[學] 익혀[習] 실천할 때에만 가치 있다. 그러나 오늘날 정치인은 말할 것도 없고, 기업인들도 경제가 위기에 처하면 정리해고부터 한다. 개인도 다르지 않다. 어떤 일을 처음 접하면 선배가 필요하지만, 곁에서 가르쳐주며 끝까지 함께할 선배는 없다. 솔선수범은커녕 출세에 혈안이 되어 후배를 깎아내리는 일도 서슴지 않는다.

진보도 다르진 않다. 한 걸음도 나아가지 못하고 있다. 권력을 장악하면 상대편을 쳐내는 관행부터 답습한다. 진보라는 이름의 기술 문명도 그렇다. 빠른 속도를 표상하는 현대문명은 미래를 향해 질주하는 시간성에 기대있지만, 무한 변화와 질주의 시간은 반복의 회로에서 빠져나가지 못하는 아이러니를 안고 있다. 그 안에서 시계추처럼 달리는 우리는 아무도 만나지 못하고 텅 빈 시간을 살아간다. 과연 진정한 진보가 있을까?

진보는 한 걸음이다. 좌우가 아니고 중도는 있을 수 없다. 길은 무수히 많고, 내 오른쪽 사람에게 나는 좌(파), 왼쪽 사람에겐 우(파)일 뿐이다. 중요한 것은 '차이'의 다양성, 다름이 차별화되어선 안 된다는 것이다. 기억해야 한다. 다름을 받아들이지 않고, 각자 주인이라는 사실을 잊으면 우리를 구원할 사람은 아무도 없다는 사실. 권력을 휘두르는 강자는 항상 뒤에서 명령을 내리고, 그 명령에 조종되고 희생되는 사람들은 언제나 약자들이었다는 사실을. 더 고민해야 한다. 누가 내 앞에서 추행·폭행을 당하고 있다면, 나는 나를 어디에 위치시킬까. 외면하고 침묵하면 강자의 편을 들게 되고, 그 행위는 언젠가 내게 돌아올 것이다. 내가 그랬듯이, 위험에 처한 나를 도와줄 사람은 없다.

36. 늙음, 그리고 교감
- 전기 자본주의와 후기 자본주의

    고령화라는 말도 익숙해졌다. 초고령화 사회로 진입하고 있다는 소식도 낯설지 않다. 65세 이상 노인이 전체 인구의 20%를 넘어서고 있다는 말인데, 사실 이 문제는 저 출산의 문제만큼 심각하다. 4차 산업 시대를 목전에 둔 지금, 노인 혐오라는 말까지 심심찮게 들리니 더 우울해진다. 이대로 가면 인공지능 로봇이 노인을 돌보는 때가 도래할지도 모른다. 과연 따스한 인정을 느낄 수 있을까? 우려로 끝나지 않을 것 같은 예감에 가슴이 묵직하게 내려앉는다.

    인류 역사를 자본주의로 나누어 보면, 전기 자본주의 사회에서는 최소한 인간 존중 사상이 있었다. 인간을 중심에 두었던 당시, 존중 대상은 돈이 아니라 사람이었다. 그것도 나이가 많은 어른. 중요한 의례인 장례를 떠올려보아도 쉽게 이해된다. 마을에서 어른이 돌아가시면 고인은 그분이 머물던 방 안에 모셨고, 마을 사람들은 그분이 생전에 했던 일을 떠올리며, 함께 고마워하고 슬퍼했다. 그러나 후기 자본주의 사회에서 장례는 병원의 가장 후미진

곳에서 치러진다. 문상객은 형식적인 인사를 나누고선 일상으로 바삐 돌아가고, 가족들은 손님을 접대하느라 슬퍼할 시간도 없다. 고인의 시체는 일종의 쓰레기처럼 소각되거나 '처리'되고, 한 인생은 한 장의 수표로 남게 된다. 그러고는 금방 잊히고 만다.

전기 자본주의 사회에서 노인을 존중한 이유는 그분들의 경험 때문이었다. 봄, 여름, 가을, 겨울……. 생활 패턴이 거의 동일했던 시대에 어른들은 몸으로 직감한다. 밭은 언제 갈고, 언제쯤 씨를 뿌려야 하는지, 그 경험은 곧 지식이었다. 어른들은 참꽃과 진달래꽃의 차이를 알고, 독버섯과 참버섯의 차이를 안다. 심지어 언제 이사를 해야 할지도 알고 있다. 예전에 마을 어른들은 집 마당에 구리(구렁이=뱀)가 나타나면 이사를 해야 한다고 했다. 집안 구석에서 쥐를 잡아먹으며 병균이 퍼지지 않게 도왔던 구렁이가 제자리를 벗어나 장독대로 나올 때는 생존의 위기를 느꼈다는 뜻. 이사는 그래서 해야 한다는 어른들의 이야기다. 그러니까 그 시절 노인을 돌보는 것은 생존을 위한 일이었던 것이다.

그러나 후기 자본주의에서 나이 든 어른은 쓸모없는 존재로 취급된다. 이 사회에서 인간의 쓸모를 규정하는 것은 최신 제품이기 때문이다. 최신 제품을 다루지 못하면 낡은 사람이고, 낡은 것은 폐기처분의 대상이 된다. 나도 어느덧 낡았다. 컴퓨터가 고장 나면 아들에게 물어봐야 한다. 스마트폰은 설명서를 읽어도 독해가 되지 않는다. 최신 기기로 바꾸어도 활용할 수 없으니 최신이란 말은 의미가 없다. 나뿐 아니라, 노인은 신제품을 다룰 줄 모른다. 새로운 제품을 다루려면 여러 번 반복해야 하지만, 익숙할 만하면 그 사이 새로운 제품이 나오니 계속 소외될 수밖에 없다. 노인은 존경받지 못할 뿐 아니라 불필요하고 무용한 존재로 인식된다.

그러나 과연 그런가? 조선조의 효를 강조하려는 건 아니다. 존중을 강요해선 안 된다. 지금은 조선 시대가 아니고, 존중을 강요해서는 젊은이들과 섞일 수 없다. 우리는 각자 앞에 놓인 삶의 조건을 들여다보아야 한다. 그것은 실존의 문제다. 후기 자본주의에서 경험은 중요하지 않다. 노인은 젊은이의 조건을 이해하려 애써야 하고, 젊은이 역시 노인의 인간적 삶과 그 역사를 이해하려 해야 한다.

자본을 등에 업은 기술문명은 인간 소외와 정보 단절을 가속화시킬 것이다. 여기에 편승하여 늙음을 비하하거나 젊은이에게 언어의 비수를 던지면, 그것은 언젠가 자신의 가슴에 천검天劍처럼 날아가 박힐 것이다. 젊은이와 노인이 서로 교감해야 하는 이유는 바로 이 때문이다. 생로병사하는 사람[人] 사이[間], 생이란 의외로 짧다. 그 외로움, 고독의 자리는 곧 나의 자리가 될 거란 사실을 잊지 말아야 한다.

37. 상식이 통하는 사회?
– 보편성과 특수성

상식적이라는 말을 많이 듣는다. 상식이 통하는 사회가 되어야 한다고도 한다. 다수가 그렇다고 인정하는 이야기라야 통할 수 있다는 것인데, 일견 타당하게 여겨진다. 그러나 개인의 소통 차원에서 상식은 위험하다. 상식이란 말이 보편적, 일반적이란 말과 통한다면, 보편적 상식으로는 소통하기 어렵다. 소통의 궁극 지점이 사랑이라면 더욱 그렇다. 보편적·일반적 논리를 앞세울 때, 대상은 반드시 너 아니어도 되고, 다른 사람으로 대체·교환해도 무방하다.

그러나 사랑은 너 아니면 안 된다. 내게 '너'가 사라지면 너에 의해 존재하는 나도 사라진다. 한 우주가 사라지는 듯 여겨진다. 사랑은 나에게 가장 특별한 것, 대체·교환이 불가능한 것, 일반명사가 아니라 고유명사로 다가오는 것이다. 네가 무엇을 좋아하고 무엇을 원하는지, 너를 더 알고 싶어 하고 원하는 것을 해주려고 노력하는 것…. 이 사랑이 진정한 소통을 가능케 한다. 여기서 너를 반드시 사람에게만 한정할 필요는 없다.

일이나 학업, 국가도 사랑 대상이 된다. 그 대상이 학업이라면 그 분야를 탐색하려고 끊임없이 노력해야 하고, 한 사회나 국가라면 시민들이 원하는 것을 알고 싶어 하고, 그것을 해주려고 노력해야 한다. 사랑은 강제로 할 수 없고, 오로지 심장의 울림에 따른다. 그러나 국가나 사회에 대한 사랑에서 그런 사랑은 발견하기 어렵다. 대개는 나를 더 내세우고, 자신의 이익을 강조하며, 대상이 원하는 것은 생각지 않는다. 어찌 보면 다들 관람자고, 구경꾼들이다. 가령, 세월호사건과 같은 큰 사건이 일어나면, 사람들은 모두 자신의 일인 듯 가슴 아파한다. 그러나 다수는 '척'할 뿐, 실제로 절절한 통증을 느끼지 못한다. 자식 잃은 부모만큼 절실하지도 않고, 일이 바쁘면 돌아서 잊어버린다.

어쩌면 이것은 우리의 한계일 수도 있다. 신이 아닌 이상 개인이 어떻게 그 많은 사람들을 사랑하며, 그들의 아픔을 어찌 다 감당할 수 있으랴. 문제는 자기 옆에 있는 사람조차 사랑하지 않는다는 것. 우리는 부모님을 사랑한다지만 정작 부모님이 무엇을 원하는지 알려고 하지는 않는다. 부모님이 어떤 빛깔을 좋아하는지, 어떤 음식을 어떻게 요리해야 좋아하는지, 병석에 누워계신다면 어떤 노래를 들려주어야 좋아할지 알려고 노력조차 하지 않는다. 그러고선 돌아가신 후 최고급 납골당을 마련해주고 자기 할 일을 다 했다고, 효도했다고 자위하는 사람도 있다.

나라고 예외일 순 없다. 나는 과연 부모님을 사랑했을까? 자식은? 남편은? 친구는…? '그/녀'들이 진정 무엇을 좋아하고 바라는지 알려고 하지도 않고 사랑이라니…. 사랑은 결코 편안한 것이 아니다. 사랑은 대상을 온전하게 지켜내야 가능하기에, 사랑을 방해하는 대상에게는 극렬히 저항해야 한다. 극심한 고통이 따른다. 이 고통을 겪어내어야 사랑 대상도 지켜낼 수 있다.

사랑, 아니 소통을 위해서는 보편적 상식, 일반 논리에 기대어선 안 된다. 다른 사람은 다 괜찮다는데, 너는 왜 그러냐는 식의 폭력을 행사할 수 있다. 우리는 각자 이 세상에서 유일무이한 나/너이고, 보편적 이름으로 대체할 수 없다. 동일한 이름은 많지만, 나를 대신할 사람은 천 년 전에도 천 년 후에도 없다. 이것이 존재의 특수성이다. 남이 원하는 것, 이 사회가 요구하는 상식이 아니라, 나니까 경험할 수 있는 것, 나로 태어나 나로 죽어갈 나만이 할 수 있는 경험을 진지*하게, 많이 해봐야 한다.

솔개 발*처럼, 아프지만 그 고통을 꽉 부여잡는 것*, 그것이 소통의 지름길이다. 모든 생명이 저마다 특별하듯, 특수한 경험, 그런 고통을 감각해본 사람만이 특별한 너를 껴안을 수 있을 것이다. 분분히 날리는 저 꽃이 지난해 피었던 그 꽃이 아니듯, 제가끔 특별한 우리들 생에 '다시'라는 부사어는 그 누구에게도 쓸 수 없다.

38. 제대로 보기
- 소승적 사유

　　인간의 의식을 길들이는 강력한 하나가 종교라면, 불교는 한국인의 의식에 뿌리내린 가장 강력한 종교일 것이다. 알다시피, 불교는 삼국시대부터 우리나라에 유입되었다. 삼국시대, 중국에서 유입된 불교는 국가의 종교로 공인되어 고려시대까지 이어졌다. 물론 조선조에 유학이 일종의 종교처럼 받아들여지면서 국가 종교로서의 불교는 쇠퇴했지만, 사람들의 의식 속에 뿌리내린 불교의 힘은 오늘날까지도 발휘되고 있다. 평소에도 절집을 찾아가면 불상 앞에 머리를 조아리는 사람들이 흔히 볼 수 있다. 그런데 사람들은 왜 불상 앞에 절을 할까. 불교에서 말하는 부처의 본래 의미는 뭘까.

　　부처, 하면 흔히 석가모니釋迦牟尼를 떠올린다. 석가모니는 스스로 고난을 감수하며 수행에 접어들었던 인물이다. 그의 깊은 고민은 중생을 구제하는 데 있었고, 그 뜻을 교리화한 종교가 곧 불교이다. 한국에서 불교계를 이끌어온 가장 큰 종파는 대승불교와 소승불교이다. 대승 혹은 소승으로 약칭되는 승乘은 본디 수레라는 의미를 담고 있다. 큰 수레, 작은 수레, 큰 탈것, 작은 탈것…. 이 것을 사람에 빗대어 대승 또는 소승이라고도 부른다. 그런데 석가모니를 제외한 일반인들도 대승이 있을 수 있을까. 다수는 큰 수레로 살지 못한다. 큰 수레는커녕 작은 수레도 되기 어렵다. 자기 자신도 구원하지 못하면서 어찌 다른 사람을 태우는 수레가 될 수 있겠는가.

승방에서 수행하는 스님들도 이 '탈것'에 대해 많은 고민했던 모양이다. 신라의 고승으로 불리는 원효는 그 대표적인 인물이다. 그는 인도의 대승불교와 소승불교를 깊이 연구했고, 종래에는 승방을 벗어나 전국 각지를 떠돌며 불교의 대중화를 위해 노력했다. 그의 ≪금강삼매경론≫은 그가 불교를 어떻게 해석하고 있는지 엿볼 수 있는 논집이다. 여기서 가장 인상적인 구절은 "열반에 이른 사람은 열반에 들지 못한다."는 것이다. 열반은 더 이상의 고통이 없는 상태, 즉 세속적 시비是非와 호오好惡의 감정이 사라진 마음 상태를 의미한다. 집착에서 놓여난 마음, 무아無我의 경지에 이른 상태를 뜻하기도 한다.

그런데 왜 열반에 이르면 열반에 들지 못한다는 것일까. 그것은 무아의 상태에 이르면, 타인이 보이기 때문일 것이다. 집착에서 놓여나면, 자신을 내려놓으면, 나 아닌 다른 것이 보인다. 고통스럽게 살아가는 중생이 보이고, 그 고통이 보인다. 그의 고통이 보이면 내 마음도 고통스러워진다. 그 타인이 사랑하는 사람이라면, 그 고통을 내가 떠안는 편이 낫다는 생각을 하게 된다. 그렇기에 열반에 이르러도 열반에 들 수가 없는 것이다.

그러나 대부분의 사람들은 열반에 이르는 일조차 어렵다. 자신의 고통, 내 상처가 더 크게 느껴지면 타인의 고통을 볼 겨를이 없다. 그래서 승려들은 면벽참선을 하고 수행을 한다. 자신을 내려놓고 집착에서 벗어나는 수행의 과정을 거쳐야 중생구제라는 불교의 목적에 도달할 수 있기 때문이다. 하지만 원효는 승방에만 앉아있어서는 불교 본래의 목적에 도달하기 어렵다고 생각했다. 마음을 내려놓는 일, 집착에서 벗어나는 일이 타인과 마주치는 가운데서 실천할 수 있는 것이라면, 수행은 사람들 속에서, 사람들과 관계 맺는 가운데서 이루어져야 한다고 생각했던 것이다.

수행의 차원에서 본다면, 절집을 찾는 사람들은 불교 본래의 뜻조차 왜곡하는 경우가 많다. 불상 앞에 절을 하는 사람들의 행위는 수행이라고 보기 어렵다. 두 손 모아 무릎을 조아려 절을 하는 사람들의 등에서 어떤 간절함을 엿볼 수 있지만, 그 간절함에는 자기 자신의 일이나 자식의 일이 잘 되게 해달라는 염원이 담겨 있다. 자신을 내려놓는 일이 아니라, 더 가지고 더 얻으려는 소유의식과 집착의 그림자가 그 마음 안에 일렁이고 있는 것이다. 이렇게 보면, 108배를 하면서 수행하듯 절을 하는 사람들의 행위는 진정한 수행으로 보기 어렵다. 수행은 실천으로 이어져야 한다.

그러나 그 마음 안에는 타인이 없고, 타인의 고통도 보이지 않기에, 마음을 내려놓는 실천은 어렵다. 타인을 볼 수 없기에, 타인의 의해 존재하는 나도 볼 수 없고, 그래서 세상은 바뀌지 않는다. 삶은 여전히 고통스럽다. 나의 문제를 해결하려면 나를 보아야 하고, 나를 보려면 너를 보아야 한다. 이때 중요한 것은 제대로 보기다. 제대로 본다는 것은 대상을 있는 그대로 본다는 것. 선과 악을 분별하지 않고, 옳고 그름을 판단하지 않고, 그 모습 그대로를 본다는 것이다. 분별과 판단이 따르는 이성을 개입시키지 않고 직접 보는 것. 직면, 또는 직관이라고 해도 무방하다.

종교적 선과 악은 신을 요청한 사람들이, 옳고 그름은 (정)신과 이성을 연결하여 인간의 의식을 훈육해온 사람들이 만든 것. 이 개념을 내려놓고 보면 보인다. 제 본래의 모습을 잃고 서로 헐뜯고 시기하고 질투하고 짓밟으면서 고통당하는 사람들의 모습도···. 지옥은 저 멀리 다른 데 있지 않다. 자비와 사랑이란 말이 왜 생겨났겠는가. 이 세상이 지옥이니까, 지옥 같은 곳이니까, 자비와 사랑이 필요하다고 느끼지 않았겠는가.

사랑의 한자어 애愛는 아낀다는 뜻을 담고 있다. 상대방을 아끼는 사람은 그가 싫어하는 일을 하지도, 하게 하지도 않는다. 그가 불쾌해하면 나도 불쾌해지고, 그가 고통스러워하면 나도 고통스럽다. 그 고통, 그 아픔을 내가 떠안고 가는 것. 이 길을 소승적 길이라고 해도 무방할 것이다. 소승은 많은 사람의 고통을 떠안는 대승이 아니다. 한 사람, 개인의 고통을 떠안으려는 소승은 서로 다른 의견을 하나의 논리로 묶어내는 전체주의를 지향하지 않는다.

소승이 지향하는 세계는 화엄세계다. 서로 다른 꽃들이 저마다 빛 발하며 환히 피어나는 세계. 이 세계는 선과 악의 개념이 도달할 수 없는 존재 본래의 지대, 우리의 내면세계와 연결된다. 사람의 내면, 그 마음은 모두 다르고, 이성으로는 도무지 파악할 수 없다. 화장을 하고 외투를 걸치고 있으면 비슷해 보여도 각자의 맨얼굴이나 맨몸은 결코 같을 수 없듯이. 서양의 들뢰즈도 선불교에

바탕한 노장사상에 주목하여 ≪차이와 반복≫을 말한다.

그의 말처럼, 이 세상에 존재하는 어느 것도 동일한 것은 없다. 수선화는 수국이 아니고 수국은 장미가 아니다. 흰 장미는 노란 장미가 아니고 노란 장미는 붉은 장미가 아니다. 아니어서 모두 다르다. 빛깔이 다르고 모양이 다르고 향기도 다르고, 피고 지는 그 위치도 다르다. 홑잎은 겹잎이 될 수 없고, 겹잎은 반겹잎이 될 수 없다. 낱낱의 잎들은 서로 스치면서 각자 변해갈 뿐이다. 한 장의 꽃잎이 떨어지면 그 속에 깃든 과거와 현재, 미래도 모두 진다.

그 사라짐, 그 죽음을 머금고 피어난 장미는 지난해 피었던 장미가 아니라, 완전히 다른 장미이다. 살아있는 모든 생명체는 똑같은 걸 반복하지 않는다. 늘 다르게 반복되는, 스스로를 차이화해가는, 차이의 반복. 그것이 본래의 모습이고 본래적 삶이다. 이 모습, 있는 그대로의 모습을 직면하는 일은 자기답게 사는 길을 찾아가는 방법이다. 자기답게 사는 사람은 남을 흉내 내지 않는다. 홑잎이 겹잎을 흉내 내지 않듯이.

남들이 규정한 선이나 악의 개념에 휘둘리지 말아야 한다. 우리가 생각하는 선과 악은 교육을 통해 학습된 것. 선의 행위가 반드시 선한 결과로 돌아오진 않는다. 섣부른 연민이나 동정은 자칫 타인의 가슴에 깊은 상처를 남길 수 있다. 함부로 선을 행하지 말고, 악도 행하지 말아야 한다. 자연스럽게, 본래의 제 모습대로 사는 것이 중요하다. 나답게 사는 사람은 '척'하지 않는다. 꽃이 예쁜 척하지 않듯이, 예쁜 척, 좋아하는 척, 기쁜 척…, 모두 자신을 속이는 일이다.

불교에서 성불成佛은 스스로 부처가 되라는 뜻, 자기 삶의 주인

으로 살라는 뜻이다. 부처를 만나면 부처를 죽여야 한다는 임제
선사의 말도 이 맥락에서 나왔을 터이다. 남을 흉내 내지 말고,
맹신, 맹종하지 말고, 이리 살아라 저리 살아라, 훈계하지도 말고
자기답게 살아야 한다. 자기답게 사는 일은 자신의 문제를 직면
하는 데서 시작된다. 자신이 정말로 바라는 것이 무엇인가. 어떤
소망이 충족되지 않기에 이 고통을 겪고 있는가. 그것을 직면해
야 한다.

그리고 그 안을 들여다보아야 한다, 종교와 이성(혹은 지성)에
길들여지기 이전의, 참 나我의 모습을. 그 나我가 바라는 것이 사
랑과 자유고 자비와도 통한다면, 또 그것이 타인과 관계 속에서
찾아지는 일이라면, 대상을 있는 그대로 보려고 노력하는 일이 중
요하다. 모든 동일자의 논리에서 벗어나, 서로 다른 차이를 보는
것. 어제 혹은 조금 전의 나와는 달라진 나, 그렇게 변화하는 타인
을 있는 그대로 받아들이려는 노력이 따라야 진정한 주체로서 타
인과 자유로운 관계를 맺어갈 수 있을 것이다.

39. 사랑을 위하여

사랑은 알려고 하는 것

사랑이라는 테마는 진부한 테마이다. 그러나 그보다 새로운 테마도 드물다. 인간 삶은 본질적으로 사랑에 기초하고 있기 때문이다. 우리 삶에서 사랑만큼 중요한 것은 없다. 그런데 갈수록 사랑을 너무 가볍게들 생각한다. 서둘러 사랑하고 서둘러 헤어지는, 쿨한 사랑이 이 시대의 사랑이다. 밀란 쿤데라의 『참을 수 없는 존재의 가벼움』이 떠오른다. 참을 수 없는 가벼움이란 무슨 뜻일까? 존재의 가치가 그만큼 없다는 뜻일까. 삶의 의미가 없을 때 존재는 가벼워진다는 뜻일까. 역설적으로 의미 있을 때 존재의 가치가 있다는 뜻 아닐까?

한번 생각해본다. 나는 왜 살아있는가? 나는 왜 살아야 되지? 무엇을 위해 살아있는가? 그러나 이렇게만 생각하면 의미를 찾을 수 없다. 참을 수 없이 가벼워진다. 거꾸로 한번 질문해본다. 나는 왜 죽지 않는가? 왜 자살하지 않는가? 이때 나를 사랑하는 혹은 내가 사랑하는 사람이 떠오르면 쉽게 죽음을 선택하지 않을 것이다. 내가 밥을 챙겨주어야 할 강아지만 떠올라도 자살은 하지 않을 것이다. 만일 내가 사랑하는 게 없고, 나를 사랑해주거나 아껴주는 사람이 없으면 우리는 가벼워진다.

우리가 살아가는 이유는 사랑하고 사랑받기 위해서이다. 야단을 치든 화를 내든 미워하든 그 누구도 나를 의식하지 않고, 내게 관심을 두지 않는다면 존재감은 느낄 수 없다. 오랫동안 사랑하며 함께 산 노부부들은 한 사람이 먼저 세상을 떠나면 많이 힘들어한다. 그러면서 무언가 다른 사랑할 대상을 찾는다. 화초든 강아지든 사랑할 대상을 찾을 때 살아갈 이유를 찾을 수 있기 때문이다. 삶에서 사랑이 그만큼 중요하다.

그러나 그 의미를 생각하지 않고 사랑한다는 사람들이 많다. 사랑한다는 것은 대상을 알려고 하는 것이다. 그가 원하는 것을 알려고 하고, 그를 행복하게 해주고 싶어 하는 것이다. 사랑할 때는 그에 대해 알고 싶어 할 때이다. 사랑받을 때는 거꾸로 그가 나를 알려고 할 때일 것이다. 그와 함께 있을 때 내가 기쁘지 않다면, 나는 그를 사랑하지 않는다. 함께 있는 것이 기쁠 때 나는 그를 사랑한다.

사랑하는 사람은 대상을 존중한다. 존중받는 삶은 온전한 삶을 의미한다. 온전한 삶은 대상의 욕망을 긍정할 때 얻어진다. 대상의 욕망을 긍정하지 않고 자신의 욕망만을 강조할 때, 대상은 불쾌한 상태에 놓이게 된다. 굴종이 그렇고 치욕이 그렇다. 굴종과 치욕은 사랑을 부정하는 가장 불쾌한 것이다. 사랑하는 사람은 상대를 함부로 무릎 꿇게 하지 않는다. 자신 역시도 상대에게 굴종하지 않는다. 굴종과 치욕, 그것은 노예의 상태이자 부자유의 상태이다. 부자유의 상태, 억압의 상태에서 어찌 사랑이 가능한가.

사랑은 누가 하란다고 할 수 있는 것이 아니고, 그 감정은 숨기려도 숨길 수 없다. 그가 좋으면 저절로 명랑해진다. 미소가 피어오르고, 수다스러워지고 매사 생기가 넘친다. 대상과 헤어지면 다시 만나고 싶고, 더 오래 함께하고 싶다. 이것이 사랑이다. 그가 기뻐하면 나도 기쁘고, 반대로 내가 기쁘면 상대방도 즐거워지는 마음, 함께 기쁨을 누리는 이 마음이 지속되면 그는 내 곁을 떠나지 않는다. 사랑하는 사람은 그래서 알려고 한다. 그가 좋아하는 것이 무엇이고, 싫어하는 것이 무엇인지, 그가 무엇을 바라는지. 그리고 강요하지 않는다. 몸에 나쁘다고 커피를 마시지 말라는 것은 나의 입장이지 그의 입장은 아니다.

이 가치를 가지고 상대방을 헤아려보자. 부모를 사랑한다면, 어머니가 원하는 것이 무엇이고, 아버지가 원하는 것이 무엇인지 알고 싶어 해야 한다. 남편이나 아내, 자식도 마찬가지다. 그/녀가 왜 술에 취했는지, 왜 하필 저 옷을 입으려 하는지, 그의 꿈이 무엇이고, 좋아하는 음악이 무엇인지. 알고 싶어 하고 원하는 것을 해주려 하는 것이 사랑이다. 내가 원하는 것, 내 취향과 기호에 따라 상대방에게 무언가를 해준다거나 내 기준에 맞춰 상대에게 이래라 저래라 충고하는 사랑은 사랑이 아니다.

자녀를 사랑한다면, 자녀의 마음을 읽어야 한다. 자녀가 원하는 것을 해주어야 한다. 그러나 우리는 아이의 마음을 읽으려 하지도 않고, 세상의 기준 혹은 자기의 생각에 맞춰 자녀를 훈육하려 한다. 그럼에도 사랑해, 라고 하는 말은 어쩌면 자녀에겐 폭력이 될 수도 있다. 사랑해, 라는 말에 너무 빠지지 말자. 그를 알려고 하지 않고, 마음을 읽으려 하지 않고 남발하는 사랑은 진정한 사랑이라 말하기 어렵다.

생각해 본다. 과연 내가 알고 싶은 사람은, 혹은 나를 알고 싶어 하는 사람은 몇이나 있을까. 누가 나를 알려고 할까? 나는 누구를 알려고 하는가? 알고 싶은 대상이 몇 사람이나 있을까? 정말 알고 싶은 사람이 있을 때, 그것을 알아서 그를 기쁘게 해주려고 할 때, 존재의 의미가 생기고, 삶에 무게가 실린다면, 내가 가장 알고 싶은 사람은 누구일까? 이것을 찾는다면, 참을 수 없이 가벼운 마음은 무겁게 가라앉을 것이다. 이런 마음으로 내 주변을 확장해 생각한다면, 외롭게 고독하게 살아가는 그들의 속내를 알려고 하고 읽으려 한다면, 옥상으로 올라가는 사람은 없지 않을까.

사랑은 둘의 경험

사랑은 누구를 안고 싶다거나, 그리워하는 차원에 머무는 것이 아니다. 예쁘고 아름다운 사랑만이 사랑은 아니다. 누구를 안는 몸은 존재의 일부에 불과하고, 그리워하는 것, 보고 싶다는 것도 단지 시각적 차원에 머물기에, 가장 약하다. 사람의 감정이 결코 하나가 아니듯 예쁘고 아름다운 사랑만을 사랑이라고 할 수 없다. 누구를 사랑한다면, 아니 사랑에 빠진다면, 우리는 상대에 대해 아는 것이 별로 없다는 놀라운 사실에 직면하게 된다. 사랑에 빠지자마자 그 사람에 대해 별로 아는 것이 없다는 느낌, 이때 느끼는 치명적인 고독을 벗어나기 위해 우리는 그를 필사적으로 알려고 노력한다. 당연히 우리의 오감은 극단적으로 활성화된다.

그러나 아쉽게도 사랑은 단 한 번의 경험으로는 모두 알 수 없다. 사랑은 이별을 경험해봐야 한다. 이별의 그 절절한 아픔이 성숙한 사랑을 하게 한다. 사랑은 이별하듯이 해야 하고, 결혼도 이혼하듯이 해야 한다. 이별이나 이혼을 하려면 한 번 잔인해져야 한다. 사랑의 강도 면에서 가장 강력한 것이 미움이라면, 미워한 만큼 사랑할 수 있다.

하지만 대개 우리는 누구를 미워하지도 못한다. 잔인한 사람이 되지 못하고, 그래서 진정한 사랑을 경험해보지도 못한다. 영화에서 이별하려는 이들은 잔인성을 이렇게 발휘한다. '너의 행복을 위해 나는 너를 떠난다'고. 이런 사람에게 '나 충분히 행복해요', 라고 말한다면 그는 뺨을 칠 것이다. 그렇게 비수를 꽂고 떠난 사람은 대개 잘 산다. 반면 착하고 여린 사람들, 잔인함을 당하는 사람들은 늘 상처받으며 산다. 그러나 상처를 받기만 해서 어떤 사랑을 경험할 수 있는가.

알랭 바디우는 『사랑의 단상』에서 사랑을 둘의 경험이라고 한다. 부부가 싸울 때, 이웃의 시선을 의식하면 싸움이 안 된다. 나와 그 사이에 타인의 시선이 끼어들면, 다른 잡것들(돈, 명예, 지식, 외모 등)이 끼어들면 사랑은 끝난다. 사랑은 둘의 경험이고, 둘이 서로를 주인공으로 만들어준다. 아무것도 없고 못생긴 나를 주인공으로 만들어줄 때, 그가 얼마나 사랑스러운가.

사랑은 둘이 주인공이고 그 밖은 다 조연이다. 조연은 힘들다. 늘 다른 사람의 눈치를 살펴야 한다. 삶이 비루해진다. 그래서 우리는 사랑에 목숨을 건다. 그가 나를 주인공으로 만들어주기 때문이다. 사랑하는 사람의 눈에는 오직 '너'만 보인다. '너'가 아무리 많은 사람들 속에 섞여 있어도 단박에 찾을 수 있다. 사랑은 전투다. 우리의 사랑을 가로막는 것들에 대해 목숨 걸고 저항한다. 나 스스로와의 싸움도 동반된다.

사랑은 몸만으로 하는 것이 아니고, 생각만으로 하는 것이 아니다. 내 영혼과 함께하는 몸으로, 온몸으로 하는 것이 사랑이다. 온몸을 던질 때, 진지診摯하게, 솔개 발처럼 서로를 꽉 잡을 때 가능하다. 그래서 사랑은 아프고 고통스러운 것이다. 그 고통을 피해서는 사랑을 할 수 없다. 아파도, 고통스러워도 꽉 잡아야 한다. 너를(나아가 세상을) 얼마나 꽉 잡았느냐에 따라 상처와 흉터와 주름이 만들어진다.

그 상처와 흉터와 주름이 깊을수록 사랑은 성숙해진다. 사실 그런 사랑이 타인의 고통을 이해하는 기반이 된다. 내가 힘들어야 타인의 고통을 짐작할 수 있고, 타인의 고통을 짐작할 수 있어야 사랑도 가능해진다. 나이가 아무리 들어도 고통을 경험해보지 않은 사람은 사랑을 모른다. 너를 사랑하려면, 진지해져야 하고, 고통스러워야 한다. 단지 제스처만 취하는 것이 아니라, 몸으로 온몸으로 사랑해야 한다. 끝내 너를 다 알 수 없을지라도, 사랑을 완성할 수 없을지라도.

사랑의 앙코르

결혼생활에서 사랑은 얼마 동안 유지될까. 결혼과 사랑은 결코 동의어가 아니다. 결혼은 제도이고, 사랑은 그 제도 밖에 있다. 결혼이 윤리적 가치판단이나 소유의 개념이 개입된다면, 사랑은 그 개입을 허용치 않는다. 사랑할 때는 그/녀의 외모나 집안, 학력, 재력을 고려하지 않는다. 상대방의 변화/변덕(욕망)도 받아들여야 한다. 내가 사랑을 받는다는 느낌이 들 때와 상대가 내 사랑을 받는다고 느끼는 그 느낌은 다르다. 알 수도 없다. 그러면서도 그/녀를 떠나지 못한다. 사랑하는 그/녀가 내 곁에 있을 때 나도 존재할 수 있기 때문이다.

사랑은 낭만이나 환상이 아니다. 낭만적 사랑은 근대 산물이다. 근대 이후 대중매체가 발달하면서, 신문의 연재소설이나 영화의 주제로 다루어지면서 널리 퍼진 것이 낭만적 사랑이다. 이것은 중세시대 사랑의 의미에 대한 반작용에서 나왔다. 중세시대 사랑에는 사회정치적, 경제적 안정이라는 의미가 철저히 개입돼 있었다. 멀리 서양까지 갈 것 없이, 조선시대 우리 선조들의 결혼을 떠올려 봐도 알 수 있다. 전통적 결혼에서 사랑은 불가능했다. 얼굴도 못 보고 한 결혼에서 어떤 사랑이 가능할까. 남편들의 사랑 대상은 대개 (애)첩이거나 기생이었고, 아내(마님)에게 사랑이 있었다면 그것은 어쩌면 마당쇠(?)였을지도 모른다.

두 사람이 만나 이루게 된 가족 구조에서도 마찬가지다. 조선시대에 가족은 흔히 식구食口라는 말로 지칭되었다. 이 말의 의미를 풀어보면 '먹는 입'이다. 먹는 입이 우선시 될 때, 그 입이 마음의 안부를 묻는 일은 거의 없다. 지금 어떤 기분인지, 그 마음의 안부는 어떤지 알려고 하지 않는다. 가난 때문에 생긴 참 슬픈 말이지만, 사실 그렇다. 아들, 딸에 대한 사랑은 차별로 드러난다. 자식이 성장하여 노동력을 가지게 될 때쯤이면 확연히 드러난다. 노동력이 떨어지는 여아는 먹을 것을 축내는 그야말로 먹는 입일 뿐, 생산성이 없기 때문에 속히 남의 집으로 치워야 한다. 남의 집에 가서 노동력을 가진 아들을 생산해야만 그 가치가 인정된다.

남아라고 해서 크게 다르지는 않다. 나이 든 사람들은 흔히 어린 시절 엄마가 남자형제들에게만 맛있는 음식을 몰래 먹이곤 하던 기억이 있을 것이다. 그러나 그것은 전적으로 사랑 때문이 아니라, 남아가 노동력을 가지고 있기 때문이다. "많이 먹어라"는 말 안에는 일해야 하니까, 라는 뜻도 내포돼 있다. 그러니까 가족, 사랑, 우애, 화목 등이 조상 대대로 이어져왔다는 말은 사실이 아니다. 근대까지 사랑은 여흥이거나 사치에 불과했다.

우리가 말하는 사랑, 가족애, 그 따뜻한 의미는 최근에 생겨났다. 윤리적 가치판단으로 대상을 억누르거나 어떤 환상을 개입시켜 대상을 소유하려는 것이 아닌, 있는 그대로 받아들이고 인정할 때 생겨나는 따뜻함. 그러나 그럼에도 불구하고 우리 안에는 여전히 전근대적 인식이 남아있다. "요즘은 시대가 바뀌었으니, 남편도 아내의 (집안)일을 도와야 한다"는 주례사의 말이나 부모의 말이 그 한 예이다.

언뜻 듣기에는 옳고 당연한 말 같아도, 가만히 생각해보면 전혀 당연한 것이 아니다. 도우라는 말 안에 집안일은 으레 여성의 몫이라는 뜻이 담겨 있기 때문이다. 여성의 일 남성의 일을 분리하고 구분하여 인식할 때 진정한 사랑은 실현되기 어렵다. 사랑은 어느 한편이 다른 한편을 희생시킴으로써 이루어지는 하나 됨이 아니라, 둘이 나란히 한 길을 가는 것이다. 연애할 때 서로가 상대방의 변덕(욕망)을 인정하듯이, 결혼을 해서도 상대의 욕망을 인정하고 존중해야 한다.

우리 고전에 『나무꾼과 선녀』 이야기가 있다. 나무꾼의 일방적 사랑에 의해 자유를 잃어버린 선녀는 자식을 셋 낳고서도 끝내

날개옷을 입고 하늘로 오른다. 어쩌면 선녀는 나의 자유를 빼앗은 사람이 아무리 나를 사랑한다 하더라도 그 사랑은 원천적으로 무효라고 외쳤을지 모른다. 이것은 비단 남녀 간의 사랑뿐 아니라, 나와 다른 것, 타자들과 관계를 맺는 데도 참조할 수 있을 것이다.

관계의 단절로 인해 더 춥고 스산하게 다가오는 겨울, 사랑의 의미를 다시 생각해보자. "사랑해"라는 말은 선언이 아니라, 답을 기다리는 말이다. 상대방으로 하여금 "나도"라고 그 말을 반복하게 만드는 것. 그 말의 진심은 어떻게 해야 나올까?

공부도 일도 사랑하듯이

우리는 늘 다른 것과 만나고 싶어 한다. 아니, 늘 다르게 산다. 어제와 동일한 이 시간에 나는 지금과 똑같은 자세로 똑같은 무엇을 하고 있지는 않았다. 오늘은 어제와 다르고, 내일은 오늘과 또 다를 것이다. 내일 이 시간, 나는 어디서 무엇을 하고 있을지, 가늠은 되지만 정확히 알 수는 없다. 과연 내일은 어떤 일이 펼쳐질까? 이런 호기심이나 기대가 없다면, 사는 일이 너무 지루해질 것이다.

그 호기심을 새로움을 추구하는 욕망이라고 한다면, 욕망은 늘 움직이는 것이고 들끓는 마음이라고 말해도 무방하겠다. 그렇다면, 이 욕망을 추동하는 에너지는 어디에서 올까. 서로 다른 견해를 펼친 라캉과 들뢰즈의 이야기를 떠올려보는 것도 좋을 것 같다. 앞장에서 살폈듯이, 라캉은 프로이트의 견해를 받아들여 주체라는 개념을 만들어냈다. 라캉에 따르면, 우리의 욕망은 금기(결핍)에서 출발한다. 금기는 프로이트의 거세 개념에서 따온 것이다. 흔히 말하는 구강기, 항문기를 거칠 때 금지되는 것들, 가령, 젖떼기, 지정된 자리에서 배설하기 등 하지 마라, 들여다보지 마라, 자연스럽게 하는 것들을 금지할 때 욕망이 생기게 되는 것이다.

그러니까 누군가가 하지 말라는 것을 하고 싶어 하는 것이 욕망이며, 대개는 그 욕망을 표출하지 못하고 억누른다. 금기하는 이는 항상 나보다 힘이 센 사람, 즉 강자이기에 강자의 욕망을 따를 수밖에 없는 것이다. 이때 내 안에는 타인의 욕망이 들어오게 된다. 그리고 그가 원하는 것을 하게 된다. 내가 욕망하는 것을 욕망하는 것이 아니라, 타인의 욕망을 욕망하게 되는 것이다.

이렇게 될 때, 우리는 진정한 주체(삶의 주인)가 될 수 없다. 자기 삶의 주인으로서 진정한 주체가 되려면, 내 안에 들어와 나를 지배하는 타인의 욕망을 지워나가야 한다. 타인이 원하는 것을 버리고 자신이 진정으로 원하는 것을 할 때, 우리는 정신적 희열을 맛볼 수 있다. 이것을 라캉은 실재(계)적 주이상스라고 말하기도 한다. 한마디로 금기와 결핍, 즉 **빼앗겼던** 권리를 되찾을 때, 우리는 진정한 주체가 될 수 있다는 것이다.

그러나 들뢰즈는 욕망을 결핍(금기)에서 찾지 않는다. 그에 의하면 결여의식에서 온 욕망은 우리의 진정한 욕망이 아니다. 욕망은 아무것도 결여하고 있지 않다. 아이에게 처음부터 젖을 물리지 않고 다른 무엇을 주었다면, 아이는 어미의 젖가슴이 아닌 다른 무엇을 욕망했을 것이다. 입으로 **빨고** 손으로 만질 수 있는 무엇, 따뜻하고 포근한 느낌을 주는 무엇이라면 아이는 그것을 욕망했을 것이다.

그것의 느낌이 싫으면 단호히 거부하고, 좋으면 계속 욕망하게
될 것이다. 이것이 들뢰즈가 볼 때, 우리의 진정한 욕망이다. 다른
사람을 욕망하는 것도 마찬가지다. 인간은 누구나 만나서 불쾌한
사람을 지속적으로 만나고 싶어 하지 않는다. 만나서 즐거워지는
사람, 기쁨을 맛볼 수 있는 사람과 함께하고 싶어 한다. 그러나 그
즐거움도 늘 지속되지 않기에, 또 다른 누군가를 만나고 싶어 하
고, 떠나고 싶어 한다.

이 욕망, 들뢰즈가 말하는 우리의 순수한 욕망을 긍정해보자.
아이에게 젖을 먹이겠다면 아이 스스로가 젖을 먹기 싫어할 때까
지 먹이면 되고, 어떤 놀이(게임)도 스스로 지루함을 느낄 때까지
하게 두면 된다. 인간은 본디 늘 다른 것을 욕망하는 존재이기에,
굳이 이래라, 저래라 하지 않아도 스스로 다른 일, 다른 것을 찾게
돼 있다. 욕망은 결핍의 구멍(허방)을 메우는 것이 아니고, 물처럼
흐르는 것이다.

삶의 목표 지점은 없다. 유목민처럼 어떤 정보도, 목적지도 없
이 그냥 간다. 가다가 다른 것을 만나면, 즐거워하고 또 다른 즐거
움을 맛보기 위해 낯선 길로 떠난다. 한곳에 머물러 있지 않기에,
고정된 주체는 없다. 늘 다른 것과 만나 다르게 되고, 다르게 됨으
로써 새로운 주체가 된다. 어디에도 갇혀 있지 않고 나아가려 하
기에, 많은 것을 가지려 하지도 않고 남의 것을 빼앗으려 하지도
않는다. (타인은 자연스럽게 돕게 돼 있다.)

죽은 물고기처럼 그저 가만히 물길에 떠내려가려 하지 않는다.
가다가 노을을 만나면 노을에 젖고, 험산 준령을 만나면 준령을
넘어서야 하기에, 고통과 고독이 따르지만, 그것조차 껴안고 간다.

거슬러 오르기도 하고, 내리막으로 치닫기도 하면서. 이 흐름, 이 자연스러운 떠남의 길이 막히면 격렬하게 움직여 뚫으려(저항) 한다. (사실 2000년 전의 장자도 그렇게 말하고 있다.) 그것이 우리의 욕망(본성)이고 삶의 방식이다. 사랑도, 일도, 공부도 그렇게 해야 한다. 그렇게 살아야만 진정 살아있다는 느낌도 얻을 수 있을 것이다.

사랑과 이별

사랑이 나·너의 '만남'을 말한다면, 만남의 지대, 혹은 사랑의 지대는 고통과 환희가 오가는 격랑과도 같다. 환희의 순간은 짧고 고통으로 울렁대는 시간은 길다. 왜 그럴까? 사랑은 나 아닌 타인을 내 삶에 받아들이는 일이며, 낯선 바이러스를 내 풍경 안으로 끌어들이는 일이고, 온몸으로 맞이하는 일이기 때문일 것이다. 그러나 그를 매번 맞이할 수는 없는 일. 사랑은 귀하고, 귀한 만큼 그에 걸맞는 환대가 이루어질 것 같지만, 실제로는 격렬한 거부반응이 일어난다. 몸이, 마음이 말한다. 누군가와 만나 수다를 떨고 SNS에 접속하여 만남을 시도하지만, 돌아서면 쓸쓸하고 공허하다. 자기를 (광)고하는, 이미지의 홍수 속에서 피곤이 극도로 밀려온다. 이토록 힘든데 계속할 거야? 소리들이 귓전에 웅웅 울린다.

책은 이럴 때 도움이 된다. 책을 읽으면 그 안으로 훅, 들어가 그 작가를 만나게 된다. 감정을 길게 끌고 가는 장편소설을 읽어보는 것도 좋을 것이다. 사랑, 고통, 비루함, 절망… 얼었던 감정이 녹으면서, 아, 다 겪는구나, 나만 힘든 게 아니구나. 유사한 고통을 경험한 다른 이의 이야기를 경청하게 된다. ─물론 내가 책을 덮을

즈음, 그 작가는 다른 사랑 경험을 하고 있을 것이다. 이야기된 고통은 고통이 끝났다는 것, 감정이 정리되었다는 뜻이기에―그런 경험을 통해 피로하고 복잡했던 내 감정도 차츰 정화된다.

그러나 실제 만남의 장에서 나를 표현하는 일은 내게는 여전히 쉽지 않다. 어떤 잘못을 저지르지 않았음에도 불구하고 스스로를 검열하고 제어하는 시간이 길다. 참고 누르고 절제해야 했던 환경이 나를 그렇게 하도록 길렀다. 엄격한 부모님, 아니 가부장제의 억압 아래서 나는 욕망조차 하면 안 되는 사람이라고 생각하며 어린 시절을 보냈다. 지금도 여전히, 그 속박에서 자유롭지 못하다. 사십 년 너머 학습돼온 의식이 내 안의 저 깊은 곳까지 깊숙이 박혀 있다. 자의든 타의든 겹겹이, 층층이 껴입은 옷들은 어떤 것은 너무 두껍다. 도저히 벗을 수 없다는 절망감….

자주 위축되고 두리번거리고 더듬거린다. 때론 창을 닫고 빛을 끄고 어둠 속에 나를 내팽개쳐둔다. 너무 어두워서 살아있는지, 죽어있는지 느낌조차 들지 않을 때도 있다. 입을 열어 나를 말하려고 입술을 뗀다. 그때마다 질책이란 이름의 수많은 창들이 다양한 얼굴을 하고 날아와 꽂히는 느낌이 든다. 마음 안에서 피가 흐르고, 아프다. 그러나 포기하지 않는다. 움직여야 어디든 가닿을 것이므로. 가닿아야 새로운 관계, 달라진 나를 만들 수 있으므로. 감추고 누르고 삼키기만 하며 살기엔 생이 너무 짧다. 그래서 묻는다. 당신이나 그/녀, 혹은 너라는 이름의 그대는 여전히 거기에 서 있는가? 이 사회가 요구하는 외피, 그 허상의 이미지(옷)을 벗어버리고 우리, 섞이지 않을 텐가?

사별, 혹은 이별은 의식 속에서 두 번 반복된다. 그/녀가 실제로 죽었을 때, 그리고 그/녀의 죽음이 내 머릿속에서 완전히 지워졌을 때. 어쩌면 이것은 동물과 다른 인간의 특징일 것이다. 실제 죽음은 동물도 느낀다. 그러나 동물은 돌아서 까무룩 잊고, 인간은 기억한다. 내가 그/녀와 관련된 어떤 순간들을 기억할 때, 그/녀는 죽지 않는다. 그/녀가 내 삶 바깥으로 사라져버렸다 해도 완전히 사라진 게 아니다. 그/녀가 시체가 되고, 텅 빈 허공이 되어도 내가 기억하는 한 그/녀는 당신이나 그대, 너의 이름으로 내 안에서 나와 함께 살아갈 것이다. 기억하는 한 사랑은 지속된다. 죽음은 그 기억마저 사라지는, 그때 온다. 완전한 이별…. 나와 관계 맺은 너/그대/당신을 나는 오래 기억하고 싶다.

참고문헌

강신주, 『철학 대 철학』, 오월의 봄, 2016

게오르크 헤겔, 두행숙 옮김, 『헤겔 미학』, 1996

기 드보르, 이경숙 옮김, 『스펙타클의 사회』, 현실문화연구, 1996

A. 기딘스, 박영일 외 옮김, 『자본주의와 현대사회이론』, 한길사, 1990

김시무, 「기술복제 시대의 예술작품의 운명-발터 벤야민의 영화예술
　　　론의 검토」, 『공연과 리뷰』 19호, 현대미학사, 1998

김상환, 『해체론 시대의 철학』, 문학과지성사, 1996

김유빈, 『알기 쉬운 융의 심리학 읽기』, 학지사, 2018

김욱동, 『은유와 환유』, 민음사, 2004

김유동, 「파괴, 구성 그리고 복원-발터 벤야민의 역사관과 그 현재성
　　　」, 『문학과사회』 통권19호, 문학과지성사, 2006

김승희, 「상징질서에 도전하는 여성시의 목소리, 그 전복의 전략들」, 『
　　　한국 여성문학 연구의 현황과 전망』, 소명출판, 2008

김화성, 「칸트의 근본악과 제노사이드」, 『사회와철학』 통권26호, 사회
　　　와철학연구회, 2013

고명섭, 「정신붕괴-최후의 니체」, 『인물과 사상』 통권170호, 인물과사
　　　상사, 2012

니콜러스 로일, 오문석 옮김, 『자크 데리다의 유령들』, 앨피, 2007

니콜로 마키아벨리, 강정인 옮김, 『로마사 논고』, 한길사, 2003

＿＿＿＿＿＿＿＿, 강정인 김경희 옮김, 『군주론』, 까치, 2008

C. 라마자노글루 외, 최영 외 옮김, 『푸코와 페미니즘-그 긴장과 갈등
　　　』, 동문선, 1997

레이 몽크, 남기창 옮김, 『비트겐슈타인 평전』, 필로소픽, 2012

W. D. 로스, 김진성 옮김, 『아리스토텔레스 그의 사상과 저술에 관한
　　　총설』, 누멘, 2012

롤랑 바르트, 김희영 옮김, 『사랑의 단상』, 동문선, 2004

루스 이리가레, 이은민 역, 『하나이지 않은 성』, 동문선, 2000

_____, 박정오 역, 『나, 너, 우리 : 差異의 文化를 위하여』, 동
　　　문선, 1996

메를로 퐁티, 류의근 옮김, 『지각의 현상학』, 문학과지성사, 2012

메를로 퐁티, 남수인 외 옮김, 『보이는 것과 보이지 않는 것』, 동문선,
　　　2004

미셸 푸코, 오생근 옮김, 『감시와 처벌』, 나남출판, 2016

바뤼흐 스피노자, 황태연 옮김, 『에티카』, 비홍출판사, 2014

박정하, 「칸트, 『실천 이성 비판』」, 『철학사상』 제16권, 서울대철학사
　　　상연구소, 2003

박영욱, 『마르크스가 들려주는 자본론 이야기』, 자음과 모음, 2008

박찬국, 『하이데거의 ≪존재와 시간≫ 강독』, 그린비, 2014

박찬부, 『기호, 주체, 욕망-정신분석과 텍스트의 문제』, 창작과 비평
　　　사, 2007

비트겐슈타인, 이영철 옮김, 『논리 철학 논고』, 천지, 1991

W. 바레트, 오병남 외 옮김, 『비합리와 합리적 인간』, 예전사, 2001

백종현, 「헤겔의 자기의식의 변증법」, 『철학사상』 제16권, 서울대철학
　　　사상연구소, 2003

새뮤얼 이녹 스텀프·제임스 피저, 이광래 옮김, 『소크라테스에서 포스트모더니즘까지』, 열린책들, 2008

서인숙, 『씨네 페미니즘의 이론과 비평』, 책과 길, 2003

신상형, 「비트겐슈타인의 『논고』 읽기—러셀의 오해를 중심으로」, 『철학논총』 제87집, 새한철학회, 2017

쇠렌 키르케고르, 권오석 옮김, 『이것이냐 저것이냐』, 홍신문화사, 1988

아담 사프, 박성수 옮김, 『마르크스냐 싸르트르냐?—개인의 실존과 사회성의 고찰』, 인간사, 1983

앙리 베르그송, 최화 옮김, 『물질과 기억』, 자유문고, 2017

왕철, 「프로이트와 데리다의 애도이론—"나는 애도한다 따라서 나는 존재한다"」, 『영어영문학』 58-4, 한국영어영문학회, 2012

윤선구, 「데카르트 『방법서설』」, 『철학사상』 제16권, 서울대철학사상연구소, 2003

이재승, 「비트겐슈타인 : 윤리와 삶의 의미」, 『철학논총』 제78집, 새한철학회, 2014

엘렌 식수, 박혜영 옮김, 『메두사의 웃음, 출구』, 동문선, 2004

엘렌 식수·카트린 클레망, 이봉지 옮김, 『새로 태어난 여성』, 나남, 2008

이링 페처, 황태연 옮김, 『마르크스에서 쏘비에트 이데올로기로』, 중원문화, 1985

이득재, 「상황주의자 기 드보르」, 『문학과학』 통권26호, 문화과학사, 2001

임승수, 『원숭이도 이해하는 자본론』, 시대의 창, 2016

엠마누엘 레비나스, 강영안 옮김, 『시간과 타자』, 문예출판사, 2016

자크 데리다, 김보현 옮김, 『해체』, 문예출판사, 1996

_____, 남수인 옮김, 『환대에 대하여』, 동문선, 2004

_____, 진태원 옮김, 『마르크스의 유령들』, 이제이북스, 2007

자크 라캉, 맹정현·이수련 옮김, 『세미나 11』, 새물결, 2008

장 폴 사르트르, 방곤 옮김, 『실존주의는 휴머니즘이다』, 문예출판사, 1999

_____, 정소성 옮김, 『존재와 무』 1·2, 동서문화사, 2016

장 보드리야르, 배영달 옮김, 『사물의 체계』, 지식을만드는지식, 2011

_____, 배영달 옮김, 『유혹에 대하여』, 백의, 2002

_____, 이상률 옮김, 『소비의 사회—그 신화와 구조』, 문예출판사, 1991

정미라, 『헤겔의 정신현상학 읽기』, 세창미디어, 2018

조현수, 「들뢰즈의 ‘차이의 존재론’과 ‘시간의 종합’ 이론을 통한 그 입증」, 『철학』 제115집, 한국철학회, 2013

줄리아 크리스테바, 김인환 옮김, 『시적 언어의 혁명』, 동문선, 2000

_____, 서민원 옮김, 『공포의 권력』, 동문선, 2001

질 들뢰즈, 김상환 옮김, 『차이와 반복』, 민음사, 2004

_____, 박기순 옮김, 『스피노자의 철학』, 민음사, 1999

_____, 김종호 옮김, 『대담 1972~1990』, 민음사, 1993

질 들뢰즈·펠릭스 가타리, 최명관 옮김, 『앙띠오이디푸스』, 민음사, 1994

_____, 김재인 옮김, 『천 개의 고원』, 새물결, 2003

지그문트 프로이트, 최석진 역, 『정신분석 입문』, 돈을새김, 2009

칼 융, 정명진 옮김, 『무의식의 심리학』, 부글북스, 2015

클로드 레비스트로스, 박옥줄 옮김, 『슬픈 열대』, 한길사, 1998

키르케고르, 임규정 옮김, 『불안의 개념』, 한길사, 2006

_____, 임규정 옮김, 『죽음에 이르는 병』, 한길사, 2007

팸모리스, 강희원 옮김, 『문학과 페미니즘』, 문예출판사, 1999

프리드리히 니체, 한기찬 옮김, 『인간적인 너무나 인간적인』, 청하, 1983

_____, 정동호 옮김, 『차라투스트라는 이렇게 말했다』, 책세상, 2000

_____, 김정현 옮김, 『선악의 저편·도덕의 계보』, 책세상, 2009

플라톤, 박종현 외 옮김, 『티마이오스』, 서광사, 2000

_____, 박종현 옮김, 『국가』, 서광사, 2005

한국여성연구소, 『여성의 몸-시각·쟁점·역사』, 창작과비평사, 2005

한나 아렌트, 『예루살렘의 아이히만-악의 평범성에 대한 보고서』, 한길사, 2006

황인술, 「데카르트 『방법서설』」, 『철학사상』 제2권 제3호, 서울대학교 철학사상연구소, 2003

홍준기, 「헤겔의 주인-노예 변증법과 라캉 : 강박증 임상」, 『현대정신분석』 제9권 2호, 한국현대정신분석학회, 2007